Kuno Kruse

Der Mann, der sein Gedächtnis verlor

| Hoffmann und Campe |

In einer Reihe von Fällen wurden Namen und
charakteristische Merkmale von Personen zum Schutz
von deren Persönlichkeitsrechten geändert.

1. Auflage 2010
Copyright © 2010 by
Hoffmann und Campe Verlag, Hamburg
www.hoca.de
Satz: atelier eilenberger, Leipzig
Gesetzt aus der Bembo und der Thesis
Druck und Bindung: Friedrich Pustet, Regensburg
Printed in Germany
ISBN 978-3-455-50159-9

Ein Unternehmen der
GANSKE VERLAGSGRUPPE

Inhalt

Das Erwachen 7

Fugue 15

Die Suche 20

Das Klavier 26

Die Wohnung 30

Begegnungen 31

Die Engel 36

Der Fremde 38

Misstrauen 42

Das Tagebuch 44

Der Helfer 48

Der Umzug 51

Verwunderung 54

Die Männer 57

Trennung 58

Verwirrungen 63

Der Lügendetektor 66

Das Dorf 71

Die Tante 74

Dunkelzonen 77

Die Teufel 81

Fluchten 84

Die Toskana 86

Die Rückkehr 89

Dünne Haut 99

Die Freundin 103

Der Dieb 109

Der Öffner 113

Das Salvator-Kolleg 119

Der Freund 122

Der Zocker 125

Zwangsarbeit 136

Das Kirchenasyl *140*

Die Klavierlehrerin *143*

Bittbriefe *145*

Der Vergewaltiger *148*

Die Heimkinder *151*

Die Wälder *158*

Der Lügner *161*

Die Flatter *163*

Das Wirtshaus *170*

Die Schläger *175*

Die Hände *178*

Die Fürsorge *182*

Die Studenten *188*

Schuldlosigkeit *194*

Die Wache *197*

Dorothee *200*

Die Nonnen *203*

Vertrauen *215*

Das Wiedersehen *220*

Wanderungen *223*

Die Akten *225*

Der Verein *231*

Die Aufgabe *239*

Nachwort *243*

Dank *251*

Literatur *253*

Das Erwachen

Der Duft ist ihm zuwider. Er streicht sich über das Kinn. Die Haut ist glatt. Er schnüffelt. Es ist sein eigenes Rasierwasser. Sein Blick gleitet die Knopfleiste hinunter. Weißes Oberhemd, blaue Krawatte, Blazer in gedecktem Blau, dazu Jeans. Das Aftershave irritiert. Warum sitzt er auf dieser Bank? Was macht er in diesem Park? Er steht auf, geht ein paar Schritte, ist unsicher, irgendetwas ist komisch. Aber was? Was ist das für eine Gartenanlage? Wie ist er hierher gekommen? War er eingenickt? Aber, wo war er denn vorhin? Und, wo will er hin?

Weiße Plastikstühle, Plastiktische, Sonnenschirme, da ist ein Café. Er geht darauf zu, setzt sich. Es ist frisch, aber die Sonne wärmt. Die Knospen gehen auf, das junge Paar an einem der kleinen Tische trägt die Jacken offen. Es ist Frühling. Er versucht ein Lächeln. Die beiden sehen ihn nicht. Sie reden, lachen, der Junge berührt sie am Unterarm. Er ist erleichtert. Sie beachten ihn nicht. Er setzt sich an den Nebentisch. Warum hätten sie ihn auch beachten sollen?

»Was kann ich Ihnen bringen?«

Die Stimme kam von hinten. Er ist zusammengezuckt. Was soll er der Kellnerin jetzt antworten? Er macht eine

Kopfbewegung zum Nachbartisch, blickt auf die beiden großen Tassen, nickt hinüber, sagt: »Das da.«

Zigarettenrauch zieht vorbei. Er versucht einen Zipfel vom Rauchschleier einzuziehen, doch die Wolke ist schon verweht. Sie ist von den beiden jungen Leuten herübergezogen, wohl Studenten. Raucht er selbst auch? Er muss doch wohl wissen, ob er Raucher ist. Ist er? Oder nicht? Wie kann man sich so etwas fragen. Er greift in seine Jackentasche. Keine Zigarettenpackung. Also nicht. Hat er jetzt gerade nur einmal Lust auf so eine Zigarette? Ob er früher einmal geraucht hat?

Die Kellnerin stellt heiße Milch vor ihn auf den Tisch.

»Hatte ich Milch bestellt?«

»Einen Cappuccino!«

Der Milchschaum riecht nach Kaffee. »Cappuccino«. Klingt italienisch. Er probiert. Nicht sehr heiß, tut aber gut. Er kennt den Geschmack, das ist Kaffee. Die Kellnerin wirkt nett, trägt das dunkle Haar zum Zopf gebunden. Könnte ihm gefallen. Warum sieht sie ihn so musternd an?

»Kann ich sonst noch etwas bringen?«

Er zögert, sieht jetzt etwas unsicher wieder zum anderen Tisch hinüber, zeigt auf den Kuchen: »Das da, bitte!« Während die Kellnerin zurück ins Café geht, nimmt er wieder diese Witterung auf. Der dünne Qualm zieht seine Aufmerksamkeit weiter hinüber zu dem Paar, macht ein Verlangen. Die Kellnerin kommt mit einem Stück Apfelkuchen zurück. Sie hat sich schon umgedreht.

»Bitte, haben Sie … ?«

Sie wendet sich ihm wieder zu, er zeigt auf die Schachtel Marlboro, die auf dem Nachbartisch liegt.

»Haben Sie auch …?«

Die Kellnerin bringt ihm eine Schachtel Zigaretten. Er reißt hastig die Packung auf, greift in die Tasche, ertastet ein Feuerzeug. Also doch, er wird Raucher sein. Er zündet die Filterzigarette an, nimmt einen tiefen Zug. Langsam atmet er den Rauch wieder aus. Die Zigarette schmeckt ihm nicht. Aber für einen Moment ist ihm wohlig.

Er will zahlen, legt einen Geldschein auf den Tisch. Aber die Bedienung akzeptiert keine Schweizer Franken.

»Haben Sie es nicht anders?«

Er greift wieder ins Jackett, zieht einen anderen Schein heraus, bräunlich orange, darauf ein klassisches Tor. Was für eine Währung ist das jetzt? D-Mark ist es nicht. Er hält den Schein in der Hand, zeigt ihn zögerlich, will ihn gleich zurückziehen. Aber sie nickt, lächelt.

»Fünfzig Euro? Kein Problem, kann ich rausgeben.«
»Wirklich?«
»Überhaupt kein Problem.«

Sie gibt ihm andere Scheine, rotbraune, auf der Rückseite eine Karte von Europa, und fremde Münzen. Er ist unsicher. Das ist doch Deutschland, hier, oder? Er will nachfragen, beginnt: »Wo bin …?« Er bremst sich, das kann er doch jetzt nicht fragen. Was ist denn nur los mit ihm?

Er fühlt einen Wagenschlüssel in seiner Hosentasche, es sind nur ein paar Schritte zum Parkplatz. Aber welches ist jetzt sein Auto? Er zögert. Sicher der BMW dort. Er zieht den Schlüssel aus der Tasche, steckt ihn ins Schloss. Passt nicht. Er wird nervös, betrachtet den Schlüssel in seiner Handfläche. »BMW«, steht doch drauf. Blau-weiß, das ist doch das Emblem. Bayerische Motorenwerke. Es muss ein anderer Wagen sein. Er läuft den Parkplatz ab. Er wird doch noch sein Auto wiederfinden! Er muss es irgendwo anders abgestellt haben. Die Farbe? Wieso, welche Farbe? Na ja, er wird es ja gleich sehen, das Auto wird ja hier irgendwo stehen. Seine Stirn ist nass. Was ist los mit ihm? Nur nicht nervös werden, das wird sich gleich geben.

Er sollte vielleicht besser mal jemanden anrufen. Eine Telefonzelle, wo ist eine Telefonzelle? Warum gibt es hier keine einzige Telefonzelle? Er ist nervös. Wen ruft er am besten an? Also, zuerst ... Warum fällt ihm keiner ein? Was ist denn das jetzt, kennt er niemanden? Irgendwo ist ihm gerade der Faden gerissen. Jeder kennt doch Leute. Freunde. Hat er keine Frau? Und Kinder? Das gibt es doch nicht, dass er das gerade nicht weiß. Das wird ihm gleich wieder einfallen. Es muss doch gleich wiederkommen. Das gibt es doch nicht. Es ist wie so eine Zahlenkombination. Sie ist gerade nicht da. Keine Panik! Einen kleinen Moment nur, dann kommt alles wieder. Er schwitzt. Reiß dich doch zusammen! Also, was jetzt? Ärgerlich, er hat die Schachtel mit den Zigaretten auf dem Tisch liegen gelassen. Sie hatten nach nichts geschmeckt. Aber jetzt muss er eine rauchen.

Da ist ein Kiosk. Es ist doch alles ganz normal um ihn herum? Der Lärm, die vielen Autos, Stadtverkehr eben. Lauter neue Modelle. Was hat er heute nur? Alles ist normal. Der Boden schwankt nicht. Er ist nüchtern. Er geht geradeaus.

Ein Kiosk, er steht vor den vielen Zigaretten, Tabak, eine Riesenauswahl. »Das da, bitte!« Er zeigt auf eine blaue Tabakpackung mit einem Leuchtturm darauf. Er hat sich nach der Farbe entschieden. Das Blau gefällt ihm.

»Brauchen Sie Blättchen?«
»Wozu?«
»Zum Drehen.«
»Ach ja.«

Er zahlt. Komisch, dass er das Geld hier nicht kennt. Oder doch? Auf dem Tresen liegt die *Hamburger Morgenpost*. Ist es jetzt eigentlich noch vormittags? Oder schon Nachmittag? Nein, es ist Nachmittag. Man spürt es. Was hat er denn den ganzen Vormittag gemacht? Das muss hier Hamburg sein.

Vor dem Kiosk rollt er, die Packung »Schwarzer Krauser« unter den Arm geklemmt, routiniert eine Dosis Tabak ins Papier, leckt es an. Soviel ist jetzt schon mal klar: Er raucht. Er dreht selbst.

Zuerst vergewissert er sich der Worte. Das ist »ein Jahrmarkt«, über den er jetzt irrt, »ein Riesenrad«. Es sind nur wenige Leute auf dem Rummelplatz. Er läuft eine mehrspurige Straße entlang. Die vielen Autokennzeichen, alle beginnen mit »HH«. Gelbe Hinweisschilder: Wandsbek. Barmbek. Kein Zweifel, das bedeutet Hamburg. Aber Hamburg? Lebt er in Hamburg? Seit wann lebt er in Hamburg? Und wo?

Weg von dieser lauten Straße! Unter der Hochbahnbrücke links wird die Straße schmaler, Geschäfte. Nichts, er kennt hier nichts. Er steht vor einem riesigen Rathaus, mit einem Turm und Figuren an der Fassade. An so ein Gebäude muss man sich doch erinnern! Er hat es noch nie gesehen. Er rennt durch eine Fußgängerzone, sieht eine Kirche. Sie ist offen.

Er sitzt in der Kirchenbank. Endlich Ruhe. Also, noch einmal. Er ist … Ja, wer ist er? Also, er … Ihm fällt sein eigener Name nicht ein. Das gibt es doch nicht! Dann plötzlich, ein Karussell von Fragen setzt sich in Bewegung: Wie alt, welcher Beruf, eine Frau, Kinder, Eltern, Freunde – oder vielleicht Feinde? Hat er Feinde? Irgendjemand hat ihm eine Droge verabreicht. Vielleicht in einem Getränk. Aber wer? Wo? Angst kriecht in ihm hoch. Wer macht so etwas? Warum?

Er greift in seine Taschen. Er hat Geld. Und einen Autoschlüssel. Was sind das für Zettel? Herausgerissene Seiten, aus irgendeinem Kalender, englisch. Und, was ist das für eine Schrift? Vielleicht arabisch. Und Briefmarken, italienisch. Kalenderblätter? Nein, es sind Seiten aus einem Planer. *Weekly Planner*, steht doch drauf. Die Wochentage, rötlich gedruckt. Unter *Tuesday*, mit dem Kugelschreiber, dünn, eilig notiert: V.a.S. 19.00, Parkallee.

Ist das seine Schrift? Und die Abkürzungen – was bedeuten die? Unter *Wednesday*: Zwei für Esse. 10 000,- in Höhe 5000,-. Was soll das heißen? Unter *Thursday*: A.P.S., Wirso 21 000,-. Was ist das? Geldsummen? Was sind das für Termine? Kein Jahr, kein Monat, nur die Wochentage. J.K.M. v. R.S., was, verflixt noch einmal, ist das? Die Summen werden immer höher: Dr. R.: 125 000,-. Was bedeutet das? Und wer ist Dr. R.? Und wer ist er selber? Ist er das, der das aufgeschrieben hat? Was läuft denn hier eigentlich ab?

Unter *Friday*: 18.30 Flughafen. Welcher Flughafen? Ist das seine Schrift? Will er dort jemanden treffen? Will er wegfliegen? Noch mehr Blätter. Nur Abkürzungen, wie Codes.

Also, ruhig, der Reihe nach: sein Beruf. Er wird doch einen Beruf haben. Ein Mann, der eine Krawatte trägt und ein Rasierwasser benutzt, der hat einen Job. Also, was weiß er über sich? Eine Krawatte sagt nichts aus über einen Mann. – Die Schuhe. Die passen nicht dazu. Turnschuhe. Ein Bankangestellter könnte auch Jeans tragen. Oder eher nicht. Aber was bedeuten diese Geldbeträge?

Er kann nicht auf der Bank geschlafen haben. Wer auf einer Bank schläft, ist nicht rasiert. Ein Hotel? Vielleicht irgendwo in der Nähe? Aber er kennt kein Hotel. Er hat das Gefühl, er wird verrückt. Was heißt verrückt? Er ist doch nicht irre! Also, das ist ganz klar, da ist jetzt nur dieser Aussetzer. Jetzt bloß nicht verrückt machen lassen! Es ist alles ganz einfach: Das hier ist eine Kirche. Sie steht in einer Mönckebergstraße. Das ist Hamburg.

Medikamente? Vielleicht hat er Medikamente genommen. In seiner Tasche sind keine Tablettenpackungen. Vielleicht hat sie ihm jemand verabreicht. Aber wer? Und ist der jetzt vielleicht hinter ihm her? Er zittert. Ist doch alles nur Phantasie. Ruhig, ganz ruhig. Jetzt nicht verzweifeln. Nicht weinen.

Ein Ausweis, ja, der könnte ihm auf die Sprünge helfen, diese blödsinnige Blockade lösen. Aber da ist keiner, kein Führerschein, nur diese Zettel, eine Landkarte, Italien. Briefmarken, ein Vogel darauf, Helvetia, also Schweiz, 130 Rappen. Ein paar Franken in der Jacke. Und dieser leere Briefumschlag? Notizen, so als hätte er beim Telefonieren schnell irgendein Blatt gesucht. »Konto in Zürich auflösen zum 01. 05. 05 persönlich.« Auf der Rückseite: »Dr. R.: 16.30 Uhr pp. Übergabe der Akten. 15 000 Eingang bestätigt, Rest 14. 05. 05 p. p.« Was bedeutet das? Und was bedeutet dies: »Anwalt in Frankfurt bezahlen. 1250,-.« Welcher Anwalt? Und diese Notiz: »10. 04. 05 über C Kontakt. Ankunft HH 20.21 Uhr«. Und dahinter, was ist das? »Silvia Ankunft 22.11 Uhr«. Wer ist Silvia? Wer soll das sein? Er kennt keine Silvia. Was für ein Datum ist eigentlich heute?

Er irrt wieder durch die Fußgängerzone. Der Mann, der sich in den Schaufenstern spiegelt, das ist er. Kein Zweifel. Aber wie alt ist er? Er ist grau, aber nicht alt. Er müsste sich vielleicht einmal die Haare schneiden lassen. Warum sind sie so grau?

»Ich glaube, Sie suchen etwas?«

Die Dame muss ihn beobachtet haben. Sie lächelt, ein bisschen mitleidig. Sie ist elegant gekleidet, der Goldschmuck ist sehr auffällig. Wie alt wird sie sein? Vielleicht wie er? Vielleicht ein Flirt. Wie alt ist er? Sieht er so verwirrt aus, dass ihn schon jemand anspricht?

»Ich suche mich selbst.«

Sie lacht. »Na, dann kommen Sie.« Sie hakt ihn unter, begleitet ihn ein Stück hinauf zum Bahnhof. Dann bringt sie ihn zur Mission.

Er bleibt noch vor den Aushängen stehen. Vermisstenmeldungen. Er würde sich erkennen. Er weiß, wie er aussieht. Vorhin hat er sich in einer Fensterscheibe gespiegelt gesehen. Er war über den grauhaarigen Mann darin erschrocken. Die Dame ist verschwunden. Schade. Eine Frau von der Bahnhofsmission fragt: »Kann ich Ihnen weiterhelfen?«

Später wird Jonathan Overfeld diese Stunden, in denen er nicht mehr wusste, was ein Cappuccino ist, aber intuitiv, dass in der blauen Packung seine Tabakmarke steckte, die Phase des »Das-da« nennen. Der bange Moment dieses Montags, an dem er über den Parkplatz irrte und wusste, dass blau und weiß die Farben von BMW sind, aber nicht, welches sein Auto war. Es war dieser Tag, an dem er spürte, dass Frühling war, aber sein eigenes Alter nicht kannte, an dem er wohl wusste, dass die Autokennzeichen »HH« für Hamburg standen, aber nicht erinnern konnte, wie er nach Hamburg gekommen war und ob er vielleicht in der Stadt lebte. Es war dieser Nachmittag des 12. April, an dem Jonathan Overfeld nicht ahnte, dass es vielleicht gute Gründe dafür gab, dass er ein ganzes Leben vergessen hatte. Er war sich selbst entfallen wie anderen eine PIN oder der Name eines Schauspielers. »Amnesie fühlt sich nicht an«, versucht er diesen Moment später zu erklären, »da ist nichts. Du bist einfach da.«

Fugue

Die Ambulanz kommt. Notaufnahme, Krankenhaus St. Georg. »Herr Doktor, mir muss jemand irgendwas ins Glas getan haben.«

Kein Hirnschlag. Kein epileptischer Anfall. Keine Kopfverletzung. EKG normal. Blutabnahme. Die Laborwerte weisen keinen Befund auf. Keine Spur von Drogen im Blut, keine Medikamente (später werden auch keine im Haar gefunden), kein Alkohol, Leberwerte normal. Ein Fall für die Psychiatrische. Der Krankenwagen bringt ihn zum Klinikum Hamburg Nord, Haus 32, Ochsenzoll. Geschlossene Psychiatrie.

Fugue. Der behandelnde Psychiater hat noch einmal in

der Fachliteratur nachgelesen. Der französische Begriff stammt aus dem 19. Jahrhundert. Auslöser solcher »Fluchten« an einen anderen Ort, über hunderte, manchmal tausende Kilometer und immer ins Vergessen ist Ausweglosigkeit, Angst, Panik. Der Psychiater hat so einen Fall in seiner bisherigen Praxis noch nicht gehabt. Eine dissoziative Amnesie in Form einer Fugue ist selten, eher etwas aus Romanen als der ärztlichen Praxis.

Der Hamburger Psychiater nimmt Kontakt zu Hans Markowitsch auf, Professor für Physiologische Psychologie an der Universität Bielefeld und einer der führenden Erforscher jener Flucht aus einem Leben, das zur Bedrohung wurde. Er ist an dem Fall interessiert.

Hans Markowitsch ist ein Kollege, Schüler und Freund des kanadischen Psychologen Endel Tulving, ein Pionier der Hirnforschung. Tulving teilte vor vierzig Jahren das Gedächtnis in voneinander getrennten Einheiten auf. Er behandelte damals einen Motorradfahrer, der bei einem Sturz schwere Hirnverletzungen erlitten hatte. Der konnte sich danach an alles Gelernte gut erinnern, aber an kein einziges Erlebnis. Tulving hatte daraus geschlossen, dass das Gehirn über verschiedene, voneinander unabhängige Speicherareale verfügen müsse.

So kann die Hirnforschung heute erklären, warum jemand eine Landkarte lesen, Briefe schreiben, sich scheinbar normal unterhalten kann, Politiker auf Plakaten erkennt, aber nicht weiß, wer er selbst ist: Das Gehirn verfügt über unterschiedliche Gedächtnissysteme. Nicht alle fallen bei einer Amnesie aus.

Da ist das für die Motorik: Fahrradfahren, einmal gelernt, immer gekonnt. Das Schalten des Ganges im Auto an der Ampel, die Schwünge auf dem Snowboard. Dieses prozedurale Gedächtnis schenkt dem Menschen die Alltagsroutine. Würde er bei jedem dieser verinnerlichten Bewegungsabläufe erst überlegen müssen, wie es geht, wäre er nicht nur zu langsam – der Aufschwung am Reck würde misslingen, der Seiltänzer abstürzen. So greifen wir blind die Saiten der Gitarre, in die Tasten auf dem Klavier. Was im Bewussten tausende Mal geübt oder getan wird, sinkt tief ins Unbewusste, ist dort fest verankert und gleichzeitig in Millisekunden abrufbar.

Der Hirnforscher ortet dieses gelernte Geschick in den Basalganglien, unterhalb der Großhirnrinde, tief im Innern des Kopfes, dort, wo auch die Affekte, die Willenskraft, der Antrieb des Menschen lokalisiert werden. Die Fähigkeiten, die dort gespeichert sind, lassen sich anderen oft schwer vermitteln. Niemand kann wirklich in Worten sagen, wie er Balance hält. Diese Automatismen arbeiten rund um die Uhr, und sie halten den Geist für anderes frei, wie das Radiohören oder Telefonieren beim Autofahren, während man gleichzeitig lenkt, kuppelt, bremst und die Gänge schaltet. Machten wir uns die Koordination all der Fähigkeiten bewusst, überhaupt miteinander zu reden, bräuchten wir für jedes Wort so viel Zeit wie die Baumwesen im *Herrn der Ringe*. Neunzig Prozent unserer Aktivitäten laufen so ständig im Hintergrund ab. Oder rücken auf Abruf in den Vordergrund.

Deshalb kann jemand trotz seiner Amnesie Klavier spielen. Schließlich kann er ja auch auf zwei Beinen laufen, was er ebenfalls einmal im Leben durch häufiges Fallen und wieder Aufstehen gelernt und seitdem nicht vergessen hat.

Daneben gibt es das perzeptuelle Gedächtnis: Ob Golf oder Lamborghini, wir ordnen beides als ein Auto ein, unterscheiden Äpfel von Birnen, und Kaffeeduft im Schlafzimmer signalisiert uns vielleicht einen gedeckten Frühstückstisch. Ob Sommersonne oder Schnee, jeder erkennt die Landschaft wieder. Die Blätter an den Bäumen, die gefühlte Temperatur, wir erkennen auch die Jahreszeit. Jonathan Overfeld wusste, als er von seiner Bank aufstand und durch den Park ging, dass es Frühjahr war.

Das semantische Gedächtnis lagert kontextloses Weltwissen: Paris ist die Hauptstadt von Frankreich. Das wissen wir, aber erinnern uns nicht unbedingt, von wem wir das wann erfahren haben. Jemand, der eine Amnesie hat, könnte mit seinem gelernten Wissen im Fernsehen Millionär werden, aber bei den persönlichen Zwischenfragen von Günther Jauch müsste er passen. Jonathan Overfeld wusste nach seiner Amnesie immer noch, dass ein »HH« auf den Autokennzeichen für Hamburg steht.

Das in der Evolution zuletzt ausgeformte Gedächtnissystem, das sich auch bei Kindern langsam aktiviert und eigentlich erst ab dem dritten Lebensjahr entwickelt ist, setzt ein Bewusstsein von uns selbst voraus. Und es sind viel mehr Gehirnregionen daran beteiligt als beim Erinnern von Fakten oder Bewegungsabfolgen. Es erfordert, sich selbst in einem Raum-Zeit-Kontinuum zu situieren und sich dann auch noch im Klaren darüber zu sein. Kein Wunder, dass diese Reifung so lange braucht. Kein Tier kann sich in dieser Form zurückerinnern. Es ist eine Kunst, die allein dem Menschen vorbehalten ist. Dieser Teil des Gedächtnisses speichert unser Leben, erzeugt Bilder, lebhaft, voller Details, lässt sie chronologisch vor unserem geistigen Auge ablaufen, vor- und zurückspulen. Er erlaubt uns »mentale Zeitreisen«, wie Tulving sie nannte. Aber nicht deshalb ist er der anfälligste Teil des Gehirns. Manchmal führt uns die Reise in unser tiefstes Inneres. Man verirrt sich dorthin, wo Freud nicht nur Urinstinkte und Triebe am Werk sah, sondern auch Traumata. Dann stellt man auch oben an der Oberfläche fest: Da unten spielen Emotionen hinein.

Fugue, auf Deutsch heißt das: »Weglaufen«. Der Mann von der Parkbank erschrickt. Wovor soll er weggelaufen sein? Er – bedroht? Von wem? Was kann so lebensgefährlich gewesen sein, dass er weggerannt ist?

Die psychiatrische Station in Hamburg-Ochsenzoll ist wie ein Gefängnis. Die Tür wird mit einem Schlüssel auf- und wieder abgeschlossen. Die Flure riechen nach Urin. Dort, wo die Stühle um den Tisch gereiht sind, stehen riesige Topfpflanzen. Sie nehmen das Licht. Die Patienten schlurfen über den Gang. Menschen in Zeitlupe. Irgendjemand hat den Spind in seinem Zimmer aufgebrochen. Aber darin war nichts zum Stehlen. Der Mann von der Parkbank bleibt freiwillig hier. Er fühlt sich hier erst einmal sicher. Sicher wovor? Vielleicht können die Ärzte ihm helfen, er muss ja nur wieder auf die Sprünge kommen. Der Arzt ist ihm sehr zugewandt. Er sagt: »Das ist sicher sehr beängstigend für Sie.«

Er wälzt sich die ganze Nacht, die Laken sind nassgeschwitzt. Schwarze Gedanken rauben ihm den Schlaf. Hat er jemanden ermordet? Wurde er überfallen? Ist er in ein Verbrechen verwickelt? Die Phantasien lassen ihm keine Ruhe. Aber er will die Tabletten nicht nehmen, die auf seinem Nachttisch liegen. Jetzt nur nicht ruhigstellen lassen. Er braucht seine Konzentration. Nein, keine Medikamente, sie machen wehrlos. Nein! Nein! Nein! Er wirft sie in den Mülleimer im Zimmer. Aber gegen wen muss er sich wehren? Endlich hell. Frühstück. Kaffee.

»Ihr Gedächtnis wird in einigen Tagen bis einigen Wochen wieder zurückkommen«, versucht ihn der Arzt zu beruhigen. Das ist die allgemeine Lehrmeinung. Doch es kommt nicht zurück. »Die Medikamente würden Ihnen guttun. Warum haben Sie solche Angst vor Tabletten?«

Zwei Polizisten in Uniform betreten die Station. Am Vortag hatten sie seine Fingerabdrücke entnommen. Sie begrüßen ihn freundlich, entspannt. Also Entwarnung. Er ist nicht im Fahndungscomputer. Die Polizistin sagt: »Wenn Sie eine Bank überfallen hätten, dann wüssten wir, wer Sie sind.« Sein Auto haben sie nicht gefunden. Es muss ein älteres Fahrzeug sein. Der Schlüssel ist ohne Impulsgeber für einen elektronischen Türöffner.

Noch ist nichts gefunden, was ihm seinen Namen verrät. Er schreibt deutlich und fehlerfrei. Er setzt eine Unterschrift auf einen Bogen Papier. Aber er kann in seinem Schriftzug keinen Namen erkennen.

Die Suche

In der Lokalzeitung *Hamburger Morgenpost* wird ein Foto von ihm gedruckt. Darunter steht: »Wer kennt diesen Mann?« Es rufen so viele Journalisten im Klinikum Nord an, dass der Arzt Dieter Moehrs mit seinem Patienten bespricht, die Anfragen in einer Pressekonferenz zu kanalisieren. Reporter kommen, Kamerateams bauen Scheinwerfer auf.

In England war wenige Tage zuvor ein junger Mann aufgefunden worden. Er war aus dem Meer gestiegen, hatte keine Papiere, kein Etikett im Anzug. In der Psychiatrie in der Stadt Kent sagte er kein Wort. Ein moderner Kaspar Hauser. Die Zeitungen hatten gerade darüber berichtet. Weil er ab und zu auf dem Klavier der Station ein paar Tasten anschlug, nannten sie den jungen Schweiger in den Zeitungen den *Pianoman*. War der Unbekannte auf der psychiatrischen Station in Hamburg-Ochsenzoll auch so ein Piano-Mann?

Der grauhaarige Patient in Hamburg redet – fahrig, nervös, verzweifelt. Sein ganzer Auftritt ist ein Flehen. Das Licht der Scheinwerfer ist sehr hell. Ein knappes Dutzend Journalisten sind da. Sie sollen ihm helfen. Er will doch wissen, wer er ist, woher er kommt. Irgendjemand da draußen unter den Lesern und Zuschauern wird ihn doch kennen! Er wird fotografiert, gefilmt. Viel sagen kann er nicht. Die Journalisten begegnen ihm mit Neugier. Er ist eine kleine Sensation.

Der Aufruf in der Presse hat nicht die Resonanz, die er sich erhofft hat. Niemand scheint ihn zu kennen. Aber ihm geht, nachdem die alle da waren, ein Name durch den Kopf. Er sagt: »Vielleicht habe ich einen Sohn, der so heißt.« Der Name ist Jonathan. Aber warum sollte er einen Sohn haben? Und wer ist dann die Mutter? Hat er eine Frau? Und er selbst muss doch Eltern gehabt haben. Er sagt: »Jeder hat Eltern. Leben sie? Wenn – wo? Sind sie tot?« Wenn die Polizei ihn schon nicht suchte, irgendjemand musste doch nach ihm suchen, eine Frau, Freunde.

Es hat sich jemand telefonisch bei der Polizei gemeldet, ein Mann aus dem Ruhrgebiet. Sein Sohn habe das Bild auf der Internetseite einer Zeitung gesehen. Er habe den Herrn auf dem Foto erkannt, er sei aus Bochum. Sie seien zusammen Hochseeangeln gewesen. Wenn der Angler ein Freund wäre, sagt der Mann von der Bank, dann wäre er jetzt hier.

Hochseeangeln? Ob er jemals geangelt hat? Da müsste er sich doch erinnern. Er versucht sich an der Vorstellung von Anglern auf einem Schiff. Es will kein Bild entstehen. Er hat nie eine Angelrute in der Hand gehalten.

Eine Frau in Berlin hat eine Vermisstenanzeige aufgegeben, Beschreibung und Alter passen. Der Name des Verschwundenen: Heinz-Jürgen Overfeld, genannt Jonathan. An beiden Händen seien die kleinen Finger verkrüppelt. Die Frau ruft in der Klinik an, aufgeregt, sie will sofort kommen. Jonathan und sie seien lange ein Paar gewesen und seien nun, viele Jahre danach, noch immer enge Freunde. Sie heißt Jutta.

Da ist nichts. Er kann sich noch so anstrengen. Nicht ihr Name, Jutta, nicht die Straße in Berlin-Neukölln, die sie genannt hat, nicht der gemeinsame Hund, von dem sie gesprochen hat. Kein Gesicht will erscheinen, keine Szene. Und auch kein Hund. Seine beiden kleinen Finger sind wirklich ein bisschen krumm. Aber warum? Er müsste sich doch an irgendetwas erinnern. An sie, wenigstens. Wenn sie doch zusammengelebt haben. »Wenn ich sie einmal geliebt habe, kann sie so hässlich nicht sein«, hört er sich zum Arzt sagen. Na bitte, ein bisschen Humor ist noch da. Hat er sie wirklich einmal geliebt? Er ist erleichtert. Sie wird kommen. Jetzt wird sich alles aufklären. Endlich.

Aber sie kommt nicht, nicht am Abend, nicht am nächsten Morgen. Er wartet. Sie ruft wieder beim Arzt an und sagt ab: »Es ist besser für uns beide.«

Was soll das heißen: Es ist besser für beide? Wie soll er das verstehen? Er könnte heulen. Jetzt sitzt er schon eine ganze Woche in diesem Klinikhochhaus. Warum kommt sie denn nicht? Hatte er ihr etwas getan? Er nimmt immer wieder diese Landkarte in die Hand, die in seiner Tasche steckte. Italien, Toskana. Was ist dort, in diesen Dörfern, die mit einem gelben Stift markiert sind? Warum hatte er diese abgegriffene Landkarte in der Tasche? Was wollte er in Italien? Hat das irgendetwas mit den Zahlen in den Kalenderblättern zu tun?

Jonathan kennt den Weg, nennt die Stationen: »St.-Gotthard-Tunnel, Como, Mailand, Piacenca, Parma, Massa, Livorno, San Vincenzo.« Aber da ist nichts, an das er sich erinnert. Keine Straße, keine Landschaft, keine Autofahrt dorthin. Aber die Namen sind doch da. »Das macht mich kirre!« Er weiß nicht, wie es da aussieht. Und er kann nicht sagen, ob er jemals dort gewesen ist.

Sein Gedächtnis funktioniert doch! Er liest den Wirtschaftsteil der Zeitung. Nichts, was es da nicht zu verstehen gäbe. Aber warum interessiert es ihn? Er grübelt über Berufe. War er vielleicht Finanzberater, wegen der Geldsummen im Kalender? Er löst Rechenaufgaben, gewinnt im Schach. Er kann schreiben, flüssig, nur seinen Namen nicht. In Gesprächen kann er sich alles genau merken. Er weiß, was der Arzt gesagt hat, kann aufzählen, was er gefrühstückt hat. Er löst Rechenaufgaben, um sich selbst zu prüfen. Er weiß jetzt ein paar Dinge aus der Krankenakte, die hat er sich gemerkt, aber warum weiß er nichts aus seinem Leben?

Begriffe setzen Impulse. St.-Joseph-Krankenhaus, das Wort auf einem Blatt seiner Krankenakte löst eine Assoziationskette aus: Joseph – Joseph und seine Brüder – Thomas Mann – Tod in Venedig – Visconti – Filmmusik von Mahler – das Adagietto aus der 5. Sinfonie. Erst später, am Klavier, wird Jonathan Overfeld feststellen, dass er das Stück aus dem Kopf spielt.

Sein Zuhause? Menschen haben ein Elternhaus. Jonathan versucht immer wieder, ein Bild davon zu bekommen. Er muss doch einmal Kind gewesen sein! Über allem liegt ein undurchdringlicher Schleier. Marienfiguren zeichnen sich ab, wie Silhouetten nur, viele, an den Wänden der Gekreuzigte, aus den Händen blutend, Kerzen, ein Altar, eine Orgel. Das kann kein Elternhaus sein. Das ist eine Kapelle.

»Die Akten«, sagt er, »diese Akten?« Seit ein paar Tagen sind immer wieder diese Aktenordner in seinem Kopf. Alte, muffige, das Papier ist feucht. Und dann das Telefonat. Am Telefon ist Dr. Reinhard. Ein Anwalt. Aber dann reißt alles ab, das Gespräch, der Faden, sein ganzes Leben. Diese Ordner, er wird sie nicht los, sie waren von Anfang an da, ganz vorn in seinem Kopf, als könnte er in Gedanken in ihnen blättern. In den Stempeln sind Hakenkreuze. Die Akten ziehen, wie etwas Gewaltiges, das sich zu erheben versucht, aus der Tiefe seiner Erinnerung ins Bewusstsein hinauf. Aber das Denken ist wie angekettet. Er kann die Akten nicht öffnen.

Ein Mann ist auf einem Rennrad zur Klinik gekommen. Er ist hager, durchtrainiert. Er stellt sich als Uli vor. Jonathan Overfeld kennt ihn nicht. Er sagt, er sei ein alter Freund aus Berlin. Jonathan müsse ihn doch kennen, Uli, der Koch, Stiefel-Uli, so nannte man ihn damals, als er noch Schaftstiefel trug. Dann erzählt »Stiefel-Uli«, der jetzt Radfahrschuhe trägt, zum Einhaken in die Pedalen, von »Loretta im Garten«. »Im Sommer saßen wir immer da. In dem Gartenlokal stand ein kleines Riesenrad. Es war alt.« Das müsse er doch noch wissen. Und dieses Silvesterfest, wo sie alle am Swimmingpool geschlafen hätten, in diesem Hotel, Uli war dort Koch, Jonathan der Ober.

»Wangerooge«, sagt Uli, »da hast du gekellnert. Die wollten dich doch immer wieder haben, hast alles im Kopf behalten und immer noch einen Scherz drauf. Und immer warst du wie aus dem Ei gepellt. Deine Oldtimer. Blauer Mercedes, 300 D, wolltest du mit nach Marokko fahren. Du hast Whiskey getrunken, keinen Bourbon, keinen Jim Beam, es musste richtig guter Whiskey sein. Und dann in Berlin-Schöneberg. Du hast im Café Kleister die Küche gemacht. Gleich hinter der Druckerei, da hast du mit Jutta gewohnt, ihr hattet Kaninchen und Meerschweinchen. Und der Hund, er hieß Haifa, ein Husky. Du warst ein richtiger Finanzfreak, hast auch für Jutta alles erledigt. Ohne dich ist bei ihr nichts gelaufen.«

Jonathan Overfeld sagt: »Das sind so feine Details. Ich brauche grobe.« Er kann nicht viel anfangen mit dem fremden Mann, den der fremde Mann ihm beschreibt.

Jutta. Ihr letztes Signal ist dieser Zettel, er ist an seine Krankenakte geheftet: »Herrn Overfeld nicht die Nummer von Frau Droste geben.« Wer ist nur diese Jutta? Und warum wollte sie ihn nie mehr sehen? Das konnte auch der Fahrrad-Uli nicht erklären. Er hatte zu Jutta schon lange den Kontakt verloren. Auch seinen alten Freund Jonathan hatte er vor zehn Jahren das letzte Mal gesehen. Und jetzt wieder in der Zeitung.

Das Klavier

Die Verlegung von Ochsenzoll in die Berliner Charité ist ein Schritt zurück ins Leben. Ein altes Jugendstilgebäude in Mitte. Es ist mit Efeu bewachsen und hat einen Garten mit alten Bäumen. An die weißen Wände der Innenräume fällt Licht. Es ist nicht weit zum Tiergarten, zum Brandenburger Tor, nur zehn Minuten zu Fuß zum Reichstag, auch nicht so sehr weit zur Philharmonie, nur zwei Kilometer. Jonathan erkennt auf seinen ersten Schritten keines der Gebäude. Und er weiß auch nicht, dass hier einmal eine Mauer gestanden hat, die die Stadt teilte. Es ist eine ihm unbekannte Stadt. Eine, in der er viele Jahre gelebt hat und in der er doch keinen Menschen kennt. Jedes Gesicht ist ein fremdes.

»Guten Tag, Herr Ströbele!« Jemand ruft die Begrüßung vor dem Reichstag zu ihm herüber. Er schaut sich um, denkt zuerst, er sei nicht gemeint. »Hallo«, sagt der Mann noch einmal, winkt kurz mit der Hand, lächelt ihn an. Jonathan ist irritiert. Wer ist das? Woher kennt er ihn? Warum Ströbele? Hat er sich einmal Ströbele genannt? Der Mann geht weiter. Was weiß der über ihn? Einen Moment lang will er ihm folgen. Aber dann ist da diese

Angst. Sie ist stärker als der erste Impuls. Er bleibt stehen. Später wird Jonathan häufiger einmal darauf angesprochen werden, dass er eine gewisse Ähnlichkeit mit dem Bundestagsabgeordneten der Grünen, Christian Ströbele, hat. Es sind wohl die starken Augenbrauen und das dichte, etwas längere graue Haar.

Diese Jutta will ihn nicht sehen. Sie will ihn nie mehr wiedersehen. Oder wenigstens erst einmal nicht. Das hat sie dem Arzt in der Charité so mitgeteilt. Sie ist gekommen, hat ausführlich mit dem Arzt gesprochen und ist wieder gegangen. Aber ein anderer Freund hat sich in der Klinik gemeldet. Er heißt Denis. Er hat einmal Psychologie studiert. Denis hat alles aufgeschrieben, was er über Jonathan Overfeld weiß, in einem sehr langen Brief. Eigentlich ist es ein Brief über Jutta. In jeder Zeile kommt sie vor. Denn Denis sieht sie und Jonathan als eine Einheit, wenn auch eine vertrakte. Der Brief, streng vertraulich, »nicht für alle bestimmt«, ist an den Arzt adressiert. Jonathan soll ihn nicht lesen. Jetzt jedenfalls nicht. Vielleicht später einmal.

Es ist Sonntagmorgen, einer dieser leeren Vormittage nach schlaflos leerer Nacht. Sonnenlicht fällt durch die Fenster des Aufenthaltsraums der Psychiatrischen Station der Berliner Charité. Jonathan hebt den Klavierdeckel, rückt den Schemel heran, setzt die Hände auf die Tasten. Das »Ave Maria« aus dem Präludium C-Dur des ersten Teils des »Wohltemperierten Klaviers« von Johann Sebastian Bach, es ist in den Händen. Er braucht keine Notenblätter. Auch die verkrüppelten kleinen Finger gehorchen den Tönen.

Er bemerkt nicht, dass andere Patienten, angelockt von

seinem Klavierspiel, auf den Stühlen hinter ihm Platz nehmen, auch einige der Schwestern. Als sein Publikum applaudiert, in diesem Moment, der einer des Glücks hätte sein können, da plötzlich blickt er in das Entsetzen. Bilder sind da. Die Nordsee, eine große Halle, er sieht sich selbst an der Tastatur eines Flügels, ein Knabe, noch mit langem, blondem Lockenhaar. Kinderchöre singen, einer ist aus Frankreich, einer aus Bayern. Kameras. »Drehscheibe«. So heißt die Sendung. Es ist ein Vorweihnachtskonzert.

An diesem Sonntag in der Charité ist alles da. Nein, es war die ganze Zeit da. Es war ein Gefühl, Abscheu, eine Last. Sie bekommt Konturen. Eine Dame, sehr groß, schlank, in Begleitung zweier Herren. Sie sind so begeistert. Er müsse sofort noch einmal spielen. Ja bitte, jetzt gleich. Sie reden von anderen, die schon auf ihn warten, sie wollen ihn fördern. Sie nehmen ihn in ihrem Auto mit. Da ist eine Villa am Wasser mit Säulen am Eingang.

Aber es sind keine Gäste in dem Haus. Nur ein Flügel auf einem weißen Teppich in einem großen Raum, von dem Treppen nach oben in den ersten Stock führen. Er darf Sekt trinken, ein ganzes Glas, und noch eines. Er ist stolz. Sie klappen den Flügel auf. Er setzt sich. Jetzt wollen sie ihn einführen in das, was zu einem Künstlerleben gehört. Er soll sich ausziehen. Er versteht nicht. Der jüngere der Männer wird böse, er droht ihm den Finger abzuschneiden, wenn er nicht gehorche. Er muss sich ausziehen, auf einen weißen Tisch legen, mit Rädern daran. Der Mann beugt sich über ihn, es ist kalt auf der Haut, er schmiert ihn mit Honig ein und Sahne. Er leckt an seiner Haut. Und auch der andere Mann leckt an seiner Haut. Und die Frau ist jetzt nackt.

Jonathan schlägt das Klavier zu, springt auf, der Hocker fällt um, er rennt über den Stationsflur. Wieder rast das Herz. Er ist schweißnass. Der Arzt gibt ihm eine Spritze. Zur Beruhigung.

Im Kopf können Bilder von Ereignissen entstehen, so sagen Psychologen, die so nie stattgefunden haben. Das Gedächtnis könne Verknüpfungen herstellen, die mit den realen Ereignissen nicht übereinstimmen. Es sei möglich, dass sich jemand, der in seiner Kindheit missbraucht worden sei, lange Zeit nicht mehr daran erinnern könne. Dann habe er vielleicht gegrübelt, was vorgefallen sein könnte, wo und wie. Und auf der Suche nach solchen vermeintlichen Erinnerungen seien ganz lebendige Szenen im Kopf entstanden. Und diese falschen Erinnerungen fühlten sich genauso an wie echte.

Jonathan könnte verzweifeln, wenn andere das, was ihm Erlebnis ist, für Phantasie halten. Kann das denn ein Traum gewesen sein? Das Bild war so deutlich, dieses Haus, auf der einen Seite war Wasser, die Säulen, die vielen Fenster an der Vorderfront, im Eingang ein runder, weißer Teppich und der schwarze Flügel, er glänzte. Es ist doch eine Erinnerung!

Es ist seine erste. Und sie ist in ihren Details so konkret, dass Therapeuten sie eher nicht für ein Produkt der Phantasie halten. Tatsächlich gab es in der Vorweihnachtszeit 1965 eine »Drehscheibe«-Sendung von der Nordsee. Mit Kinderchören darin. Jonathan ist vierzig Jahre danach wieder dorthin gefahren. Die Halle gab es nicht mehr. Sie wurde abgerissen. Es gibt jetzt eine modernere. Er war sich sicher, das Haus mit den Säulen sofort wiederzuerkennen. Er hat gesucht. Er hat es nicht gefunden.

Die Wohnung

Overfeld. Der Name steht auf einer Klingel einer Wohnung in Berlin-Neukölln, Hinterhaus, dritter Stock. Der Schlüssel, den ihm Jutta geschickt hat, passt. Im Wohnungsflur Kartons, durchwühlt. Jonathan steigt drüber hinweg, geht erst zögernd, dann stürzt er voller Entdeckerdrang in das große Zimmer. Und steht da wie gelähmt.

»Wie kann jemand so wohnen?«

Ein schäbiges Sofa mit einer Decke darauf, zwei alte Sessel, alles ist unbehaust. »Wer hängt sich solche Bilder an die Wand?« Es sind die Räume eines Fremden. Das hier soll sein Leben gewesen sein? Die einzige Spur zu ihm selbst ist eine leere Tabakpackung, »Schwarzer Krauser«. Er muss also hier gewesen sein. Er findet kein Fotoalbum, nicht ein einziges Bild, nicht in den Regalen, nicht in einer der Schubladen, die er öffnet. Alle sind leer. Nirgendwo Briefe. Keine Postkarte von irgendwem von irgendwo. Kein Gegenstand, den man persönlich nennen könnte.

Welcher Mensch lebt ohne Papiere, ohne Zeugnisse, ohne ein Foto? Ein altes Keyboard liegt herum, verstaubt. Im Regal ein paar Musikkassetten, Bach, Mozart. Daneben Bücher. Er liest die Titel, die Klappentexte. Keiner davon interessiert ihn. Vielleicht das abgegriffene Buch über das Mittelalter? *Tod und Teufel*. Der Autor heißt Frank Schätzing. »Nie von dem gehört«, sagt Jonathan. Aber warum liegt der Reiseführer nicht bei den anderen Büchern? Lanzarote. War er mal dort? Wollte er auf die Kanarischen Inseln?

Wer hat die Kartons durchwühlt? In der Küche liegen Kalender. Er schlägt sie auf. Nein, es sind nicht die, aus denen die Seiten gerissen sind, die er in Hamburg in der Tasche stecken hatte. Aber es stehen ein paar Namen darin, Telefonnummern. Er wird sie anrufen. Jonathan zieht ein paar Kleidungsstücke aus den Kartons. Es werden ja wohl seine sein.

Er bleibt nicht lange in der Wohnung. Es ist nicht seine. Das schwere Sofa, Biedermeier, abgewetzt. Sie macht ihm Angst, so wie ihm alles Angst macht. So viele Gesichter in den Straßen, U-Bahnen und Lokalen. Und keines, das er kennt.

Begegnungen

Er geht spazieren, unter den Linden. Vormittags ist er häufig am Gendarmenmarkt. Er liebt die Größe und Ordnung des Platzes, begrenzt vom Deutschen und Französischen Dom, in der Mitte das Konzerthaus, dieser klassizistische Bau mit den sechs riesigen Säulen. Er genießt es, die Stufen hinaufzugehen. Er liebt den Stuck, die Malereien, die Kronleuchter. Oft lauscht er hier den Generalproben der Orchester. Er kann in den Symphonien versinken, folgt den einzelnen Instrumenten. Ein Moment der Konzentration und gleichzeitig ein Loslassen. Er ist nicht mehr in dieser Welt. Es ist etwas in ihm, das er sonst nie erlebt. Wohligkeit.

Die Generalproben kosten zwei Euro Eintritt, und oft sind sie ganz umsonst. Es ist einer dieser Tage, Jonathan ist erfüllt, ganz in sich, geht hinüber zur Straße Unter den

Linden, auf die grüne Allee zwischen den breiten Fahrbahnen, wo kleine Cafés sind. Er will dort einen Milchkaffee trinken.

»Hallo, Jonathan!«

Er zuckt zusammen. Ein fremder Mann. Er erschrickt, fleht.

»Bitte, lass mich in Ruhe!«

Der Fremde kommt näher. »Jonathan, was ist denn mit dir los?«

Er steht jetzt vor ihm.

»Bitte, lass mich.«

Jonathan fällt bettelnd auf die Knie. Als sich der andere zu ihm hinunterbeugt und ihm freundlich beruhigend die Hand auf die Schulter legt, schlägt Jonathan einfach zu. Es ist ein harter Schlag. All seine Angst und all seine Aggression liegen darin. Dann rennt er und rennt. Kommt ihm jemand nach? Er keucht. Wenn man keucht, hört man nicht, ob jemand hinter einem ist. Merkwürdig. Warum kennt er das – mit dem Keuchen? Hatte er früher so keuchen müssen? War er auf der Flucht?

Wen hat er geschlagen? Er weiß es nicht. Als sein Puls sich beruhigt, das Pochen in der Schläfe nachlässt und auch das Reißen in der Lunge weniger wird, tut es ihm leid. Es war ein furchtbarer Schlag, er muss den Mann verletzt haben. War es vielleicht ein Freund? Freund, Feind, warum fehlt ihm in so einem Moment das Gespür? Der Tabak fällt ihm beim Drehen aus dem Blättchen. Er hat sich nicht im Griff, die Hände zittern. Der ganze Körper bebt.

Diese Zicke mit ihren Tätowierungen. Sie residierte hinter ihrem Schalter im Arbeitsamt. Sie sagt: »Nicht mein Problem.«

Also, dann erklärt er sein Problem eben noch einmal. »Amnesie!« Warum versteht die Sachbearbeiterin ihn nicht? Er übersetzt: »Gedächtnisverlust.«

»Nicht mein Problem.«

Sie sagt es nun schon zum vierten Mal. Selbstverständlich ist es nicht ihr, sondern sein Problem. Aber, verdammt noch mal, warum schaltet sie so auf stur? Es ist nicht so leicht zu erklären. Er ist nicht so leicht zu erklären. Ja, es stimmt, er hat einmal Tischler gelernt. Er hat die Gesellenprüfung gemacht. Das weiß er aus Unterlagen seiner Krankenkasse. Aber er hat sein Gedächtnis verloren. Er weiß nicht, wann er zuletzt als Tischler gearbeitet hat. Er hat einmal in einer Möbelfabrik gearbeitet. Da war er in der Werbeabteilung. Aber auch darüber kann er nichts sagen. Er weiß es nicht mehr. Er hat in einem Fotostudio gearbeitet. Aber auch das weiß er nicht mehr. Er hat eine Ausbildung zum Industriekaufmann gemacht. Er hat in einem großen Unternehmen gearbeitet. Er weiß nicht, was er danach gemacht hat. Es gab eine Geschäftsführertätigkeit. Er kann dazu wirklich nichts sagen.

»Bitte, verstehen Sie! Ich habe mein Gedächtnis verloren!«

Sie schüttelt mit dem Kopf. »Nicht mein Problem.«

Er hebt die Stimme, knallt laut das Buch mit seinen Notizen auf den Tisch. Zwei Männer vom Wachdienst nehmen ihn an den Ellenbogen und geleiten ihn zur Tür. Er solle es nicht persönlich nehmen. Das liefe hier so. Wie soll er das nicht persönlich nehmen?

Er geht in eine Kneipe und bestellt ein Bier. Und noch eins.

Es ist halb sechs Uhr morgens, als er im Wald erwacht.

Es ist kühl, alles ist nass vom Tau. Lichtkegel fallen durch die Baumkronen. Es wird ein warmer Tag werden. Als er nach Hause kommt, sind die Kartons in der Wohnung durchwühlt. War jemand hier? Aber wie sollte er hereingekommen sein?

Jonathan sitzt auf einer Bank an der Straße. Er blickt den Passanten nach, die vorbeieilen, sieht in die Autos, die sich an der Ampel sammeln, kleine sichere Höhlen; eine Frau beugt sich zum Rückspiegel vor, rückt ihre Haare darin zurecht, rollt die Lippen übereinander, damit der Lippenstift sitzt. Er beobachtet den Radfahrer, der sich durch die wartenden Autos nach vorn balanciert. Jeder drängt. Vor der Ampel sammelt sich die Ungeduld der Stadt.

Die Ampel schaltet auf Grün, und der Strom des Alltags setzt sich in Bewegung. Voran, alles geht voran. Und alles zieht vorbei. Normale Menschen, jeder folgt seinem Tagesplan, Leben, alltäglich stabil, manchmal hektisch, aber jeder um ihn herum lebt seinen Tag. Abends Familie, Liebe, Schlaf. Wenn er wenigstens Schlaf hätte. Warum sind bei ihm nur verwühlte Gedanken, dieses Elend? Er will normal sein, einfach normal, wie alle. Die Welt um ihn herum verschwimmt unter seinen Tränen.

»Komm, nimm das mal.«

Eine Frau hat sich neben ihn gesetzt. Sie hat eine Zigarette gedreht. Sie ist jung. Ein Diamant glitzert auf dem Nasenflügel. Sie streckt ihm die Zigarette entgegen und setzt ihre Cola-Dose auf seinen Oberschenkel.

»Trink einen Schluck!«

Er nimmt die Dose. Sie legt ihm die Hand auf den Rücken, fragt: »Kann ich etwas für dich tun?«

Er reißt sich los, wirft die Dose weg, rennt. Später bedauert er es. Sie war jung, sie war angenehm, schön anzusehen, ihre Stimme war so sanft, und es wäre vielleicht gut gewesen, mit ihr zu reden. Aber wieder war dieses Beben da. »Plötzlich ist eine Angst da«, sagt er, »als wolle mich jemand umbringen.«

Kurz danach fängt er sich, bereut, dass irgendetwas mit ihm durchgegangen ist. Abends notiert er: »Schon wieder bin ich an einem Tiefpunkt angelangt. Ich gehe langsam nach Hause und frage mich: Was soll ich hier? Unfähig für alles.«

Warum sitzt er plötzlich nachts auf diesem dreckigen Sandhaufen unter dieser taubenverschissenen Brücke? Er sieht auf die Uhr. Es ist kurz nach eins. Dabei kann er sich doch genau erinnern, dass er gerade erst die Wohnungstür verschlossen hat. Das war doch mittags, so um halb zwei. Und jetzt ist es dunkel. Er sucht nach einem Straßenschild. Schuhmannstraße. Er kennt die Gegend. Er war hier schon häufig auf seinen Streifzügen durch die neue, unbekannte Stadt hier vorbeigekommen. Er ist in Mitte. Aber wo war er die vergangenen zwölf Stunden gewesen?

So wenige Bilder und so viele Empfindungen. Schon wieder eine Zigarette. Verboten auf dem S-Bahnsteig. Egal. Er raucht inzwischen Kette. Diese Ahnungen, sie jagen ihn, er kann sie nicht mehr ertragen. Wie ein Unheil. Aber was ist es? Und warum ist da nichts? Nur dieses Gefühl, das ihn rasend macht. Zwei Lichter. Sie kommen auf ihn zu. Sie sind so hell. Es ist ein Sog, das Licht, jetzt nur ins Licht fallen lassen.

Es reißt ihn nach hinten, ein Mann hält ihn fest am Arm. Die S-Bahn läuft ein.

»Ey, Alter, lass uns mal lieber einen Schnaps trinken.«

Es ist ein Obdachloser. Jonathan zittert.

»Was …?«

»Lass man, ich wollte auch schon mal vor die Bahn springen.«

Jonathan ist noch ganz benommen. Sie gehen. Jonathan gibt seinem Retter in der Imbissbude ein Bier aus. Und noch eins. Und dann noch eins.

Die Engel

Heute stehen in einem Regal in Jonathans Wohnung, als Buchstütze oder auch völlig frei, Porzellanengel. Eine Figur symbolisiert den Schutzengel, der in Gestalt eines Obdachlosen erschien. Dass die Porzellanengel kitschig sind, legt über das ganze Ensemble ein wenig Ironie. Das ist gut, denn er will es nicht so ernst genommen wissen, und nimmt es ganz heimlich doch ernst. Jeder steht für großes Massel. Jonathan sagt: »Es sind Schutzengel.«

Ein Schutzengel wachte schon in Hamburg über ihn, in der Psychiatrie. Drei Wochen waren vergangen seit dem Tag, als er sich im Nirgendwo verloren und auf einer Parkbank wiedergefunden hatte.

Mittags gab es in der Klinik Kotelett. Er fragte sich noch, ob er eigentlich Fleisch essen würde oder vielleicht Vegetarier sei. Da biss er auf den Knochen, und ein Stück vom Zahn splitterte ab. Die Sozialarbeiterin der Station, Frau Krauss, die sich sehr um die Patienten kümmerte, drängte ihn, zum Zahnarzt zu gehen, und sie machte ihm gleich einen Termin. Der Arzt schliff die Bruchkante, an der die Zunge immer wieder entlangtastete, dass sie schon wund war. »Ich würde gern mal eine Röntgenaufnahme machen«, sagte der Arzt, »ich habe da einen Verdacht.« Er entdeckte eine große Zyste.

»Sie schweben in Lebensgefahr«, sagte der Arzt, »wenn die Zyste aufgeht, gibt es eine Blutvergiftung, und man kann dann kaum reagieren.« Er entfernte die Zyste. In den nächsten Monaten wird der Schutzengel noch viele Gestalten annehmen.

Jonathan streift weiter durch seine alte Nachbarschaft, ohne irgendjemanden oder irgendetwas wiederzuerkennen. In einer Kneipe läuft Fußball. Er war noch nie dort, aber es zieht ihn hinein.

»Hallo, Jonathan, wie immer?«

Die Wirtin muss ihn kennen. Sie lacht ihn an wie einen alten Bekannten. Er nickt, sagt: »Wie immer.«

Jonathan setzt sich an einen Tisch. Jetzt nur nichts anmerken lassen. Sie bringt ihm ein Glas Rotwein.

So vergehen Wochen voller Überraschungen, und es vergehen Monate, ohne dass die Erinnerung zurückkehrt.

Er legt Geld in der Wohnung weg und findet es nicht mehr. Er hört ein Klopfen. Wer ist dort an der Wohnungstür? Er erschrickt, sieht auf die Uhr. Viertel vor fünf. Sein Herz rast. Als er morgens aufwacht, liegt er nicht im Bett. Aber warum liegt er auf dem Holzflur?

Er isst nicht, spürt tagelang keinen Hunger. Tabletten beruhigen ihn. Aber immer beherrscht ihn der Wunsch: Mach Schluss! Er ist da, wenn er auf einer Brücke steht, er ist immer da auf dem Bahnsteig, wenn der Zug einfährt. Einfach springen, und er ist erlöst.

Ein zweites Gefühl ist dazugekommen, ganz schleichend, jetzt drängt es: Du hast noch etwas zu erledigen, sagt es. Todessehnsucht und dieses erstarkende Muss, sie ringen in ihm, und sie ringen um ihn. Aber was hat er so Dringendes zu tun?

Der Fremde

Jutta. Wer ist diese Jutta? Seine Gedanken laufen ins Leere. Aber da sind Empfindungen. Die Gefühle sind da, irgendwo weit unter der Oberfläche seines Bewusstseins. Er spürt sie. Er versucht, den Hund herbeizudenken. Sie hatte doch, als sie ihn als vermisst gemeldet hatte, gesagt, er sei morgens nicht gekommen, um den Hund zu holen. Aber auch der Hund kommt nicht. Jutta, sie braucht ihn. Er weiß es. Warum will sie ihn nicht sehen?

Jonathan hatte in der Charité mit seiner Lesebrille herumgespielt, damals, als seine Akte auf dem Tisch lag. Er hat ein wenig am Bügel geknabbert und die Gläser so gedreht, dass sie wie ein Fernglas wirkten. So hat er über die Schulter des Arztes ihre Adresse gelesen. Er musste sie sich nicht notieren. Er hat sie sich gemerkt.

Jetzt steht er vor diesem Haus. Er kann in das Fenster im Erdgeschoss sehen, das zur Straße herausgeht. Die Stehlampe brennt, das Zimmer ist voller Pflanzen. Sein Herz rast. Plötzlich betritt eine Frau das Zimmer. Ist es Jutta? Er springt schnell weg und läuft auf die andere Straßenseite. Die Frau soll ihn nicht sehen. Es muss Jutta sein. Irgendjemand hatte ihm gesagt, dass sie im Erdgeschoss wohnt. Plötzlich ein Krachen, er hat die Straße noch nicht überquert. Die Rollläden gehen runter.

Wieder Panik. Er läuft weg. Sie wird ihn nicht gesehen haben. Es war dunkel, wo er stand. Er rennt immer weiter, um die Ecke, die Straßen lang, immer weiter, bis zum großen Zaun, der den Flughafen Tempelhof von der Wohnstraße trennt. Dann den Maschendraht entlang in die Hasenheide. Er versteckt sich hinter Büschen, dort, wo Freilichtkino ist. Leute gehen vorbei. Er versucht, sich zu beruhigen. Warum versteckt er sich? Vor wem? Vor was? Sein Handy klingelt. Denis ist dran. »Denis, bitte hol mich ab, bring mich nach Hause.«

Denis, der in der Nähe wohnt, braucht eine Weile, bis er Jonathan in dem großen Park findet. Er begleitet ihn nach Hause. Sie reden, bis der Kühlschrank leer ist. Denis erzählt. Er erzählt von Sternennächten, Grillenzirpen und Lagerfeuern in der Toskana. Aber auch Denis, der ihm guttut, weil er eine Verbindung schafft zu seinem bisherigen Leben, der sofort gekommen ist, der sich kümmert wie ein guter Freund, mit dem er so lange redet, wird ihm kein alter Freund. Er bleibt ein Fremder. Jonathan erinnert sich auch nicht mehr an seine Begeisterung für mathematische Aufgaben, von der Denis erzählt.

»Das sagt mir nichts«, sagt Jonathan dann. Es ist ein Satz, den er oft wiederholt. Er klingt harmlos, und doch macht er ihn nervös. Ohne eine Erinnerung kann er sich nicht mit sich selbst identifizieren. Denn Gedächtnis ist ein Teil der Identität. Und dann sagt er: »Das macht mich irre!«

So, wie es Denis erzählt, kannte er das BGB wie der Pastor die Bibel. Immer habe er anderen Tipps gegeben.

Er konnte komplizierte Kontrakte lesen und auch aufsetzen. Es hatte sich herumgesprochen. Wie habe er sich damals in die Fälle hineinvergraben, so viel gelesen, Urteile nachgelesen. Und die ganzen Geschäftsverträge, die er geprüft habe, auch für Denis. In der Betriebswirtschaft kannte Jonathan sich aus.

Wie soll Jonathan das begreifen? Geschäftsverträge? Juristischen Rat? Er hatte sich gerade erst überwinden müssen, ins Bürgerbüro zu gehen. »Ich habe mich heute selbst übertroffen«, hatte er in sein Tagebuch geschrieben. Er hatte seinen Mut zusammengenommen, eine der Mitarbeiterinnen angesprochen und ihr gesagt, dass er an einer Amnesie leide. Sie hat mit ihm zusammen den Anmeldebogen ausgefüllt. Zehn Minuten hat es gedauert. Und alles war erledigt. Es war ein wunderbarer Tag gewesen. Abends hatte er notiert: »Ich habe heute keinen Alkohol getrunken. Werde es in Zukunft nur noch ganz selten tun.«

Und er, Jonathan, soll damals Nachbarn bei Briefen und anderem Amtsverkehr geholfen haben? »Das Sozialbüro von Neukölln«, so hätten sie ihn genannt. Wie er sich um die beiden alleinstehenden jungen Mütter gekümmert habe. Immer war er für die Babys da. Alle hätte das berührt.

Denis weiß viel über ihn zu berichten: Jonathan ist praktisch begabt, ein guter Handwerker, er ist gebildet und spielt gut Schach. Er ist meist gut gelaunt. Er trinkt viel Kaffee. Der muss aber heiß sein. Kalten mag er nicht. Er isst gern Äpfel. Wenig Fleisch. Und ist ein Frühaufsteher. Er raucht zu viel, aber trinkt wenig Alkohol. Manchmal raucht er einen Joint.

Und warum Denis ihn mag: Weil Jonathan gutmütig, großzügig und hilfsbereit ist, einer, der immer mit anpackt, der zuhört und wunderbar kocht – und der treu ist, vielleicht seiner alten Freundin Jutta zu folgsam.

Jonathan einer, der sie auch nicht im Stich lässt, als eine lange schwere Erkrankung erst ihr Leben und dann ihre Zukunft bedroht hat und die viel Kraft und Geld für Heilpraktiker verschlungen hat. Und die jetzt überwunden ist. Aber das erfährt Jonathan erst viel später von anderen.

Und dann ist da die andere Seite, die dunkle, von der ihm Denis lange erzählt. Was er auch machte, erschien wie der Auftritt eines Jongleurs, der auf immer mehr dünnen Stäben immer mehr Teller rotieren lässt, bis wieder alle herunterfallen. Und er vor dem Scherbenhaufen steht. Und dann läuft er wieder weg, wie ein streunender Hund. Und wieder zurück, und keiner weiß, wo er war. Und das Geld, das jetzt verschwunden ist? Wo ist es? Wo ist er gewesen?

Jonathan weiß nicht, wo er war. Nein, keines der Bilder, die Denis in dieser Nacht von ihm zeichnet, kann Jonathan zu seinem Selbstbild machen. Das ist nicht er. Das will er nicht sein. »Die Wahrheit, Denis, die Wahrheit!« Er will sie wissen, sich ihr stellen. Wer ist überhaupt dieser Denis, den er nicht kennt und der sagt, dass er ein alter Freund von Jutta ist? Und der redet und redet. Und wer ist dieser Jonathan, über den Denis redet? So fragt Jonathan. Wie soll er sich zu diesem Fremden bekennen, für den er weder Empathie hat noch Sympathie empfindet? Und der er selbst gewesen sein soll.

Geld verschwunden? Und früher gelogen, gestohlen, bei einem Arbeitgeber Geld unterschlagen? Das soll er sein? Er? Was erzählt er da! Soll er das etwa akzeptieren? Da müssen Nöte gewesen sein. »Es muss da noch etwas anderes gegeben haben.«

Misstrauen

Jonathan spürt das Misstrauen der Ärzte. Jeder hat in der Zeitung von dem geheimnisvollen »Piano-Mann« in England gelesen. Der Verdacht, dass Jonathan ihn imitierte, steht bei allen Untersuchungen und Bewertungen der Amnesie im Raum, ausgesprochen oder unausgesprochen. Jonathan spürt, dass viele ihn für einen Simulanten halten.

Es hätte das Misstrauen nicht zerstreut, aber vielleicht gedrosselt, hätten in der Krankenakte Daten gestanden, die man bei einem Blick ins Zeitungsarchiv finden kann. So war der spektakuläre Piano-Mann am 7. April 2005 in England aus dem Wasser gestiegen. Aber erst am 18. April hatten deutsche Zeitungen über den klimpernden Schweiger berichtet. Da war Jonathan schon seit einer Woche in der psychiatrischen Klinik in Hamburg-Ochsenzoll. Der Tag, an dem er sich selbst auf der Parkbank wiedergefunden hatte, war der 12. April. Sechs Tage vor den Meldungen über den Piano-Mann. Am 19. April wandte sich Jonathan an die Presse. Weil die Meldung vom Piano-Mann in England einen Tag alt war, war der Andrang der Journalisten in der Klinik in Hamburg groß gewesen.

Die Ärzte in Berlin vermuten bei Jonathan zuerst eine Suchtgefährdung. Um welches Laster es sich handelt, wollen sie nicht sagen. Drogen können es nicht sein. Irgendwann taucht in Gesprächen das Wort »Spielsucht« auf. Was haben sie für Informationen über ihn, die er nicht hat? Ist er wirklich ein Spieler? Roulett? Karten? Er kennt die Farben, kennt die Regeln. Er probiert sich, mischt die Karten über Hand, riffelt sie mit den Daumen. Was wissen sie aus seiner Biographie, das sie ihm nicht verraten?

Die Ärzte der Charité teilten Jonathan Overfeld mit, dass er einen Hausarzt benötigen würde. Die Klinik könne ihn nicht endlos betreuen. Warum auch? Er hat seine Vergangenheit vergessen. Aber er ist lebenstüchtig. Er macht sich auf die Suche nach einem Arzt, findet einen Neurologen. Wie jemand wie er überhaupt frei herumlaufen dürfe, empört sich der Nervenarzt. Er müsse doch untergebracht werden!

Jonathan ist erschrocken. Unterbringen, einsperren? Hat er irgendjemandem etwas getan? Könnte er irgendjemandem etwas tun? Er will sich nicht einsperren lassen. Warum will ihn niemand verstehen? Wenn er doch nur ein Simulant sein soll, warum will man ihn dann einsperren? Der Neurologe war keine gute Wahl. Den braucht er nicht.

Auch der Neurologe hatte von dem Piano-Mann gelesen. Aber inzwischen ist die Identität des jungen Mannes in England geklärt. Es ist ein hochbegabter Bauernsohn aus Süddeutschland. Viereinhalb Monate hatte er kein Wort gesprochen, nur ab und zu auf dem Klavier »Für Elise« gespielt. Der *Spiegel* porträtiert ihn als einen pubertierenden Oberschüler, der fließend Französisch spricht und den Mathematiklehrer korrigiert, der in der Schüler- und Lokalzeitung schreibt, scharf, frech, spitz, Artikel voll satirischer Ätzkraft.

Er gilt nicht als wieder gefundener Verlorener, er gilt als enttarnt, als Simulant. Seine Anwälte sagen, er habe nicht geschauspielert. Er habe zwar nie ganz die Erinnerung verloren, aber keine Brücke zu seiner Umwelt bauen können. Auch Helmfried Klein, Professor für Psychiatrie an der Universität, bricht eine Lanze für den jungen Mann, der »vermutlich einer Schizophrenie hilflos ausgeliefert war. Er konnte nicht mehr sprechen, nicht mehr logisch denken und auch nicht mehr entsprechend handeln.« Die Boulevardzeitungen, die den jungen Mann mit den Rehaugen berühmt gemacht hatten, fallen jetzt gnadenlos über den »Betrüger« her.

Das Tagebuch

Jonathan schreibt in dieser Zeit Tagebuch. Er hat den Kalender in seiner Wohnung gefunden, aus dem einige der Seiten gerissen waren, die er in der Tasche stecken hatte, als er damals auf der Parkbank in Hamburg gesessen hatte.

Seine Tage beginnen früh, um vier, um fünf, manchmal schläft er bis sechs, frühstückt und geht ins Freie. Er schreibt: »Ich laufe durch einen großen Park und weine.« Der fremde Park ist die Hasenheide, durch die er früher so oft mit dem Hund ging. Aber das weiß Jonathan nicht mehr. Immer wieder schreibt er in seinem Tagebuch von seiner Einsamkeit, notiert: »Keine Unterhaltung, kein Streit, kein Lachen und keine Änderung in Sicht.« Und immer wieder die Angst vor Fremden.

Er schreibt von der Kirche, an der er zufällig vorbeikommt und die offen ist. Er setzt sich hinein. Ins Tagebuch notiert er: »Das ist es doch, was ich wollte, mit einem unbekannten Wesen reden. Nach einer Stunde gebe ich auf. Ich bekomme keine Antwort.« Gott scheint ihn nicht zu kennen. Warum auch? Er kennt Gott ja auch nicht. Hat er ihn jemals gekannt? Hat er an ihn geglaubt? Hat ihm ein Glaube irgendetwas gegeben? Er schreibt immer wieder von seinem Todeswunsch.

»Und dann überkommt mich ein anderer Gedanke, der mich in den Wahnsinn treibt. Aus den Gesprächen mit Denis gewinne ich den Eindruck, dass für alles, was in den letzten Jahren an Unangenehmem und Schlechtem in meinem Bekannten- und Freundeskreis passiert ist, ich allein verantwortlich sein soll. Ich kann mich an nichts erinnern, und es bedrückt mich. Projizieren sie alles Negative auf mich, oder bin ich so? Ich kann mich nicht wehren. Ich höre mir das an und kann nicht reagieren.«

Wie soll er wissen, wie er ist, wenn er sich nicht erinnert? Er weiß nur, wie er glaubt, dass er ist. Er sagt: »Ich bin nicht schlecht.« Die Tagesaufzeichnung endet mit dem Satz: »Es ist jetzt 21 Uhr 20. Ich habe sieben Bier getrunken und drei Gläser Wein. Auch heute komme ich zu dem Schluss: So kann es nicht weitergehen. Ich weiß es, bin aber unfähig, etwas zu ändern.«

Der nächste Tag beginnt um 4.45 Uhr. So steht es im Kalender. Und im ersten Satz: »Ich könnte schreien, lasse es aber, es hört mich ja doch niemand.«

Momente der Hoffnung sind die ersten Gespräche mit dem Psychologen an der Charité, bei dem er sich immer noch in Behandlung befindet. »Ich mag ihn. Auch deshalb, weil er mir Mut macht. Ich habe gerade zwei Stunden mit ihm gesprochen. Eine kurze Weile ging es mir gut. Er ist der Meinung, dass ich wieder alles neu erlernen kann. Er sieht seine Aufgabe erst einmal darin, dass ich erst einmal meinen Alltag wieder in den Griff bekomme und wieder selbständig werde. Er nennt es Konfliktbewältigung, Abbau meiner Ängste und vor allen Dingen Bewahrung vor Alkoholproblemen.«

Und er beschreibt Konfusion und Verwirrtheit: »Ein akutes Thema ist die Vergesslichkeit. Allgemeine Dinge kann ich behalten und ordnen. Mein Persönliches aber werfe ich immer wieder durcheinander. Ich lebe in einem Chaos.«

Immer wieder verlegt er Geld, durchsucht stundenlang seine kleine Wohnung und findet es in irgendeinem Versteck. Er läuft U-Bahn-Kontrolleuren in die Arme und hat seine Fahrkarte nicht.

Seine Handschrift ist zügig, gestochen, die Orthographie ohne Fehler. Er benutzt die alte Rechtschreibung. Und er füllt Seite um Seite mit der Beschreibung immer gleicher Trostlosigkeit und Leere. »Ich falle in ein tiefes Loch. Ich weine morgens, mittags, abends und auch in der Nacht. Ich habe solche Angst. Ich will nicht mehr.«

Da war dieser Autounfall. Er liegt morgens in seinem Bett und weiß es wieder ganz genau. Es ist in Griechenland. Sie fahren im Mercedes. Jutta döst auf dem Beifahrersitz neben ihm. Das Auto vor ihnen brennt. Es ist gegen einen Baum gefahren. Er reißt die Fahrertür des Wagens auf, versucht, den Mann herauszuziehen. Er sieht Jutta, wie sie auf der anderen Seite an der Frau zerrt, sie schafft es nicht, die Frau ist eingeklemmt oder vielleicht nur zu schwer. Die Flammen züngeln, überall ist schwarzer, beißender Qualm. Er packt den Mann unter den Achseln, zieht ihn heraus, schleift ihn weg, legt ihn aufs Pflaster. Andere Autos halten, stellen sich quer, um die Straße zu blockieren, damit niemand in die Unfallstelle rast. Er hilft jetzt Jutta.

Die ganze Szene ist wieder präsent. Er erinnert sich noch, dass andere die Verletzten auf die Ladefläche eines Pritschenwagens legten und zum Krankenhaus rasten. Er sieht deutlich, wie Jutta versucht, die Frau aus dem Auto zu ziehen. Die Frau blutet, er sieht das Blut über den ganzen Kopf laufen. Aber er sieht Jutta nicht. Er weiß, dass sie es ist, die die Verletzte aus dem Auto zieht. Aber da ist trotz der so deutlichen Szene immer noch kein Gesicht von dieser Jutta, mit der er doch so lange zusammenlebte. Der Unfall läuft ab wie ein Film, aber sie ist wie gelöscht. Immer wieder lässt er ihn ablaufen, und immer wieder bleibt sie die Unsichtbare.

Fünf Monate sind vergangen seit dem Tag der Amnesie. So lange ist er nun Patient der Charité, ambulant. Es ist September, und er läuft immer noch stundenlang durch die Stadt. Und stößt immer noch auf nichts, was er kennt. Allein die U-Bahn ist ihm ein vertrautes System. Sein Netz unter Tage. Die Panik bleibt.

Der Helfer

Der Mann, der sich im Juni 2005 in dem Reinickendorfer Büro des Sozialpsychiatrischen Dienstes dem Psychologen Kai-Uwe Christoph als Jonathan Overfeld vorstellt, ist völlig konfus. Er ist zu Fuß aus dem südöstlichen Stadtteil Neukölln nach Reinickendorf im Nordwesten Berlins gelaufen. Das sind mindestens drei Stunden Weg.

Dass Jonathan um kurz nach fünf Uhr morgens aufgestanden und um acht aus dem Haus gegangen ist, um auch ja den Termin einzuhalten, der erst nachmittags um drei ist, erzählt er ihm nicht. Er entschuldigt sich nur dafür, dass er zu früh dran ist, denn als er eintrifft, ist es erst ein Uhr. Er zeigt auch nicht, wie sehr er sich selbst darüber ärgert. Am Abend schreibt er in sein Tagebuch: »Nicht einmal eine verbindliche Abmachung kann ich einhalten.«

So richtig weiß der Psychologe noch nicht, was er mit dem Mann anfangen soll. Der Mitarbeiter des Sozialpsychiatrischen Dienstes betreut viele Menschen in seelischer Bedrängnis, solche mit schizophrenen oder affektiven Störungen, aber auch posttraumatische Belastungsstörungen. Es ist eine ambulante Hilfe. Kai-Uwe Christoph ist ein ruhiger Mann, ein guter Kerl, den sich jeder wünscht, zum Bruder zu haben oder zum Freund. Zuerst einmal Mensch, dann Psychologe. Er hört zu, berät, sucht mit Verlorenen und Verlierern gemeinsam den Weg zurück in die Gesellschaft.

Einen, der sich selbst verlor, wie Jonathan, der behauptet, nicht zu wissen, wer er sei, hatte der Psychologe in seinem Arbeitsfeld noch nicht. Auch seine Kollegen sind ratlos. »Die Frage der Glaubwürdigkeit war sicher ein Problem. Sie stellte sich vom ersten Tag an«, sagt Kai-Uwe Christoph. Auch seine Kollegen und er hatten von dem geheimnisvollen »Piano-Mann« in der Zeitung gelesen. Ein Trittbrettfahrer? Aber dieser Mann wirkte auf ihn nicht wie ein Simulant. Dieses Fahrige, die Zerstreutheit und Panik bis zum Herzrasen und Schweißausbrüchen – der Mann hätte ein großer Gaukler sein müssen, wollte er dieses alles nur vortäuschen.

»Fragen, Fragen, Fragen«, notiert Jonathan über seinen ersten Besuch beim Sozialpsychiatrischen Dienst, »ich habe Geduld und ertrage es.« Für die Rückfahrt bekommt er einen Fahrschein. Er nützt ihm nichts, als er ihn den Kontrolleuren in der U-Bahn zeigt. Der sei ungültig, sagen sie. Jonathan schreit, tobt, als ihn einer der Kontrolleure anfassen will, reißt sich los und rennt davon.

Kai-Uwe Christoph folgte erst einmal seinem Gefühl. »Das Problem war ohnehin nicht zu lösen. Wenn ich den Patienten begleiten will, muss ich die Glaubwürdigkeit, die er auf emotionaler Ebene ja durchaus ausstrahlt, erst einmal annehmen«, sagt er heute. »Wenn ich nur misstrauisch gewesen wäre, hätte ich gar nicht mit ihm arbeiten können.« Für seine Arbeit spielte es ohnehin erst einmal keine große Rolle. »Ich bin einen Schritt zurückgetreten, um mich zu fragen, was das eigentlich für einen Unterschied bei der Arbeit mit ihm macht, ob der mir die Hucke voll lügt oder nicht.«

Also löste der Psychologe den Konflikt so, dass er Jonathan glaubte, wie er jedem anderen Menschen auch glauben würde. Und wenn ihm also etwas komisch vorkam oder er hinter einer Aussage eine Schutzbehauptung vermutete, fragte er nach, wie er es bei allen anderen Leuten auch getan hätte. Aber er suchte ihn nicht in Widersprüche zu verwickeln, und er akzeptierte Grenzen, die Jonathan zog. Denn sollte er lügen, wäre die Frage noch nicht beantwortet, ob er alle belog. Auch sich selbst. »Ich wollte ihn in seinem Versuch, sich selbst wieder zusammenzubauen, nicht verunsichern«, sagt Kai-Uwe Christoph. »Für mich war es das erste Mal, dass ich beruflich mit jemandem konfrontiert war, der an einer Amnesie litt.« Und er fragte sich: »Was macht das eigentlich mit einem Menschen, wenn er im Alltag damit fertig werden muss?« Und: »Wie ist das, wenn ein Mensch keinen Zugriff mehr auf seine eigene Identität hat?« – Jonathans Fragen an sich selbst sind auch seine Fragen: Was für ein Mensch ist er gewesen? Was für einer ist er heute? Ist es derselbe? Will er überhaupt derselbe sein? Die immer wieder aufflackernde Sorge: Was hat denn eigentlich zur Amnesie geführt? Was war seine Not? War er in Gefahr? Ist alles überhaupt real?

Mit dem Psychologen begegnet Jonathan jemandem, der ihn nicht nur ernst nimmt. Kai-Uwe Christoph nimmt ihn an. Und plötzlich steckt für Jonathan eine Chance in der Amnesie. Zum ersten Mal öffnet sich ihm eine Möglichkeit, sich anzuvertrauen. Kai-Uwe Christoph besorgt Jonathan eine gebrauchte Stereoanlage. In dessen Wohnung gibt es keine. Das ist verwunderlich, weil er Musik liebt und auch Kassetten in seinem Regal stehen.

Jonathan kauft sich selbst einen Fernsehapparat, ein Röhrengerät. Er giert nach Informationen, sieht Wissenschaftssendungen, verfolgt auf Phönix alte Bundestagsdebatten. »Da war einer, der heißt Wehner«, sagt er. Er ist begeistert von dessen Wortgewalt. »Ein frecher Redner.«

Veraltetes Wissen, Herbert Wehner starb 1990. Den Bundestag hatte der SPD-Politiker bereits 1983 verlassen.

Jonathan liest Bücher. Zeitgeschichte interessiert ihn. Er vergräbt sich in die Tagebücher des jüdischen Literaturwissenschaftlers Viktor Klemperer. Er liest über die Affäre des schleswig-holsteinischen Ministerpräsidenten Barschel, der in einem Genfer Hotelzimmer tot in einer Badewanne gefunden wird. Und er sieht Filme über die Tage, als in Berlin 1989 die Mauer fiel, die Trabbis begrüßt wurden und die Menschen auf der Mauer vor dem Brandenburger Tor feierten.

Alles ist neu. Er muss lachen, als er dieses witzige Lied im Radio hört: »Aber bitte mit Sahne.« Der Sänger muss noch jung sein, das hört er an der Stimme. Dass er das Lied von Udo Jürgens früher selbst spielte, als Keyboarder in einer Band, die für Hochzeiten und andere Feste engagiert wurde, hat Jonathan vergessen.

Der Umzug

Wenn Jonathan jeder fremd ist, will auch er allen fremd sein. Er will nicht mehr von Menschen angesprochen werden, die etwas über ihn wissen, was er nicht weiß. Vielleicht hilft Anonymität ihm aus der Bedrängnis. Fremd bleibt ihm auch die Wohnung, in der er lebt.

Er findet eine neue, eine kleine, in einer unattraktiven Gegend im Norden Berlins. Eichborndamm, am Ende des Weddings, einer erstarrten Nachbarschaft. Die Straße verläuft zweispurig geradeaus. Autos, Lastwagen und Motorräder rasen stadtauswärts und beschleunigen laut. Beide Räume seiner Wohnung gehen zu dieser Rollbahn hinaus. Um auf dem Balkon zu sitzen oder die Fenster zu öffnen, ist es zu laut. Alles hier ist hässlich. Dafür ist es anonym. Jonathan will kein Zuhause, nur ein Obdach. Er sagt: »Eine Wohnung ist ein Grab.«

Jonathan hätte für die gleiche Miete eine schönere Wohnung bekommen können. Er sollte beim Makler nur das Formular ausfüllen. Plötzlich war diese Angst wieder da, vor Fragen, die kommen könnten. Er lief rot an, spürte wie die Hitze in Hals und Gesicht stieg, das Herz wieder raste. Er riss die Tür auf, rannte hinaus und davon.

Wedding. Für ihn ist ein Stadtteil wie der andere. Er streicht die Wände, er streicht die Türen. Er wird ganz neu beginnen. Doch er schläft nicht ein, vor dem Morgengrauen ist er wach. Nachts läuft er durch Wälder. Wer ist er? Das ist die Frage, die ihn durchbohrt. Er, er selbst, sein Ich. Welches ist sein Wesen? Was erzählen andere da über ihn? Denis? Jutta, die ihn nicht sehen will? Das kann er nicht gewesen sein. Man bleibt doch derselbe, auch mit einer Amnesie. Er kennt doch seinen Charakter. Nein, das wird er so nicht schlucken.

So, wie sie ihn beschreiben, ist er nicht. Auch wenn er nichts weiß, das weiß er. Der Charakter verändert sich nicht durch das Vergessen. Das hat ihm der Arzt versichert. Man bleibt dieselbe Persönlichkeit. Er ist der, der er jetzt ist. Und er kennt seine moralischen Grundsätze. Er könne nie ein anderer gewesen sein. Aber was kommen da für Sachen rüber? Was ihm manchmal erzählt wird, kann so nicht gewesen sein. Nein, er traut keinem. Wer weiß denn wirklich, wer er ist? Wer weiß, was er denkt? Nein, der Arzt hat ihm gesagt, man bleibt derselbe, dieselben Vorlieben und Abneigungen. Der Kompass? Der Kompass bleibt! Er wird sich nicht verirren.

Gedanken in einer Endlosschleife. Schlimmer ist die Spirale seiner Gefühle. Da ist nur Ekel, Sahne, Honig, und er ist nackt, und sie sind über ihm. Da sind die Schläge, so viele Schläge. – Dann wieder der Drang, diese Blockade zu brechen. Die Erinnerung muss doch kommen. Er versucht, sie hervorzupressen, doch Erinnerungen lassen sich nicht herausquetschen. Sie sperren sich, je mehr er presst. Jonathan läuft und weint und schreit in seine Einsamkeit hinein. Er sitzt auf einer Bank, und ein Spatz setzt sich auf seinen angebissenen Apfel. »Endlich ein Lebewesen«, denkt Jonathan Overfeld, »vor dem ich keine Angst habe.«

Auch die Schlaflosigkeit ist Teil der Erkrankung. Die Seele wehrt sich gegen Träume. Nachts legt er sich im Schlafsack ans Ufer der Havel, dort, wo sie sich zum Tegeler See ausbreitet. Niemand, der ihn sucht, würde ihn in diesen Wäldern finden. Er schläft am Wasser, oft, und auch noch Monate später, als es schon sehr kalt wird. Eines Morgens liegt überall Schnee.

Jonathan schreibt weiter Tagebuch. Er füllt die Seiten mit wachen Nächten und Tagen der Verlorenheit, schreibt von der Angst, die sich immer wieder in ihm breitmacht. Er ist rastlos, dann völlig erschöpft, konfus. Die Einsamkeit frisst ihn. Er schreibt: »Ich kann so nicht gelebt haben.« Er notiert verpasste Termine, vergessene Erledigungen. Er schreibt: »Ich spüre langsam große Einsamkeit. Keine Unterhaltung, kein Streit, kein Lachen.« Vielleicht muss er in einer Kirche keine Angst vor den Menschen dort haben.

Er setzt sich wieder in eine Kirchenbank, sitzt eine Stunde. Niemand außer ihm ist in diese Kirche gekommen. Auch das schreibt er in sein Tagebuch. Sterben, jeden Tag steht der Gedanke ans Sterben auf den Tagebuchseiten. Um ihn ist nichts mehr, nur Schwere. Er schreibt: »Ich könnte schreien, lasse es aber, es hört mich ja doch niemand.« So viele Blätter füllen sich allein mit Mutlosigkeit. Kaum ein Tag, an dem er nicht um fünf Uhr morgens hinausläuft. Kein Abend, an dem er nicht trinkt. Keine Nacht, in der er nicht wach liegt. Und keine Menschenseele im Tagebuch, die ihm begegnet, über so viele vollgeschriebene Seiten.

Dann wieder Leute, die Fragen stellen. Aber er kann sie doch nicht beantworten! Tagsüber geht er, er geht und geht, läuft über Stunden durch die Stadt, oft bis tief in die Nacht. Er flaniert nicht, er hastet, Jonathan ist ein Gejagter. Immer in Unruhe und immer wieder voller Furcht. Schritte auf dem Hausflur, er dreht das Radio aus, hält den Atem an, lauscht. Die Tür der Nachbarwohnung wird von jemandem geöffnet. Er atmet aus. Das Hemd ist unter den Achseln nass.

Verwunderung

Es gab auch für Kai-Uwe Christoph anfangs kleine Momente der Verblüffung. Man stelle es sich nur vor: Da besucht der Psychologe jemanden zu Hause, der sagt, dass er sich an nichts erinnert. Und dann beobachtet Kai-Uwe

Christoph, wie dieser Jemand in seiner Küche vor dem Abfluss seiner Spüle hockt, der verstopft ist. Er schraubt das Knie aus dem Rohrsystem, reinigt es und schraubt es wieder hinein. Der Psychologe beobachtet also eine sich in dieser praktischen Handlung manifestierende kognitive Leistung und fragt: »Hast du das schon mal gemacht?«

»Das weiß ich nicht.«

»Warum weißt du, dass das Wasser nicht abfließt?«

»Das sehe ich.«

»Und warum weißt du, dass das Knie verstopft ist?«

»Das ist doch klar. Sonst würde das Wasser ja abfließen.«

Auch der Psychologe muss sich immer wieder das Grundprinzip der Funktionsweise des menschlichen Gehirns vergegenwärtigen. Denn man muss sich nicht unbedingt erinnern, ob und wann man schon einmal ein Abflussrohr aufgeschraubt hat, um zu wissen, wie es geht. Man muss nicht wissen, wann man das erste Mal gesehen hat, dass Wasser nicht abläuft, wenn der Abfluss verstopft ist. Man weiß, dass es so ist.

Ob man als Kind beim Bauen einer Sandburg am Strand das Wasser gestaut hat, ob man vielleicht einen Stein in einen Rinnstein geworfen oder die Hand auf den Waschbeckenabfluss gelegt hat, das alles ist unwichtig. Das Gehirn speichert nicht die Aktion, es entschlüsselt das allgemeine Prinzip, denn es ist nicht in erster Linie dazu konstruiert, sich zu erinnern, sondern den Alltag zu meistern. Niemand muss erst in der Vergangenheit schwelgen, damit ihm wieder einfällt, wie man ein Gewinde aufdreht.

Das menschliche Gehirn ist nicht dazu geschaffen, Einzelheiten in der Erinnerung zu behalten. Keine Nebenflüsse der Weser, keine Jahreszahlen großer Schlachten. Sie belasten nur. Denn was nützen dem Menschen die Zufälle von gestern für die Bewältigung der Probleme von morgen? Das Gehirn leitet aus Gelerntem nur das dauerhaft Brauchbare ab. Abertausende Schulstunden gehen deshalb in den Müll.

Fast jeder hat vergessen, was das Theorem des Sokrates ist. Aber jeder wendet es praktisch an. Das Gehirn ist auf Nutzen geeicht und versucht immer Regeln zu ergründen. Das sind die Größenverhältnisse von Dingen, die Logik, die Grundprinzipien der Mathematik, die Grammatik einer Sprache, das Drehen eines Gewindes. Brauchbar ist die Gesetzmäßigkeit. Die speichert das Gehirn.

Auch ein Eichhörnchen hat gelernt, wie es eine Nuss knackt. Der Bär weiß, wie er an den Honig kommt. Auch Tiere beherrschen den Abruf erlernter Abläufe. Aber keines kann sich an sein Leben erinnern. Denn das autobiographische Gedächtnis ist allein dem Menschen vorbehalten. Und nur das ist der Teil, der bei Jonathan lahmgelegt ist. Aber Jonathan ist kein Tier – er will es wiederhaben.

Kai-Uwe Christoph stellt ihm auch einen gebrauchten Computer in die Wohnung. »Ich hatte so etwas nie, ich brauche es auch nicht«, sagt Jonathan. Aber er benötigt nur Minuten, um sich einzufuchsen. Er muss auch schon früher an einer solchen Tastatur gesessen haben. Als er endlich einen Internetanschluss hat, ergoogelt sich Jonathan die Welt.

Drei Jahre später wird Kai-Uwe Christoph mit Bewunderung und auch einem Anflug von Stolz auf seinen Patienten blicken. Jonathan Overfeld wird am Computer

Briefe schreiben, Aufrufe formulieren, Flugblätter verfassen, Fachwissen recherchieren, Treffen vorbereiten, Vereinslisten durchsehen und Demonstrationen organisieren. Den ganzen Tag wird das Telefon klingeln. Aber das ist ein anderes Kapitel.

Die Männer

Es ist Samstag, Jonathan sieht fern, »Arzt im Zwielicht«, ein alter Schwarz-Weiß-Film im WDR. Irgendwie kennt er den Schauspieler, er sieht noch einmal in der Fernsehzeitung nach. Ja, Humphrey Bogart, der Name sagt ihm etwas, Casablanca. Da klingelt es. Er sieht auf die Uhr. Es ist zwanzig Minuten nach zwölf. Er löscht das Licht, schaltet den Fernseher aus. Wer sollte so spät zu ihm wollen? Wer kennt ihn überhaupt? Und wer weiß, dass er jetzt hier wohnt? Sein Puls rast. Er wartet. Diese Panik, er muss lernen, sie zu beherrschen. Aber sie beherrscht ihn. Er wartet. Alles ist ruhig, da ist nur das Hämmern seiner Schläfen. Jetzt hört er Schritte. Jemand ist auf der Treppe. Männerstimmen. Es klingelt wieder. Jetzt stehen sie vor der Wohnungstür. Er bebt.

Wieder Schritte auf den Stufen. Sie entfernen sich. Er öffnet vorsichtig die Balkontür, drückt sich hinaus, legt sich flach auf den Balkon. Es dauert, es dauert lange. Jetzt kann er sie sehen, sie verlassen das Haus, wechseln die Straßenseite. Sie tragen dunkle Anzüge.

Dunkle Anzüge passen nicht zu dem weißen VW-Bus,

in den sie steigen. Der Motor springt an, das Licht geht an, das Auto fährt aus der Parklücke. Der Fahrer gibt Gas. Der Spuk ist vorbei. Er bleibt noch eine halbe Stunde auf dem Balkon liegen. Sie kommen nicht zurück. Er raucht eine Zigarette, dann schaltet er den Fernseher wieder an. Der Apparat läuft die ganze Nacht.

Als er zwei Tage später in seinen Briefkasten sieht, findet er dort einen Zettel. Er liest:

Herr Overfeld,

unser Auftraggeber hat uns autorisiert, Sie finanziell großzügig zu bedenken. Die Unterlagen, die Sie bei Ihrem Anwalt hinterlegt haben, sind nur durch den von Ihnen angegebenen Namenscode und den dazugehörigen Zahlencode freizugeben. Für Sie sind die Unterlagen wertlos. In den nächsten Tagen werden wir Sie aufsuchen und erwarten Ihre Entscheidung. Bitte bedenken Sie, das finanzielle Angebot ist sehr großzügig, zumal in Ihrer jetzigen Situation.

Gruß M+P

Wieder hämmert es in seinen Schläfen, zittern die Hände. Wer sind M und P?

Trennung

Jonathan hat ein Foto gefunden, ein Gruppenbild aus Italien. Es sind zwei Frauen auf dem Bild. Die Frau links ist blond. Das Gesicht der Frau rechts ist nicht zu sehen. Es muss Jutta sein, denn der große Schäferhund steht mit seinen Vorderpfoten auf ihrem Bein. Der Hund richtet sich auf, sodass er mit seinem Kopf das Gesicht der Frau verdeckt. So kann sich Jonathan nur ein ungefähres Bild von der Frau machen, mit der er fast die Hälfte seines Lebens verbracht hat.

Jutta will ihn immer noch nicht wieder treffen. Sie war erleichtert, als man ihr mitteilte, dass ein Mann, der auf ihre Beschreibung passte, in Hamburg aufgefunden worden war. Was hatte sie für Angst um ihn gehabt! Als er in Hamburg in der Klinik war, witterte sie die Chance einer Zäsur. Zuerst wollte der Beamte auf dem Polizeirevier die Vermisstenmeldung gar nicht annehmen. »Viel zu früh für eine Suche«, sagte der Polizist, die meisten würden sich wieder melden. Aber dann hat er ihre Angaben doch notiert. Jonathans Ausweis war inzwischen mit der Post angekommen. Auf dem Brief stand ein Absender aus Frankfurt.

Aber jetzt, vielleicht zeigt sich das Schicksal mal von seiner gütigen Seite. Soll er doch in Hamburg bleiben! Amnesie? Einen schönen Bären bindet er den Leuten wieder einmal auf. Sie kennt doch ihren Toni, wie sie Jonathan nennt, ihren Münchhausen, mit seinen verrückten Lügengeschichten: Plötzlich Schwindel, er fällt um, dann mal eine Herzattacke, wie damals, als sie Hakan kennenlernte und er so eifersüchtig war. Nichts, was Jonathan nicht schon passiert wäre. Sie glaubt ihm kein Wort. Hätte er doch damals seine in Bochum begonnene Therapie nur nicht abgebrochen, als sie wieder zurück nach Berlin zogen.

Er würde zurückkommen. Zu ihr. Er war immer wiedergekommen. Wattenscheid, Bochum, Eslohe, Berlin, immer war es so. Oder war sie wieder zu ihm gegangen?

Nun, das geht schon mehr als zwanzig Jahre so, da weiß sie es auch nicht mehr so genau. Natürlich hat sie immer gewollt, dass er bei ihr ist. Selbstverständlich wollte sie bei ihm sein.

Aber jetzt ist Schluss! Ende der Fahnenstange. Er hat die Miete nicht bezahlt. Der Vermieter will ihn loswerden. Das soll er! Das übernimmt sie, höchstpersönlich. Sie wird die Wohnung auflösen, bevor er wieder aufkreuzt. Er hat eh nie dort gewohnt. Es war ein Schlafplatz. Jonathan wohnte nirgends. Er war bei ihr. Sie wird ihm so den Rückweg abschneiden. Soll er doch in Hamburg neu anfangen!

»Diese Entschlossenheit, ihn loszuwerden, geriet schon zum Starrsinn«, sagt ihr gemeinsamer Freund Denis.

Das war jetzt wieder eine Pleite mit ihm! Sie wollten doch den Laden übernehmen. Das Zoo-Geschäft in der Kienitzer Straße, gleich um die Ecke. Dort, wo sie immer das Hundefutter kauften. Das alte Ehepaar, das länger zum Laden gehörte als der alte Papagei, wollte aufhören. Und Jutta liebte doch die Tiere. Und Jonathan hat auch ein Händchen für Tiere. Es war ihre Idee. Und er hätte dann die Abrechnungen machen können. Jonathan sollte das für sie organisieren. Eine Freundin wollte mitmachen. Ihr Anteil war schon auf dem Konto. Wenn das nicht geklappt hätte, hätten sie das mit dem Imbiss durchgezogen. Croques verkaufen, so etwas gibt es in der Straße noch nicht. Jonathan hatte schon mit dem Vermieter des leer stehenden Ladens geredet und auch mit dem Gewerbeamt.

»Jonathan machte alles. Er ist gutmütig.« So sagt es Denis.

Jonathan half bei Renovierungen, packte bei Transporten an. Er konnte streichen, verrichtete Tischlerarbeiten. Eine kleine Renovierungsfirma zu gründen, der Plan war auch schon einmal gereift. Handwerker werden immer gebraucht.

»Ich gebe dir den Jonathan.« Denis hat dieser Satz von Jutta oft empört. »Aber sie selbst war nicht anders, allen musste sie helfen, jedem lieh sie Geld. Keine verlorene Seele, der sie sich nicht widmet. In ihr Herz passt das Leid der ganzen Welt.«

Aber jetzt hat sie die Nase voll. Denn was hat er jetzt wieder angestellt? Jetzt will sie ihn endlich los sein. Es ist genug. Wo ist das ganze Geld? Sechstausend Euro. Und diese hohe Telefonrechnung! Auf dem Einzelverbindungsnachweis steht immer wieder diese Rate- und Gewinn-Nummer aus dem Fernsehen. Warum hat er da nachts mitgezockt? Ist das Geld weg? Hat er woanders gespielt? Schulden? Hat er Verlorenes verzweifelt wiederholen wollen?

Sie hält es einfach nicht mehr aus, nie zu wissen, ob er die Wahrheit sagt. Früher ist sie sich nicht einmal sicher gewesen, ob sein Name stimmte. Damals hat sie sich von Jonathan, ihrem Bayern, der nie ein Bayer war, getrennt und hat Rotz und Wasser geheult.

Das Leben neu anpacken! Alles allein machen. Morgens aufstehen, nicht mehr bis mittags im Bett liegen. Jede Nachtigall kann eine Lerche werden. Auch sie. Der Hund muss ja raus. Jonathan hat immer die Morgenrunde gemacht.

»Sie war zu dem Zeitpunkt auf einem Höhenflug«, sagt Denis.

Sie telefoniert mit den Ärzten in Hamburg. Die sagen,

Jonathan könne das Krankenhaus verlassen. Er sei freiwillig in der Klinik. »Bitte«, fleht sie, »geben Sie ihm auf keinen Fall meine Adresse.« Sie ist hin- und hergerissen, beschließt, sie wird doch nach Hamburg fahren. Sie wird mit ihm reden. Aber dann wird sie wieder weich werden. Nein, sie wird nicht nach Hamburg fahren.

»Jutta wollte nicht, dass Jonathan immer bei ihr ist«, sagt Denis, »aber wenn er woanders war, rief sie an und fragte, wann er endlich komme.«

Aber dieses Mal nicht. Aus. Vorbei. Die Wohnung muss weg. Ohne Wohnung kein Zuhause. Ohne Zuhause kein Zurückkommen. Man muss sie nur schnell auflösen. Aber wer? Und die Möbel?

Die Wohnung ist im vierten Stock. Jutta räumt schon einmal aus. Den Fernseher. Die Stereoanlage. Ein Freund hilft anpacken. Jonathan hatte die EC-Karte in ihrer Wohnung auf ihrem Tisch zurückgelassen. Das Konto war leer. Sie muss das Zeug verkaufen. Wie sonst soll sie über den Monat kommen? Sie muss sich Geld leihen. Vielleicht wird ihre Mutter ihr helfen. Jutta wird sie anrufen. Die alte Frau kennt ihren Kummer mit Jonathan. Mehrere Jahre haben Jutta und Jonathan bei ihr gelebt. Sie hat ihn erlebt, wie er sich anstrengte, wie er sich abrackerte, wie er kämpfte, um jede Zuneigung. Wenn er ihren Garten umgraben durfte, wenn er etwas reparieren durfte, wenn er nur etwas für sie tun durfte. Wenn er nur ein gemochter Schwiegersohn werden durfte. Und sie wusste, dass ihre Tochter ihn liebte.

Heute sagt Jutta: »Es war, als wäre eine dunkle Wolke, die immer über mir schwebte, endlich verschwunden. Ich atmete durch. Ich war frei.«

Zweiundzwanzig Jahre davor, da hatte Jutta geglaubt, sie hätte das große Los gezogen, als sie sich in Jonathan verliebte. Aber ihr Robert Redford, der die Zigarette lässig im Mundwinkel hielt, während er am Klavier souverän in die Tasten griff, der so lustig sein konnte und wie ein Kind mit dem Hund tollte, wurde ständig krank. Er hatte immer wieder Unfälle. Wie oft hatte sie die Reisetasche mit dem Schlafanzug und dem Rasierzeug in irgendein Krankenhaus gebracht? Sie weiß es nicht mehr.

Verwirrungen

Jonathan erschrickt jedes Mal, wenn das Telefon klingelt. Er drückt die grüne Taste. Eine Männerstimme, ein alter Berliner.

»Wann können wir die Möbel liefern?«

»Welche Möbel?«

»Ihre Möbel. Sie haben sie bestellt. Hier ist das Möbelhaus.«

»Nein, keine Möbel! Ich habe keine Möbel bestellt!«

Kann er den Auftrag stornieren? Aber wer hat die Möbel bestellt? Wer treibt solchen Blödsinn?

Jonathan kommt vom Spaziergang zurück. Da steht eine Palme in seiner Wohnung. Was macht plötzlich diese Pflanze in seinem Zimmer? Wer hat ihm dieses riesige Ding mitten in den Raum gestellt? Irgendjemand will ihn verwirren. Aber woher hat der Jemand einen Schlüssel? Jonathan ruft Kai-Uwe Christoph an. Er kommt, beruhigt.

Nur wenige Tage später. Der Kühlschrank ist leer geräumt. Die Joghurtbecher, die Margarine, der Fisch, alles ist auf dem Tisch aufgetürmt. Wer treibt solchen Schabernack? Wer kommt heimlich in seine Wohnung? Jonathan nimmt das Handy. Er ruft Kai-Uwe Christoph an. Er kommt, beruhigt.

Es ist mitten in der Nacht. Jonathan kommt das Treppenhaus hinauf. Seine Tür steht offen. Er erschrickt, schleicht sich an, wagt einen Schritt hinein. Er sieht die Schubladen. Alle sind herausgezogen. In Panik rennt er die Treppe wieder hinunter. Jonathan ruft Kai-Uwe Christoph an. Der kommt, geht in die Wohnung. Es ist niemand dort, aber die Schubladen sind tatsächlich herausgerissen. Er kann ihn nicht beruhigen.

Was ist das jetzt hier?, denkt der Psychologe. Ein dissoziatives Phänomen, akut aufgetreten? Eine Inszenierung, um irgendwelche Handlungen zu vertuschen? Oder bastelt Jonathan etwas zusammen, um eine für ihn unangenehme, vielleicht peinliche Situation zu erklären? Aber dazu hätte er seinen Betreuer nicht mitten in der Nacht anrufen müssen. Im Gegenteil, er hätte nur darüber zu schweigen brauchen.

Es fehlt Geld. Es hatte in den Schubladen gelegen. Es ist weg. Aber wo war er die letzten Stunden? Auch sie sind weg. Jonathan weiß nicht, wo er war. Er schwitzt, rennt auf und ab, verstört. Wo war er? Hat er das Geld genommen? Und was hat er damit gemacht?

Endlich setzt er sich. Er zittert, ist blass. Kai-Uwe Christoph spürt ein Ausmaß der Verzweiflung, das den Psychologen erbarmen lässt. Ist Jonathan wieder in eine neue Abspaltung geraten? Dieses Mal für eine kürzere Zeit?

Aber warum? Was ist Realität? Was seine Fiktion? Reißt ihn etwas in einen Wahn? Vermischen sich alte Ängste mit neuen Wahrnehmungen?

Jonathan hat die letzten Wochen gar nicht mehr geschlafen. Vielleicht ist es die neue Wohnung, der Lärm der Straße. Oder ist es immer die Angst, die ihm den Schlaf raubt? Eigentlich seit damals, als die beiden Männer unten an der Haustür klingelten.

Da war die Palme, der ausgeräumte Kühlschrank, die geöffnete Wohnung mit den herausgezogenen Schubladen. Jonathan braucht dringend eine Mütze Schlaf. Der Psychologe bringt ihn in eine Klinik. Der Arzt dort sagt: »Jetzt schlafen Sie erst einmal, dann reden wir.« Sie reden erst vier Tage später. So lange schläft der Patient.

Es hat sich danach niemand mehr gemeldet. Es wäre auch nicht leicht gewesen. Mittlerweile war es Sommer geworden. Der Lärm der Straße martert ihn. Die Autos, die duch seine kurzen Schlafphasen rasen, die Lkws, die das ganze Haus beben lassen. In den Zimmern sind nur noch Krach und Abgase. Jonathan findet keinen Moment der Ruhe. Er vergräbt den Kopf ins Kissen, seine Nerven liegen jetzt blank. Die Raser unten auf dem Asphalt wissen nicht, was sie denen antun, durch deren Gehör sie rasen, Tag und Nacht.

Und dann dieses Klingeln in der Nacht. Seine Wohnung gibt ihm keinen Schutz. Nicht vor dem Lärm, nicht vor dem Fremden. Jonathan wandert nun viel in den Wäldern am Tegeler See. Er setzt seinen Kopfhörer auf, hört Beethoven, Schubert, Tschaikowsky. Nur die Musik schirmt ihn ab. Sie versetzt ihn an einen anderen Ort, in eine andere Zeit.

Die Männer an der Tür, wer waren sie? Auch sie vielleicht nur Wahn? Aber eine Halluzination schreibt keine Zettel. Wie soll er unterscheiden lernen? Was ist Panik? Was vielleicht berechtigte Angst? Oder nur Gespinste?

Wenn er es selbst war, der die Palme ins Zimmer gestellt hat? Kann er es selbst gewesen sein, der den Brief geschrieben hat?

Der Lügendetektor

Der Professor für Physiologische Psychologie an der Universität Bielefeld, Hans Markowitsch, hatte Jonathan zusammen mit seiner Assistentin in der Charité besucht. Und er hat ihm erklärt, warum die Panik, unabhängig von der Erinnerung, ihr turbulentes Eigenleben mit ihm führt. Und warum er vieles weiß, aber fast nichts über sein Leben.

Markowitsch ist ein nüchterner Mann. Einer, der eher zuhört als redet, sich schwer zu etwas hinreißen lässt. Seine Erklärungen sind immer sachlich. Er greift dabei gern auf bildliche Darstellungen zurück, die er auf seinem Laptop mitbringt. Er hat sehr viele Arbeiten auf der Festplatte gespeichert, sodass er manchmal länger nach einzelnen Grafiken suchen muss. Der Lehrstuhlinhaber für Physiologische Psychologie an der Universität Bielefeld arbeitet seit Jahrzehnten an der Erforschung des menschlichen Gehirns.

Markowitsch und seine Assistentin haben lange mit

Jonathan gesprochen, zahlreiche Untersuchungen durchgeführt, darunter sogenannte Lügendetektionstests, mit denen auch Gerichtspsychologen Konfabulationen, wie die Wissenschaftler falsche Aussagen nennen, offenlegen. Sie zeigen dabei Bilder, die jeder erkennen, oder stellen Fragen, die jeder leicht beantworten kann, und ziehen ihre Schlüsse daraus, wie sie beantwortet werden oder wie auf sie reagiert wird. Kurzum: Wer etwas vortäuschen will, tappt dabei in Fallen.

Jonathan tappte in keine, auch nicht bei dem von dem Amerikaner T. N. Tombaugh entwickelten und streng lizenzierten »Test of Memory Malingering«, der vor allem in der medizinischen Forschung international Anwendung findet. Jeder Wissenschaftler, dem der Test zur Verfügung gestellt wird, benötigt zwei Bürgen für die Seriosität seiner Arbeit. Markowitsch selbst ist damit schon als Gerichtsgutachter eingesetzt worden. »Selbst mit großer Versiertheit«, erklärt er, »könnte uns hier niemand täuschen.« Der renommierte Wissenschaftler hielt Jonathan nicht für einen Simulanten.

Für den Neuropsychologen ist Jonathan nicht der erste Fall eines solchen »Wanderlustigen«, wie die Nervenärzte die retrograden Amnesiepatienten um 1900 nannten, die das Vergessen mit einem Ortswechsel verbinden. Einer der von ihm Untersuchten wollte nur Brötchen holen und fuhr mit dem Rad vom Ruhrgebiet bis nach Frankfurt. Er sah sich in einer Schaufensterscheibe und erkannte sich selbst nicht mehr. Als man ihn zurückholte, glaubte er, man wolle ihn mit einer fremden Frau verkuppeln. Es war seine Ehefrau. Er erkannte auch seine Kinder nicht, und auch alle Erzählungen aus seinem Leben ließen ihn unberührt. Er wechselte danach den Beruf und seine Hobbys.

Ein anderer, Deutsch-Russe, begab sich von München nach Sibirien. Er weiß bis heute nicht, wie. Er hatte kein Visum und auch keinen Pass. Unterwegs verlor er vier Finger einer Hand. Auch hieran kann er sich nicht erinnern. Die Ärzte vermuten, dass er sich in Güterwagen Richtung Osten bewegte und seine Hand beim Aufspringen auf einen Waggon vielleicht in eine Schiebetür eingeklemmt wurde. Er wurde in Russland ohne Papiere festgenommen. Aus dem Gefängnis wurde via Fernsehen gefragt, wer den Unbekannten kenne. Eine Frau aus Kasachstan erkannte ihn. Sie wusste, dass er in München lebte und dort verheiratet war. Der so in Russland identifizierte Mann war, wie sich herausstellte, in München in krumme Geschäfte verwickelt. Er hatte jemandem eine Tasche mit 100 000 Euro übergeben sollen. Aber die Tasche war plötzlich verschwunden.

»Bei diesen dissoziativen Amnesien findet sich häufig ein forensischer Hintergrund«, sagt Markowitsch. Kriminelle Geschäfte erzeugen Stress. Manchmal wird der so bedrohlich, dass das Gehirn mit einem Systemabsturz reagiert. Diese aus Realität und Subjektivität, also in doppelter Weise Flüchtigen, können Schilder lesen, Fahrkarten lösen, sie finden sich im Verkehr zurecht. »Wanderlustige« sind keine Schlafwandler. Auf Außenstehende können sie völlig klar wirken.

Auslöser muss nicht immer die Angst sein. Bei frühen Prägungen genügt Stress oder ein Unfall. Durch ein aktuelles Ereignis ausgelöste Amnesien ereilen oft Menschen mit einer schon lange davor verletzten Psyche. Hinter einem Gedächtnisverlust verbirgt sich in der Regel ein belastetes Leben. Fast alle Patieten, die er untersucht hat, tragen tiefe Narben in der Seele. Das Gehirn löscht nichts, so erklärt ihm der Professor, es bewahrt vieles auf, das es aber verschließt.

Denn anders, als man früher glaubte, ist das Gewebe im Gehirn nicht zerstört. Es ist immer nur blockiert. Durch die in Gefahr oder seelischer Not ausgeschütteten Stresshormone, die, wie die Hirnforschung heute weiß, kaskadenartig ausgeschüttet werden, wird das Gehirn geradezu überschwemmt, und die Rezeptoren der Nervenbahnen werden blockiert. Fehlen Verbindungen, laufen Fakten und Gefühle nicht mehr synchron, und es kommt zum Systemausfall. Empfindungen können dann, wie es Jonathan erlebt, unverarbeitet umherirren und sich an keine Erinnerung mehr anheften. Und sie können so zu Qualen werden. Die Psychologie benutzt für das radikale Vergessen den Begriff der Abspaltung. Traumatische Erlebnisse werden weggeschlossen – und wehe, sie werden reaktiviert.

Nach hundert Jahren feindseliger Debatte begegnen sich Freudianer und Neurologen heute wieder. Menschen wollen sich unbewusst nicht erinnern, sagen die Psychoanalytiker. Und sie können es auch nicht, sagen die Hirnforscher. Es war Sigmund Freud, ursprünglich selbst Neurologe, der in seinem Buch *Über Narzissmus* voraussagte, »dass all unsere psychologischen Vorläufigkeiten einmal auf den Boden organischer Träger gestellt werden«. Damals misstraute er den Methoden der Hirnforscher nur, weil deren Mittel noch ungenügend waren. Heute sind nicht nur bestimmte Persönlichkeitsstörungen aus der

Hirnchemie ablesbar, man kann sogar schon deren Heilung beobachten.

Markowitsch hat mehr als dreißig Amnesiepatienten untersucht, die aus psychischen Gründen ihr Gedächtnis verloren haben. Sie alle zeigten Hirnschäden, wie sie sonst nur nach Unfällen auftreten – und zwar immer in den Schläfenlappen, wo der Hippocampus sitzt, der zusammen mit dem vor ihm liegenden Mandelkern die Verarbeitung von Gefühlen und Informationen synchronisiert. Es ist immer der rechte Schläfenlappen, in dem sich der Schalter des Gehirns befindet, der es dem Menschen ermöglicht, sich zu erinnern.

Nur fünfzehn Prozent der von Markowitsch untersuchten Patienten bekamen ihre Erinnerungen vollständig zurück. Seine Erfahrung widerspricht damit eher der allgemeinen Lehrmeinung, nach der alle nach einiger Zeit ihre Erinnerung wiederfinden.

Jonathan könne versuchen, so sagte ihm Markowitsch, sein Unbewusstes zurückzuholen, um es zu befrieden. Aber er könne es nicht erzwingen. Je mehr er sich anstrenge, desto schwerer gelänge es. Die Anstrengung verursache Stress und der blockiere. Jeder kenne das im Kleinen, wenn einem irgendein Name auf der Zunge läge und doch nicht herauskomme. Je höher der Druck, desto geringer die Chance. Das erklärt auch die Blockaden vieler Schüler bei Klassenarbeiten.

Jonathan müsse versuchen, Stress abzubauen und keinen neuen zu schaffen. Wenn Menschen das Trauma verarbeiten, oft auch mit Hilfe einer Therapie, würde sich auch die Gehirnaktivität wieder verändern. Sie würde schwächer in emotionalen Arealen, in denen auch die

Panik lokalisiert sei und die ihn jetzt noch umtrieben. Und Gehirnaktivität verstärke sich gleichzeitig wieder in jenen Bereichen, die mehr mit Gedanken und Sprache zu tun hätten. Vielleicht sagen deshalb viele, dass Reden gut tut.

Markowitsch warnte ihn aber auch. Und fragte, ob er sich auch sicher sei, ob er die Erinnerung überhaupt wolle. Er sagte: »Sie können die Amnesie auch als eine Chance nehmen.«

Das Dorf

Die beiden kleinen Finger. Sie sind morgens ein wenig steif. Seine kleinen Krüppel. Jonathan sitzt in seiner Küche, er trinkt seinen Kaffee. Zum Spaß hält er die heiße Tasse mit dem kleinen Finger. Da klart der Nebel des Vergessens auf. Von der Nordsee zurück, von dem weißen Haus, dem Flügel, dem Honig auf der Haut, weigert er sich, Klavier zu spielen. Er sieht sich selbst, wie er als Junge mit dem Lockenhaar seinem Klavierlehrer die Noten zerreißt. Beim Hochamt in der Kirche hämmert er mit den Ellenbogen auf die Orgeltasten, dass die Kirche dröhnt. Die Gemeinde erschrickt. Es wird sogar in der Zeitung erwähnt – er sei ohnmächtig geworden, heißt es. Aber er ist gar nicht ohnmächtig geworden.

Er rennt. Zum Wald. Da ist sein Baumhaus. Es ist Winter, er klettert hinein, friert. Er nimmt einen dicken Ast, die klammen Hände liegen auf dem Holz, er holt aus. Fünfundvierzig Jahre später sind die zertrümmerten Finger zu einem Erkennungsmerkmal geworden. Und es kommen wieder Erinnerungen, Bruchstücke, aber auch die Gefühle.

Der Boden zittert. Die Erde reißt auf. Es ist wie ein Vulkan, der plötzlich ausbricht. Alles ergießt sich, glühend und lebendig. Der blutende Christus. Überall an den Wänden das Kruzifix. Eine Kapelle als elterliche Wohnstube? – Tante Anna ist wieder da. Ihr aufgeräumtes Ziegelhaus, daneben der Bauernhof, der kleine Weiher mit der Insel darin. Gertrud flattert herbei und die anderen Gänse, er hat zu ihnen übergesetzt mit seinem Floß, sitzt unter einer Trauerweide. Es ist da, er kann es aufmalen, er nimmt einen Stift. Er zeichnet den Hof, den Teich, das Haus von Tante Anna, den Eingang zu ihrer Praxis, den Hundezwinger.

Die Holzbrücke hatte er damals zerstört, niemand sollte ihn dort fangen können. Er hatte sich ein Floß gebaut, ein paar Bretter auf ein paar leeren Benzinkanistern. Nur der Großvater – er mochte den alten Mann mit dem Hut – durfte zu ihm auf die Insel. Er setzte ihn über. Es gab eine Bank. Da saßen sie und redeten, der Großvater und der Jürgen. Er fühlte sich angenommen von dem alten Mann. Und er mochte den Geruch der Zigarre. Jürgen hat sehr geweint, als sein Freund, der Großvater, starb.

Jonathan weiß nicht, ab wann er so genannt wurde. Und wann er sich selbst den Namen zu eigen gemacht hat. Es muss am Ende der Pubertät gewesen sein. Im Dorf, da hieß er Jürgen.

Auch Phylax ist wieder da. Der Schäferhund holt Jürgen von der Schule ab, knurrt, wenn sich die anderen

Dorfjungen auf ihn stürzen wollen. Er fletscht auch bei Tante Anna die Zähne, wenn sie Jürgen schlagen will und beim Bauern, wenn der mit dem Riemen kommt.

Da ist der Bruder von Tante Anna. Der Bauer und seine Frau haben acht Kinder, drei Jungen und fünf Mädchen. Er ist sehr streng zu ihnen und tobsüchtig gegenüber seiner Frau, wirft mit dem Teller nach ihr, wenn ihm mittags, wenn er vom Feld kommt, das Essen nicht schmeckt. In seiner Erinnerung geht Jonathan wieder durch die große Tenne des Niedersachsenhauses, die Kühe stehen rechts und links, es riecht nach Tier und Heu. Eine kleine Tür, ein enger Flur, in dem die Joppen hängen und Gummistiefel stehen, dahinter die große Küche mit einem langen Tisch und vielen Stühlen. An den gekalkten Wänden hängen Marienbilder, und im Raum hängt die Angst.

Jürgen hilft auf dem Feld, lädt Stroh auf den Leiterwagen, zieht mit den anderen Rüben, und bei der Kartoffelernte schleppt er die vollen Drahtkörbe mit den Kartoffeln, wie es die Männer taten, während sich die Frauen auf den Knien mit den Händen und Hacken durch die Furchen arbeiteten. Er erinnert sich, dass sie ihn oft erst packen mussten, dann nahmen sie ihn, als er sich wehrte, in den Schwitzkasten und zwangen ihn zur Arbeit auf dem Feld.

Die Mädchen vom Hof dürfen nicht mit Jürgen spielen. Aber es ist so lustig mit ihm, und sie schleichen sich am Vater vorbei. Er prügelt wütend auf seine Töchter ein, als er sie mit Jürgen im Heu erwischt. Die ältere von ihnen ist damals vielleicht elf, und Jürgen trägt noch kurze Lederhosen mit Hirschhorn auf den Hosenträgern.

Die Mutter kommt, rettet ihre Kinder, zieht sie schützend ins Haus. Nur noch er ist da. Und der Bauer. Er sieht ihn wieder vor sich, diesen Riesen mit schaufelgroßen Pranken und einem immer rot glühenden Gesicht. Jetzt schlagen die Pranken zu, rechts und links. Der Kinderkopf schleudert hin und her und schlägt gegen das Scheunentor.

Die Tante

Anna Wandmacher ist heute eine Dame mit schlohweißer Dauerwelle und einer weißen Bluse, die im Rollstuhl sitzt und für Besucher Kuchen backt. Die bald Neunzigjährige hat sich oft Gedanken gemacht, was aus ihrem Jürgen wohl geworden ist. Es waren keine angenehmen Gedanken.

Sie war noch »ein Fräulein«, als sie den Jungen aus dem Heim in Pflege nahm. Hatte Christus nicht gesagt, »was ihr einem der Geringsten tut, habt ihr mir getan«? Die junge Heilpraktikerin wollte dem Kind »einfach gut sein«.

Ihr war ein Junge zugelaufen, so wie anderen eine Katze. Er hat in ihrem Hoftor gestanden und geweint. Sie hat ihn ins Haus genommen, hat ihm zu essen gegeben und auch ein Bett. Er war aus einem Heim geflohen. Das erfuhr sie, als sie die Polizei über das verängstigte Kind informierte. Der Junge wollte nicht zurück, und sie wollte ihn gern bei sich behalten. Aber die Polizei holte ihn wieder ab. Sie versuchte, die Dame vom Amt zu überreden. Aber man wollte ihr das Kind nicht lassen. Vielleicht, sagte man ihr, wenn es mal ein anderes gebe, könne man sie berücksichtigen. Sie bewarb sich, obwohl sie ohne Mann war, aber es gab ja noch ihren Vater, der mit ihr im Haus lebte. Und ihr Bruder wohnte mit seiner Frau und den Kindern nebenan auf dem Hof. Und sie bekam ein anderes Kind.

Es war zu Weihnachten. Da durfte sie das ihr nun zugewiesene Kind in einem Heim in Bottrop abholen. Es war wie ein Geschenk. Es hieß Jürgen. Er war ein hübscher Knabe. Und es hätte bei ihr ein schönes Zuhause sein können.

»Als der Junge kam, hatte er schon keine Tränen mehr«, erinnert sich Anna Wandmacher. Da war er neun. Sie war seine fünfte Lebensstation. Die eigene Mutter hatte ihn nie angenommen, der »Erzeuger« blieb nur ein Name in Amtspapieren, ein Bergmann. Jürgen war aus dem Rausch einer Nacht entstanden. Dem Bergmann war Strafe angedroht worden, weil er sich weigerte, den Unterhalt für sein Kind zu zahlen. Neun Monate Säuglingsheim, drei Jahre Kinderheim, dann wechselnde Pflegeeltern, die ihn zur Feldarbeit, aber nicht zur Schule schickten und in den Hundezwinger sperrten, dann wieder ein Kinderheim in Bottrop.

Das alles findet sich in Akten und Berichten der Ämter. Bei Jonathan ist es gelöscht. Nur ein Bild ist zurückgekehrt: Es ist das von der Kellertreppe, auf der er sitzt. Und dem Wüterich, der vor ihm liegt. Stundenlang hat er da gesessen. Und der Mann hat sich nicht mehr bewegt.

Er hatte den Pflegevater schon von weitem gehört. Er brüllte laut, wenn er aus dem Wirtshaus kam, dann verprügelte er die Pflegemutter. Und dann ihn, diesen fremden kleinen Bastard. Deshalb hatte er sich unter der Treppe versteckt, und deshalb hatte er über eine der schmalen Stufen ein Stolperband gespannt. Und dann kam der Mann, und er kam in den Keller und sah das Band nicht. Jonathan musste dann wieder zurück ins Kinderheim St. Konrad in Bochum.

Heinz-Jürgen ist glücklich, als er da raus und zu Tante Anna kommt. Dem Jungen, erinnert sich die Pflegemutter, gehörte bald das ganze Dorf. Sie war eine gefragte Heilpraktikerin, die Leute kamen von überall, auch aus der Stadt, das Wartezimmer ihrer Praxis, die gleich neben dem Bauernhof ihres Bruders lag, war damals immer voll. Sie hatte ein Auto, das, wie später die Kinder fanden, so schön nach Benzin roch. Und sie hatte Dienstmädchen.

Und der Jürgen? Gute Noten in Mathematik und Musik, aber so schlecht in »Betragen«, ungezogen, faul und rebellisch. Was hatte die Pflegemutter für Sorgen! Bei der Lehrerin war er auf den Tisch gesprungen, hatte ihr die Kette abgerissen, nicht einmal der Rektor, der gefürchtet war, weil er erbarmungslos die Rute führte, wurde des Jungen Herr.

Immer Widerworte, mit schmutzigen Schuhen ins Haus. Zur Strafe in die Speisekammer gesperrt, trinkt er den Saft aus den Einmachgläsern. Nachts läuten die Kirchenglocken, weil er beim Küster das Uhrwerk verstellt hat. Es ist ihr, als stecke der Dämon in dem Jungen. Oft weint die junge Frau. »Zu seinem Besten«, so sagt sie später, nahm sie immer wieder den Stock. Aber sie sagt auch: »Wenn einem ein Kind so viel Kummer bereitet, so wächst man doch zusammen.«

Als der Bauer ihn mal wieder packt, weil er mit den

Töchtern im Heu steckte, reißt sie dem Bruder das Kind aus den Pranken. Das ist auch ihr der Gewalt zu viel.

Sie betete für den Jungen, schon in der Frühmesse. Er durfte Reiten lernen. Der Organist gab ihm Klavierunterricht. Der Junge war begabt. Und tierlieb. Er hing an dem Hund. Und er hing auch sehr an Tante Anna. Das hat sie später gemerkt, als sie ihn wieder ins Heim brachten. »Das Auto soll gegen einen Baum fahren, dann sind wir alle tot.« Sein Todeswunsch hat sie erschreckt.

Jonathan erinnert sich noch an den Stubenarrest, als der Hund draußen heulte. Da ist Jürgen wütend geworden, er hat das Spielzeug, Decken und Kissen, Stofftiere, dann das ganze Mobiliar die Treppe hinuntergeschmissen. Nur die Madonna nicht. Er hatte Angst vor der Holzfigur. Und er hatte Angst vor dem Zorn von Tante Anna. Sie war mächtig. Das hatte er gesehen. Eine Patientin, die mit offenen, schwelenden Wunden an den Beinen kam, war in drei Wochen geheilt.

Dunkelzonen

Jonathan liegt die ganze Nacht wach. Vor Aufregung. Und weil er den Zug nicht verpassen will. Ostbahnhof 7 Uhr 42. Ankunft in Köln: 12 Uhr 12. Es wird ein Tag der Wahrheit. Er nimmt ein Taxi zum Max-Planck-Institut.

Da steht es nun, das Gerät, das ihn durchleuchten soll, PET, Positronen-Emissions-Tomographie. Ein großer, weißer Kasten mit einer Röhre in der Mitte. Der Röntgenarzt erklärt ihm alles ganz genau. Mit Hilfe eines leicht radioaktiven Kontrastmittels, das ihm nun in die Blutbahn injiziert würde, könnte man auf den Aufnahmen, die mit diesem Gerät gemacht würden, etwas über die Aktivität der einzelnen Zonen seines Gehirns erfahren. Eigentlich sei es nicht mehr als strahlender Traubenzucker. Die Verteilung des radioaktiven Zuckers im Gehirn mache biochemische Prozesse erkennbar. Wo Zucker, also Glukose ist, da ist Stoffwechsel, also Aktivität. Wo keine ist, herrscht Lähmung. Die Strahlung wird gemessen, und die Ergebnisse werden am Computer in Bilder umgewandelt. Die Positronen-Emissions-Tomographie ist das modernste unter den bildgebenden Verfahren der Nuklearmedizin.

Beklemmung ergreift ihn, als er auf einer flachen, schmalen Liegeschale in das Gerät geschoben wird. Nicht wegen der Enge. Wegen der Gedanken, die er sich schon seit Tagen gemacht hat und die sich die ganze Zugfahrt hindurch verstärkt haben. Was, wenn der Arzt einen Tumor entdeckt? Ein Tumor könnte doch alle seine Gedächtnisausfälle erklären.

Zwei Stunden liegt er unbeweglich in der Röhre. Es hämmert darin laut wie auf einer Baustelle. »Ein Tumor?« Das ist die erste Frage, die er dem Arzt stellt, als Jonathan endlich wieder ins Freie gezogen wird. Der lacht. Die Ärzte des Max-Planck-Instituts für Neurologische Forschung sind Spezialisten im frühen Erkennen von Tumorbildungen. »Nein«, sagt er, »Sie haben keinen Tumor.«

Der Arzt zeigt ihm die Aufnahmen seiner einzelnen Hirnregionen. Dort, wo das biographische Gedächtnis lokalisierbar ist, ist die Färbung dunkelblau, fast ins Violette hinein. Das heißt, sie ist nicht aktiviert, die biochemischen Prozesse ruhen. Wäre der Teil des Gedächtnisses aktiv, müsste er rotgelb sein.

Professor Hans Markowitsch hat Jonathan noch einmal zu weiteren Tests nach Bielefeld eingeladen, und er hat ihm sein Problem an einem Modell des Gehirns erklärt. Dann hat er noch einmal die Schnittbilder der Positronen-Emissions-Tomographie mit ihm angesehen und ihm gezeigt, wo die Gehirnaktivität sehr reduziert ist. Im vorderen Bereich, dem Temporal- oder auch Schläfenlappen, ist das Gehirn nicht orangefarben dargestellt, sondern dunkelblau. Das heißt, hier findet ein geringer Stoffwechsel statt.

Für Markowitsch ergibt die Darstellung von Jonathans Hirnaktivität ein für Amnesiepatienten typisches Bild. Er hat in einer Datei die Aufnahme von Jonathan neben die dreizehn anderer Amnesiepatienten gelegt. Bei allen sind es die gleichen typischen Hirnregionen vorne rechts, die nicht richtig arbeiten. Bei allen, deren Hirnaktivität hier gedrosselt sei, gebe es aber eine große Diskrepanz zwischen den erhalten gebliebenen Wissenssystemen, also dem Fakten- und Allgemeinwissen auf der einen Seite und dem völligen Fehlen von autobiographischen Erinnerungen auf der anderen. (Ein französisches Forscherteam ist mittlerweile mit einer völlig anderen bildlichen Darstellungsmethode auf die Lahmlegung der gleichen Hirnregionen bei Amnesiepatienten gekommen. Die Franzosen fanden die Faserstruktur zerstört.)

Bei Jonathan aber sei zusätzlich noch eine Zone im linken Bereich des Schläfenlappens nicht voll aktiv. Das erklärt für den Forscher, warum bei ihm auch ein Teil des

Weltwissens weggefallen ist, das er sich gerade mühsam wieder antrainiert.

Um über jemanden Genaueres aussagen zu können, so erklärt Markowitsch, würde in dem Test eine Art Profil von seinen Fertigkeiten und Fähigkeiten angelegt. Dazu nehme man die Intelligenz als Basis. Normalerweise gibt es eine hohe Korrelation zwischen IQ und dem Gedächtnisquotienten. Bei Amnesiepatienten aber findet man eine deutliche Diskrepanz zwischen der Intelligenz und der Gedächtnisleistung, auch der unbewussten Gedächtnisleistung. Bei Jonathan stießen die Forscher auf schwere Einbrüche.

Das intensive, neue Erlernen von vergessenen Ereignissen, von wichtigen politischen Debatten oder historischem Geschehen, wie dem Fall der Mauer, ist für Patienten wie Jonathan typisch. Ein anderer Patient abonnierte wissenschaftliche Magazine, um seinen Vorrat an Bildung wieder aufzufüllen.

Markowitschs Team hat aber auch die Fähigkeit der Patienten untersucht, langfristig ein neues Gedächtnis zu bilden. Dabei ist ihnen aufgefallen, dass dies trotz aller Gelehrsamkeit emotional reduziert geschieht. Psychiater würden das eine verminderte Schwingungsfähigkeit nennen. Bei neuen Lebenserfahrungen reagieren die Patienten nie himmelhoch jauchzend, aber auch nie zu Tode betrübt. Das sei bei Jonathan nicht der Fall. Er kann sich richtig aufregen, er kann sich freuen und sehr traurig werden. Aber anders als bei manchen anderen, die ihre Erinnerungen schnell wieder hatten, blieb bei Jonathan die Blockade der Verbindung zur linken Gehirnhälfte sehr lange erhalten. Einiges kam nach Wochen wieder. Anderes nach Monaten. Und noch immer, fünf Jahre nach dem Eintritt der Amnesie, sind große Lebensabschnitte nicht reaktivierbar.

Die Teufel

Jonathan erinnert sich bis heute nicht daran, dass es bei seiner Tante Anna noch einen Klaus gab und eine Petra, zwei weitere Pflegekinder. Als er davon erfahren hat, hat er Klaus in dessen Wohnung in Hannover besucht. Jonathan hat ihn nicht erkannt. Und nichts wurde in seinem Gedächtnis wach. Klaus, der heute als Medizinpädagoge Ärztefortbildungen durchführt, Pflegeeinrichtungen leitet und selbst zwei Kinder hat, hatte aber alles präsent.

Jürgen, wie er Jonathan heute noch nennt, hatte damals sofort sein Revier abgesteckt. »Ich war als Erster hier, und ich bin der Erste.« Das Geschwisterpaar waren Konkurrenten. Jürgen sagte: »Mir gehört das hier, und ihr müsst fragen.« Wenn sich Klaus jetzt rückbesinnt, so sagt er, Jürgen wollte seine Tante Anna mit niemandem teilen. »Wir waren eine Bedrohung.«

Auch in den Stunden, in denen sie zusammen auf der Terrasse sitzen und über ihre gemeinsame Kindheit sprechen, bleibt Klaus, mit dem er als Junge jahrelang ein Zimmer teilte, ein Fremder. Klaus hat Fotos, noch von damals. Jonathan aber erkennt auch den Klaus auf den Bildern nicht. Und auch nicht Petra, dessen kleine Schwester. Sie ist ein hübsches Mädchen, die blonden Haare sind mit einer Spange adrett aus dem Gesicht gehalten.

Klaus und Petra kannten ihn schon, als sie zu Tante Anna kamen. Er war wie sie im Kinderheim St. Konrad in Bottrop gewesen. Jürgen war im Dorf immer der Anführer. Klaus erzählt, wie alle Kinder, auch die vom Hof nebenan, ihm nachrannten. Er hatte immer Spielideen, mit ihm zusammen war es spannend, und wenn er durch das Gras robbte, dann machte es Phylax, der vorher ein Polizeihund gewesen war, genauso. Wenn es Prügel setzen sollte, und das war oft der Fall, kroch Jürgen zu Phylax in die Hundehütte. Klaus hat Jürgen, der nur wenig älter war als er, immer bewundert. »Er tat, was er wollte, obwohl er wusste, welche Konsequenzen er zu erwarten hatte.«

Klaus kann sich noch an alles erinnern. Sie hatten Jonathan auf einem Küchentisch festgebunden, die Hände an den Tischbeinen, er war splitternackt. Dann musste der Knecht vom Hof den Gürtel nehmen. Er war ein kräftiger junger Mann, und die Schläge hat er kräftig durchgezogen, wie mit einer Peitsche. Aber Jürgen hat nie geweint. Der Knecht kann sich, heute darauf angesprochen, nicht mehr erinnern. Und auch Jonathan hat es vergessen. Damals hat es Klaus nicht verwundert, dass der Jürgen nackt auf dem Tisch lag. So kannte er es schon aus dem Kinderheim.

Immer wurden sie dort nackt gezüchtigt. Er weiß noch, wie die Nonne den kleinen Jürgen auspeitschte, auf einer Tischtennisplatte, nackt und vor allen anderen, die sich aufstellen mussten, um zuzusehen. Alle Kinder waren zu der Statuierung des Exempels zusammengerufen worden. »Es sollte eine Abschreckung sein.« Er sieht noch die Ordensschwester mit dem Kleiderbügel, wie sie den nackten Jürgen durch den Gruppenraum jagt und wie sie immer wieder zuschlägt. Manchmal wurden sie alle nackt verprügelt, weil sie ein Kind nicht verraten hatten. Heute als Erwachsener befremdet es ihn schon. Damals sah er darin nichts Sexuelles. Er erlebte die besondere Schutzlosigkeit. Er sagt: »Es ging um Erniedrigung.«

Klaus, der schon damals eine Brille trug, blieb im Haus von Tante Anna in der Rolle des Beobachters. »Ich konnte mich anpassen wie ein Chamäleon, das hatte ich im Heim gelernt.« Jürgen war schon dort immer mit dem Kopf durch die Wand gegangen. Klaus lag oft bereits im Bett und tat, als würde er schlafen, wenn Jürgen mal wieder Prügel bezog, weil er erst um Mitternacht nach Hause gekommen war. Klaus war voller Bewunderung, und gleichzeitig erwischte er sich selbst bei seiner Schadenfreude. Er stand mit seiner kleinen Schwester Petra am Fenster, als Jürgen auf den Hof geführt wurde. »Da habe ich mir die Hände gerieben und gedacht: Jetzt kriegt er eine Abreibung.«

Jonathan sagt: »Wir haben uns jahrelang nicht gesehen, und es wäre normal gewesen, wenn ich Klaus in den Arm genommen und gedrückt hätte. Ich bin doch spontan, lebe Gefühle aus, aber das ist alles nicht mehr vorhanden. Auch Klaus nicht, ich kann mich immer noch nicht an ihn erinnern.«

Aber er erinnert sich an Marie, die alte Magd. Und an Tante Klara, die oft kam. Sie trug eine Brille und einen Dutt, über den sich Jürgen immer amüsierte. Aber Tante Klara, die selbst keine Kinder hatte, war dem frechen Jungen gut.

Fluchten

Das Handy klingelt. Das neue Handy. Es weckt ihn. Jonathan ist in seiner Wohnung im Sessel vor dem Fernsehapparat eingenickt. Er drückt die grüne Taste. Es ist niemand dran.

Das alte Mobiltelefon klingelt. Er meldet sich. Auch da antwortet niemand. Es klingelt immer wieder. Es ist immer jemand dran, im Hintergrund hört er deutlich Musik. Vielleicht ist es Jutta. Vielleicht will sie doch wieder Verbindung aufnehmen. Aber woher hat sie seine neue Nummer? Er hat sie nur sehr wenigen gegeben, gerade mal fünf Leuten. Keiner von ihnen würde sich einen dummen Scherz erlauben. Es geht jetzt seit einer Stunde so. Jonathan stellt beide Telefone ab. Er geht ins Bett.

Um halb vier wacht er auf, zieht sich an, packt etwas Brot, Käse und eine Flasche Wasser in seinen Rucksack, steigt aufs Rad und fährt zum Frühstücken an den Tegeler See. Es ist schön, ganz allein am Wasser zu sein. Aber warum drängt ihn irgendetwas wieder nach Hause? Nichts erwartet ihn dort. Zurück in seiner Wohnung schläft er noch einmal ein. Die Türklingel weckt ihn. Er geht auf den Balkon und sieht zwei Männer vor der Haustür. Er kennt sie nicht. Wieder verhält er sich still. Dieses Mal kommen sie nicht das Treppenhaus hinauf.

In den ersten Monaten überfällt Jonathan immer wieder diese Panik. Wie an dem Wahlsonntag.

Vor dem Reichstag findet ein Fest statt. In kleinen Buden wird Obstwein ausgeschenkt. Eine Frau spricht ihn an, als er ratlos vor der Getränketafel steht. »Nehmen Sie Holunder.« Sie lächelt, und er bestellt Holunder.

Vier Stunden später sitzt er immer noch mit der Fremden auf der Wiese vor dem Reichstag. Sie ist attraktiv, nur wenig jünger als er. Sie diskutieren, schlagen sich durch das Dickicht der Wirtschaftsthemen und alle Niederungen der Politik. Er kann nicht nur mithalten, denn er weiß inzwischen wieder viel. Er hat gelernt und sogar gewählt. Er kann auch mit ihr streiten, bezieht Position. Es ist wunderbar, mit ihr zu diskutieren, und es ist ein schöner Sonntagnachmittag. Bis zu dem Moment, als sie aufsteht und sagt: »Ich hole noch einen Wein. Und Sie sagen mir dafür Ihren Namen. Ich weiß ja noch gar nichts über Sie.«

Da ist es wieder, das Pochen in den Schläfen, die Enge in der Brust. Ihm wird heiß, er droht zu kollabieren. Sie sieht, dass er rot anläuft, nach Luft schnappt, sie erschrickt, springt auf, ruft: »Was ist? Ich hole Hilfe. Einen Notarzt.« Sie rennt zum Wurststand, um Hilfe zu holen. Da fasst er sich, springt auf und rennt davon. Erst in der U-Bahn, der Puls schlägt noch heftig, stellt er sich die Frage: »Was hast du jetzt schon wieder gemacht?«

Auch das könnte ihm Hans Markowitsch beantworten. Für den Hirnforscher ist auch dies eine Situation, wie sie der Wissenschaftler bei Amnesiepatienten immer wieder beobachtet hat. »Sie können eine scheinbar völlig normale Konversation führen, wissen Namen und Daten, wirken nach außen völlig unauffällig«, sagt Markowitsch, »aber ihr Selbstbild ist erschüttert, und bei der Frage, wie sie sich emotional gegenüber anderen verhalten sollen, sind sie hilflos.«

Auch für die verstörend unsichere Begegnung und Flucht vor der jungen Frau, die ihm, als er weinend auf der Bank saß, die Cola anbot und tröstend den Arm auf die

Schulter legte, findet sich eine Erklärung in der anfangs noch viel stärker eingeschränkten Gehirntätigkeit. Denn auch die Fähigkeit, den Gesichtsausdruck des anderen zu verstehen und so Menschen in ihren Absichten einzuschätzen, ob sie übel oder freundlich gesinnt sind, ist im Stirnhirn angelegt, dort, wo Jonathan blockiert ist.

Die Toskana

Sterben, vielleicht wäre es wirklich die Lösung. In Italien. Es muss schön sein in der Toskana. Warme Gefühle verbinden Jonathan mit Italien. Aber noch immer keine Erinnerungen. Viele Sommer lang ist er dort gewesen, das weiß er jetzt. Denis hat eine gemeinsame Bekannte benachrichtigt, die mit ihnen zusammen in der Toskana war. Jonathan hat auch sie nicht erkannt.

Jonathan und Jutta organisierten damals das riesige Camp. Jonathan war der Manager. Jutta fuhr den großen Lastwagen. Sie war lange Lkw-Fahrerin gewesen. Eine Raum bietende Küche wurde auf Holzbohlen aufgebaut. Sanitäre Anlagen waren da. Den ganzen Sommer lösten sich die Urlauber ab, viele Jugendgruppen. Sie hörten damals Lucio Dalla und »Bello e impossibile« von Gianna Nannini. Abends saßen alle am Feuer, und irgendjemand spielte Gitarre. Denis hat es beeindruckt, wie Jonathan alles organisierte. Er war in seinem Element. Ein Manager. Die gemeinsame Freundin erinnerte sich aber auch noch an einen Streit zwischen ihm und Jutta. Jutta hatte die Frühstücksvorbereitungen übernommen und kam morgens früh nicht aus dem Schlafsack. Die beiden hatten so heftig gestritten, dass sie abgereist war.

Das alles waren ihm an dem Abend Geschichten anderer geblieben, nicht seine. Aber Italien, das Wort bereitet Wohlgefühl. Wie mag es dort aussehen, in Pancano, Luculona, Castellina in Chianti und all den anderen Orten, die er auf der Karte mit dem Edding gelb markiert hat? Er weiß es nicht.

Aber da ist ein Bild in seinem Kopf. Weiße Tischdecken, so weit sein Auge reicht. So viele Tische in der Sonne, dicht an dicht, Reihe um Reihe. Bunte Schirme. Ihm fällt ein Wort dazu ein: »Siena«. Aber in seinem Kopf sind nur die Tischdecken, nichts sonst von der mittelalterlichen Stadt in der Toskana. Keine Piazza del Campo mit dem Turm, dem Torre del Mangia des Palazzo Pubblico. Und auch nicht das berühmte Palio, das Pferderennen.

Aber da ist ein Sog. Sterben, dort, endlich Ruhe haben.

Kann jemand nachempfinden, was für eine Leere dort entsteht, wo die Erinnerung verloren ging? Und was dieser Mensch erlebt haben muss, dass er einen über Jahrzehnte aufgebauten und lange beherrschten Konflikt zwischen inneren und äußeren Welten am Ende nicht mehr aushalten konnte?

Das sind die Fragen, die sich Kai-Uwe Christoph stellt. Und dass Jonathan nie jemand glaubte, was er sagte. Wie früher, als kein Erwachsener dem geschändeten Kind zuhörte? Auch jetzt so viel Unglaube. Er verliert sein Gedächtnis. Und wie viele verdächtigen ihn, dass er simuliere. So viele Nachfragen voller Fallen.

»Durch das Interesse vieler Instanzen, wie Professor Markowitsch, kriegte er aber mit, dass ihn Menschen aus unterschiedlichen Motiven ernst nahmen«, sagt Kai-Uwe Christoph, »Menschen, die fragen: Was ist eigentlich los?« Und da geschah etwas: »Jonathan offenbart sich in einer Weise, die unvorstellbar ist.«

Jonathan selbst sagt heute, dass er diese erste Zeit überlebt habe, verdanke er allein Kai-Uwe Christoph. Der Psychologe lotste ihn durch die Stürme seines Daseins. Und er war immer wieder Retter in der Not. Auch für ihn steht heute ein Porzellanengel in Jonathans Regal.

Jonathans Jahre im Dorf setzen sich langsam zusammen, so wie ein Puzzle, Teil um Teil. Zum Beispiel beim Dunst einer Suppe. Er wischt gerade Staub von seinem Keyboard, sieht auf die Tasten, riecht den Dampf der Suppe, die in seiner Küche auf dem Herd steht. Und dann kriecht ihm wieder diese Biersuppe in die Nase, die es bei Tante Anna gab, immer am Karfreitag. Und auch sonst manchmal freitags. Und er sieht sich selbst auf der Eckbank in der Küche sitzen und die Rosinen aus der ekligen Tunke fischen. Er geht in seine Küche, stellt den Herd ab, reißt die Fenster auf. Die Übelkeit ist wieder da. Es ist, als müsste er sich übergeben.

Jürgen war schon in der Pubertät, da kam Tante Uschi, die junge Haushaltshilfe. Sie war eine Verwandte von Tante Anna, blond und fröhlich. Mit ihr traf sich Jürgen heimlich zum Paffen im Keller, wo der Kohleofen stand, in den sie den Rauch bliesen, damit es niemand im Haus bemerkte. Sie war so schön und hatte auch einen schönen Busen. Tante Uschi muss damals Mitte zwanzig gewesen sein. Die Erinnerungen gehören zu den wenigen, die ihm angenehm sind. Tante Uschi erklärte ihm vieles, und er verstand. Dann war er wie ausgewechselt, einsichtig und lieb.

Tante Uschi verstand, dass er rebellisch war. Sie verteidigte ihn. Dem Jungen seien Flügel gewachsen, die man ihm nicht stutzen dürfe. »Lasst ihn doch mal!«, hatte sie immer wieder gesagt.

Als sie jemanden kennenlernte, wegging und heiratete, war Jürgen kaum noch zu bändigen. So steht es in einem Bericht des Jugendamtes.

Die Rückkehr

Vierzig Jahre später ist Jonathan in das Dorf zurückgekehrt. Da ist die wuchtige Kirche, die in seiner Erinnerung noch viel größer war. Das Wirtshaus gleich gegenüber gibt es noch, und die Männer an der Theke erinnern sich noch an den Jürgen. Der Fluss zieht seine Bögen durch die Wiesen, die Froschtümpel sind noch da, nur die vielen gelben Blumen wachsen nicht mehr auf den Weiden. Aber die Kühe grasen noch. Und auch seine Trauerweide steht noch dort am Fluss, weit weg vom Dorf. Die Zweige wölben sich bis zum Boden. Damals war sie sein Zelt. Hier war er sicher. Die Zweige boten Schutz, der Himmel bot Schutz.

Wenn er über die Wiesen lief, drohte ihm keine Gefahr. Er war allein, so wunderbar allein auf der Welt. Die beiden Pferde des Bauern weideten manchmal dort. Sie kannten ihn, er fütterte sie häufig, und manchmal striegelte er sie. Er stieg auf ihren Rücken, sie ließen ihn. Aber sie gehorchten nicht. Niemand gehorcht ohne Zaumzeug.

Immer wollte er draußen sein, denn in den Häusern drohte Gefahr, dort herrschte Furcht. Wenn er über die Wiesen mit ihren braunen Kuhfladen und dem blühenden Löwenzahn lief, herrschte Freiheit.

Es gab Menschen, an die er sich erinnerte, als er ins Dorf zurückkam. Der Organist, er hatte ein Schreibwarengeschäft im Ort. Vom Laden führte ein langer Flur zu einem Zimmer. Dort stand das Klavier, an dem er Unterricht gab. Er war freundlich, richtig nett, wie sich Jonathan erinnert, aber sehr streng, er duldete keinen Patzer. Und es war eine Drohung, wenn er verdrossen den Kopf schüttelte und sagte: »Mit dir hat das doch keinen Zweck.« Er übte viel mit Jürgen. Jürgen bekam ein eigenes Klavier mit Leuchtern daran. Irgendwann durfte er beim Hochamt die Orgel spielen.

Der Rektor der Schule war Jonathan wieder gegenwärtig, vor dem sich alle fürchteten, weil er so gnadenlos mit dem Stock prügelte, sodass auch Lehrer und Eltern erschraken, die die Kinder schreien hörten. Bei Jürgen hatte er sich besonders in die Riemen gelegt. Immer wieder. Und immer sehr lange. Irgendjemand hatte einen Streich gespielt und die Scheiben der Klassenzimmer mit schwarzer Farbe beschmiert. Natürlich war Jürgen verdächtig, aber er war es nicht. Der Rektor wollte alle Schüler bestrafen. Da ist Jürgen vorgetreten: »Ich war es.« Und vor den Augen aller Schüler wurde er mit dem Stock verprügelt.

Die junge Lehrerin, der Jonathan manchmal zu Hause die Briketts im Keller gestapelt hatte, wusste, dass er es nicht war. Sie hatte ihn um die Mittagszeit gesehen, als die Scheiben beschmiert wurden. Er hatte Klavierunterricht gehabt. Sie hätte ihm ein Alibi geben können. Aber sie hat nichts gesagt. Es hätte wahrscheinlich auch keinen Sinn gehabt. In Klaus' Erinnerung wurde Jürgen fast jeden Tag vom Direktor verprügelt. Später hat sie zu Jonathan gesagt, dass sie sehr beeindruckt von ihm war.

Jonathan erinnerte sich im Dorf auch an den Knecht, von dessen Prügel Klaus ihm erzählt hatte, die Jonathan aber vergessen hatte. Aber an dessen Versuche auf dem Klavier musste er jetzt wieder denken. Er mochte den Knecht, es war ein sehniger, durchtrainierter junger Mann mit dichtem, kurzem Kraushaar. Samstags kam er vom Hof zum Haus herüber, denn Tante Anna hatte eine Badewanne. Die gab es auf dem Bauernhof noch nicht. Eine Wanne und ein WC waren etwas Besonderes im Dorf. Die meisten Häuser hatten ein Plumpsklo mit der Jauchegrube unter den Holzplanken. Der Knecht hämmerte mit zwei Fingern auf die Tasten. Aber es ging. Er spielte Akkordeon.

Da war dieses Schützenfest, vielleicht auch Erntefest. Oder war es das vom Roten Kreuz? Jetzt rückt es wieder an ihn heran. Er war schon fast ein Jugendlicher. Das Mädchen und er hatten getanzt, sie hatten an der Cocktailbar gesessen, die im Festzelt aufgebaut war. Sie waren vom Festplatz gegangen, hatten sich auf die Wiese gelegt, ein bisschen abseits unter einer Weide am Fluss. Es war warm, und sie haben den ganzen Nachmittag geredet. Es war ein schöner Tag. Er hat ihr einen Kuss auf die Stirn gegeben. Und er endete abrupt.

Plötzlich waren Männer da, allen voran der Vater des Mädchens. Er war vom Sägewerk, es war eine wohlhabende Familie. Die Männer schlugen Jürgen zusammen. Er hat dann lange im Krankenhaus gelegen. Der Großvater des Mädchens hat ihn dort besucht und sich bedankt dafür, dass Jürgen keine Anzeige bei der Polizei erstattet hatte.

Sie waren die Verfemten, die Heimkinder, Jürgen, Klaus und Petra, die noch lange das Bett nässte. Alle Leute warnten die junge Anna vor diesem fremden Geblüt, bei dem keiner wusste, was drinsteckt. Anna hatte sogar erwogen, sie zu adoptieren. Vor allem ihr Bruder, der an der Küste wohnte und den sie häufig mit dem Auto besuchten, redete dagegen – bei jeder Schwierigkeit in seiner Verdammung dieser Brut bestätigt. »Tante Anna hat damals eine Entscheidung getroffen, die von ihrem ganzen Umfeld abgelehnt wurde. Sie musste sehr kämpfen«, sagt Klaus in anerkennender Nachbetrachtung.

Sie beteten bei Tisch, und täglich gingen sie morgens um sieben in die Kirche. Jonathan verschwand gleich aus dem Frühgottesdienst. Klaus war zögerlicher. »Ich war brav, so dankbar, dass ich bei Tante Anna sein konnte.« Aber dann hatte auch er »keine Lust mehr auf Andachten am Sonntagnachmittag und die Frühmessen vor der Schule«. Er setzte sich versteckt hinter eine Säule, sodass Tante Anna ihn nicht sehen konnte und verdrückte sich auch. Dann fuhren Jürgen und er auf den Fahrrädern über die Feldwege. Petra war sehr brav. Aber sie tat sich schwer, etwas zu lernen. Das Mädchen war bis zum vierten Lebensjahr im Säuglingsheim geblieben.

Jürgen mochte den Mann, den sie später Onkel Erich nannten, seit der ersten Begegnung nicht. Er kam sonntagmittags und gab Jürgen etwas Geld. Er sollte damit ins Kino gehen. Sonntags Kino in der nahen Kleinstadt, es gab nichts, was schöner gewesen wäre. Es waren drei Kilometer, mit dem Fahrrad war man schnell da.

Einen Fernsehapparat im Haus gab es nicht. Das Programm erschien Tante Anna zu dämonisch. Erst später, als die Kinder heimlich zu den Nachbarn schlichen, um »Fury« zu sehen, die Serie mit dem klugen schwarzen Hengst, kaufte Tante Anna auch so ein Gerät. Sie sahen den Ostergruß des Papstes. Aber jetzt wollte Jürgen sich nicht ins Kino schicken lassen.

Anna war eine attraktive Frau. »Sie hatte ein gewinnendes Lächeln, mit dem sie Menschen bezaubern konnte«, sagt Jonathan, wenn er sich heute wieder erinnert. Aber durch eine Fehlbildung des zentralen Nervensystems war sie in ihren Bewegungen eingeschränkt und trug orthopädische Schuhe. Es war auch nicht sicher, ob sie je eigene Kinder bekommen könnte.

Der Mann, den sie dann Onkel Erich nennen mussten, war ein eher unauffälliger Mann mit einer Stirnglatze, einer schweren Brille und weißen, gebügelten Hemden. Er war Belgier und gehörte zur in Belgien lebenden deutschen Minderheit. Ihr Zentrum ist die Stadt Eupen, nicht weit von Aachen. Er war sehr engagiert in der Marienlegion. Er musste ein guter Mann für sie sein. Sie verlobten sich.

Auch Onkel Erich machte dann eine Ausbildung an einer Heilpraktiker-Schule. Später führten sie die Praxis gemeinsam, und er hatte Teil an ihrem Wohlstand.

Stumm und traurig hätte Jürgen dagesessen, als sie dann heiratete. Ein tiefer Seufzer begleitet den Satz, wenn Anna Wandmacher heute sagt: »Wenn mein Mann nur mitgezogen hätte. Ich hätte die Kinder gern behalten.« Sie hatte ihren Mann über eine Anzeige in dem religiösen *Liborius-*

blatt gefunden. Er war tief gläubig, so wie sie. Das glaubte sie damals zumindest. Mit seinem Einzug wurden die Gebete noch inbrünstiger.

Um ihn bildete sich eine neue Gemeinde, der die Frömmigkeit der römisch-katholischen Kirche nicht mehr genügte. Die Gläubigen kamen jetzt in das Haus mit den Marienfiguren und Christusgemälden, den Putten, Blumen, Leuchtern und dem Altar und das tatsächlich aussieht, wie Jonathan das erinnerte, was er anfangs für sein Elternhaus hielt. Die guten Leute beteten ganze Nächte, sie glühten für den Gott der Gerechten. Und sie machten Onkel Erich später zu ihrem Bischof. Da führten Anna und Erich dann eine Josephsehe, wie es die guten Christen nannten.

Nun war es Onkel Erich, der den Jürgen »brechen« wollte. Klaus erinnert sich noch gut an dieses Wort. Und alles Brechen geschah mit der Bibel. Sie mussten auf Erbsen knien und einen Rosenkranz beten. Und auf Jürgen, den »Ausbund«, schlug der Onkel Erich immer wieder ein. »Warum müssen die Strafen so schmerzvoll sein?« Das hat Klaus damals den Onkel Erich gefragt. Es sei eine Gnade, erklärte ihm darauf der eifernde Christ: »So habt ihr teil am Leiden Christi.«

Klaus hört auch noch die irren Schreie, die aus ihrem Kinderzimmer kamen, er wartete ängstlich unten an der Treppe. Er durfte nicht mit hinauf. Sie hatten sich mit Weihwasser, Weihrauch und Kerzen ausgerüstet und um Jürgens Bett versammelt. Der Exorzist und auch die anderen beteten, und je mehr er sich wehrte, desto näher waren die Teufel dran, herauszukommen. Sieben waren es, alle hatten Namen.

Klaus mochte später nicht mehr in dem Zimmer schlafen, öffnete die Schränke, wagte nachts nicht mehr, die Füße auf den Boden zu setzen, wenn er zum Pinkeln aufstehen musste. Irgendwo mussten die ausgetriebenen Teufel ja versteckt sein. Er leuchtete vor dem Einschlafen mit der Taschenlampe unter das Bett. »Aber direkt den Kopf runterstecken wollte ich nicht, ich dachte, die Dämonen springen mir ins Gesicht.«

Doch die Teufel steckten immer noch in Jürgen. Der gab weiter Widerworte, er machte die Hausaufgaben nicht, und manchmal fand er nicht den Weg zur Schule, sondern verschwand im Wald, dort, wo er sein Baumhaus hatte.

Manchmal sieht Jonathan heute noch Fratzen. Gesichter, die so sanft waren und dann so hässlich wurden von Hass. »Das gewinnende Lächeln von Tante Anna war verschwunden.« War es der Wahn der religiösen Sekte? War es Enttäuschung? »Vielleicht«, sagt Jonathan, »hatte Tante Anna auch Gegenliebe für die Liebe erwartet, die sie mir gegenüber empfunden hat.« Sie wollte gern, dass er »Mutter« zu ihr sagte. Aber wie sollte er das tun – bei so viel Gewalt.

Er lag im Bett, sein Bein war gebrochen, er konnte die Schmerzen unter dem Gips nicht mehr aushalten. Er jammerte, rief, doch niemand war zu Hause. Er schrie. Nur Phylax hörte ihn. Der Hund überwand den hohen Zaun um den Zwinger, er sprang gegen die Fensterscheibe der Küche, bis sie zersplitterte. Das Tier lief die Treppe hinauf und saß vor Jürgens Bett. Dann lief der ausgebildete Polizeihund hinüber zu den Nachbarn und schlug an. Laut und so ungewöhnlich, dass sie kamen, um nachzusehen, ob irgendetwas passiert war. Jürgen wurde ins Krankenhaus gebracht.

Es ist eine Lassie-Geschichte mit einem guten Ausgang, wie bei dem Fernsehhund, den damals jedes Kind kannte. Auch Tante Anna kann sich an diese Leistung des Hundes erinnern. Und sie fragt: »Hat er nicht dann den Arzt gebissen, als er kam?« Doch das war eine andere Geschichte gewesen.

Zuerst war es der Großvater, der starb. Dann Gertrud und die anderen Gänse, Jürgen kam gerade von der Schule, als sie gerupft wurden. Dann ging Uschi, mit der er im Keller heimlich geraucht und so viel geredet hatte, weil sie heiratete. Mit dem Onkel Erich war eine Schwiegermutter ins Haus gekommen. »Ein böses Weib«, sagt Jonathan, »und unter jedem Arm ein Rosenkranz.« Sie mochte den Hund nicht. So war Phylax eines Tages weg. Auch Tante Klara verließ jetzt das Haus. Die Schwiegermutter mochte auch die stille Petra nicht und nicht den Klaus. Ihr könnt eigene Kinder kriegen, hatte sie zu Tante Anna gesagt. So waren auch die Geschwister bald wieder im Heim.

Tante Klara hätte die beiden aufgenommen, aber sie war alt geworden und sehr krank. Sie wusste nicht, wie viel Zeit ihr der Leberkrebs noch lassen würde. Aber Klaus sagt, sie hätten Glück gehabt, und es sei ein sehr gutes Schulinternat gewesen, in Herbede an der Ruhr, in der Nähe von Witten. »Es war dort alles sehr ehrlich, der ganze Umgang.« Und er dankt es Tante Anna, denn es war ein gutes Internat, und sie bezahlte es. Das Geld vom Jugendamt hätte dafür nicht gereicht.

Alle vierzehn Tage fuhren sie am Wochenende zu Tante Klara und ihrem Mann, dem Onkel Wilhelm. Sie wusch und bügelte ihre Sachen. Und es war immer schön bei Tante Klara. Onkel Wilhelm rauchte Zigarren, und der Rauch zog in die frische Wäsche. Klaus liebte es. »So konnte ich auch den Geruch von Tante Klara und Onkel Wilhelm mit ins Internat nehmen. Die nächsten zwei, drei Tage roch ich daran, es roch nach einem Zuhause.«

Als Klaus erwachsen wurde und etwas orientierungslos, wandte er sich an den Bruder von Onkel Erich. Er war manchmal zu Besuch im Dorf gewesen, und Klaus hatte es gutgetan, mit ihm zu reden. Später adoptierte er Klaus. Tante Anna unterstellte ihnen eine Liebesbeziehung, denn Erichs Bruder war schwul. Das war perfide und weit gefehlt. Der Bruder liebte Männer, aber erwachsene Männer, und er verstand die Nöte der Kinder. Er war derjenige, der ihnen Respekt entgegenbrachte, der sie achtete und unberührt ließ, ihre Seelen und Körper und der sie zu schützen versuchte.

Als er seine Schwägerin zu Verstand rufen wollte, als sie die Kinder wieder schlug, habe sie gelacht und gesagt: »Ich glaube, du bist auch vom Teufel besessen.« Und er war erschüttert, als er erlebte, dass auch seine Mutter, die bei Anna eingezogen war, die Kinder im Keller verprügelte, so wie sie ihn als Kind verprügelt hatte. »Dabei hatte Jonathan an dem Tag nur zu viele Tomaten gegessen.« Sie wollten den Jungen reuig, demütig, lieb. Jonathan sei stolz gewesen. Er habe gesagt: »Ich werde noch einmal berühmt werden.«

Ein Jahr vor dem Tod des Bischofs dieser konservativen Christengemeinde, so sagt der Bruder, habe er ein langes, intensives Gespräch mit ihm geführt. Der Bischof habe hinter seinem Schreibtisch gesessen und gesagt, dass ihn der Glaube eigentlich nicht interessiere. Aber die Bezahlung sehr.

Heute lebt der Bruder, der an Parkinson erkrankt ist, bei Klaus und wird von ihm gepflegt. Klaus ist heute froh, dass es Tante Klara, Onkel Wilhelm und ihn gab. »Sonst wäre ich nicht der geworden, der ich heute bin.«

Jürgen musste noch vor Petra und Klaus gehen. Er hatte mit einem Mädchen auf dem Sofa gesessen und den Arm um sie gelegt, sie hatten dabei die Kissen zerdrückt, geraucht, und die kleineren, Klaus und Petra, die noch einiges erwarteten, hatten gegenüber gesessen und gespannt zugesehen, als plötzlich Onkel Erich die sturmfreie Bude stürmte. Dies war das abrupte Ende seiner Zeit bei Tante Anna.

Jonathan hat das Mädchen jetzt wieder gesehen. Er ist in einen Laden gegangen, hat sich, ein wenig versteckt, die Regalreihen entlang gedrückt. Die alte Lehrerin hatte ihm gesagt, dass sie dort arbeitet. Alle hatten damals von dieser großen Schulhofliebe gewusst. Die Mitschüler haben Schlager für die beiden umgedichtet: »Für Rena tu ich alles«, haben sie über die beiden Verliebten gesungen. Und auch die Lehrerin hatte das Kinderpaar mit einem warmen Schmunzeln beobachtet.

Jetzt stand das Mädchen hinter einem Ladentresen an der Kasse, und mehr als vierzig Jahre waren vergangen. Für Jonathan waren diese Jahre nicht da, er hat auch ihre Falten nicht gesehen, sondern nur die Liebe gespürt, die er damals empfand und die ihn jetzt mit Wucht erfasste. Er wusste, dass Jahrzehnte vergangen waren. Aber ihm fehlte diese lange Zeit dazwischen, sie war ja nicht mehr da. »Das ist es ja, das alles so schrecklich macht«, sagt Jonathan, »es ist, als wäre es gerade passiert, in diesem Moment, als läge es nicht Jahre zurück, sondern nur Sekunden.«

Ihm war, als hätte er noch eben mit ihr auf diesem Sofa gesessen. Er spürte noch die Wärme ihrer Brüste und ihren Kuss. Und sie steht hinter der Ladenkasse, ist verlegen, und auch er ist verlegen. Auf die Frage, ob sie ihn kenne, sagt sie: »Meine erste große Liebe.« Sie lächelt. Es kommen andere Kunden zur Kasse, und er geht.

Dünne Haut

Tatsächlich haben fast alle Amnesiepatienten, die Hirnforscher Markowitsch untersucht hat, etwas gemeinsam: dass sie in ihrer unbehüteten Kindheit erniedrigende oder bedrohliche Lebenserfahrungen gemacht haben. Solche Verletzungen machen noch verletzlicher. Markowitsch benutzt die Metapher »dünne Haut«.

So war der Patient, der vom Brötchenholen nicht zurückkam und mit dem Rad nach Frankfurt fuhr, als kleiner Junge von seiner alkoholabhängigen Mutter, die eigentlich eine Tochter wollte, bis zum Schulbeginn in Mädchenkleider gesteckt worden. Später nannte sie ihn »weibisch« und unfähig, ihre Firma zu führen. Er heiratete eine Frau, die in ihrer Dominanz der Mutter glich. Er floh in die Amnesie, als sie trotz leerer Kasse einen gemeinsamen Urlaub anordnete. Sein Faktenwissen war acht Monate später wieder da, seine Frau blieb ihm fremd.

Ein junger Bankangestellter löschte zusammen mit einem Freund einen Hausbrand im Keller. Als er am nächsten Tag aufstand, hatte er einen ganzen Lebensabschnitt nicht mehr parat. Der Dreiundzwanzigjährige hielt sich für siebzehn. Es war, als hätte sich in seinem Innern eine Höhle geöffnet, in die alles versunken war, und der Zugang dazu wieder verschlossen. Und sein Gehirn weigert sich, neue Erfahrungen und Gedanken aufzunehmen. Die PET-Aufnahmen zeigen auch bei ihm eine verminderte Aktivität im Großhirn, vor allem in dem für das Gedächtnis relevanten Schläfenlappen.

In der Therapie erinnerte sich der junge Mann dann wieder daran, dass er als Kind hilflos zusehen musste, wie das Opfer eines Autounfalls schreiend in seinem Wagen verbrannte. Er hatte das furchtbare Erlebnis fast zwanzig Jahre lang abgespalten. Durch den Brand remobilisiert, waren die Bilder wieder so bedrohlich, dass beim Wiederverschließen der Höhle ein Sperrgebiet drum herum errichtet wurde, in das gleich sechs Lebensjahre hineingerieten. Aber warum gerade die? Auch bei ihm gab es eine zweite Ebene existenzieller Probleme. Er hatte, gerade siebzehn, seinen Eltern seine Homosexualität offenbart und Schule und Elternhaus verlassen. Es dauerte dann ungefähr ein Jahr, bis er die Erinnerung an die vergessenen Lebensjahre wiedergefunden hatte. Auch das PET zeigte eine Normalisierung des Gehirnstoffwechsels.

Bei einer Patientin beschränkte sich die Amnesie auf einen Zeitraum von vier Jahren, im Alter zwischen zehn und sechzehn. Sie war in dieser Zeit im familiären Umfeld missbraucht worden.

Dass Jonathan ausgerechnet die Erinnerung an die

Kindheit, die so mies war, zuerst wieder erlange, erscheine ihm selbst vielleicht merkwürdig, hat ihm Hans Markowitsch bei einem späteren Zusammentreffen erklärt. Für den Wissenschaftler aber sei das nach dem sogenannten »Ribotschen Gesetz« erwartbar. Der französische Neurologe Théodule Ribot hatte schon 1880 beschrieben, dass die frühere Erinnerung immer zuerst zurückkomme und am besten parat sei. Heute sagt man in der Gedächtnisforschung: »*Last in, first out.*«

Das zuletzt Erlebte ist gerade bei älteren Menschen am schnellsten wieder vergessen. Das erklärt auch, warum sie sich so gut an ihre Jugend erinnern. Dabei spielt erstaunlicherweise das Alter, in dem sie etwas erlebt oder erlitten haben, sogar oft eine größere Rolle als die Wucht der Ereignisse. Diejenigen, die als junge Menschen den Weltkrieg durchmachten, haben viel intensivere Erinnerungen daran als diejenigen, die schon etwas älter waren. Die erinnern sich dafür viel genauer an die Zeit davor.

Der russische Neurologe Alexander Lurija beschrieb das Phänomen der fester verankerten frühen Erinnerung am Beispiel eines am Kopf verletzten Weltkriegssoldaten. »Als er anfing, darüber nachzudenken, stellte er fest, dass sein Gedächtnis ungleichmäßig gestört war. Zunächst konnte er sich an nichts erinnern: Wer und wo er war, den Namen seiner Heimatstadt. Aber allmählich kamen die Erinnerungen an Vergangenes zurück, hauptsächlich an weit Zurückliegendes: an die Schulzeit, an Freunde, an Lehrer, an die Jahre im Institut. Die jüngste Vergangenheit erinnerte er jedoch nicht. Seine Erinnerungen kamen, wie er es nannte, ›vom falschen Ende zurück‹.«

Jonathan war trotz allem erleichtert, dass überhaupt irgendetwas aus seinem Leben zurückgekommen ist. Dass er Gefühle, und sei es sein Zorn, die Erbitterung und Aufgebrachtheit, endlich zuordnen kann. Auch die Angst und auch Sehnsucht. Welch ein Glück! Welch eine Qual dagegen ist jener Kampf gegen ankerlose Emotionen! Irgendwo reißen sie sich los. Oft erinnert er sich an nichts, an keine Szene, nicht ein Bild taucht auf. Und doch jagen sie ihn in die Raserei. Mal ist er wütend, mal verletzt, mal wie verliebt. Aber auf wen ist er wütend, von wem verletzt, in wen verliebt? Er weiß es nicht, er ist es in dem Moment nur.

Auch die sich bis ins Unerträgliche steigernden Erregungen kann der Bielefelder Neurologe Markowitsch in der Nüchternheit biochemischer Forschung erklären. Die Farbbilder des Hirn-Stoffwechsels zeigten, dass bei Jonathan Overfeld zwar die Erinnerungen blockiert sind, aber nicht die an sie geknüpften Gefühle, die in einem anderen Areal des Hirns abgelegt sind. Also: umherirrende Emotionen, Aufregungen, Affekte ohne Anker.

Ein Gefühl hat einen Namen. Es heißt Elvira. Manchmal ist es so intensiv, dass es ihn wahnsinnig macht. Dann verschwindet es. Manchmal schleicht sich nur der Name an, ist da, wenn er nach einem Passwort für das Internet sucht oder einen Namen für eine Datei auf seinem Laptop.

Wer ist Elvira? Das Gefühl zu ihr ist da, wenn er einen guten Rotwein trinkt, wenn er einen tiefen Zug an seiner Zigarette nimmt. Elvira ist da, wenn er in einem Konzertsaal sitzt und Beethoven hört. Sie ist da, wenn es in seinem Herzen warm ist, dann ist er voller Liebe.

Manchmal nimmt sie Gestalt an. Sie erscheint als das

Mädchen, um das er seinen Arm legt und das er vorsichtig am Busen berührt. Das aber hieß nicht so. Dann ist sie das Mädchen, mit dem er am Flussufer im Gras liegt. Aber auch das hieß nicht Elvira. Dann ist es Judith, das Mädchen, auf das er sich so freut, weil es in den Ferien immer zu Tante Anna aufs Dorf kommt. Dann ist es die kleine Dorothee, die von den Nonnen geschlagen wird, weil er mit ihr im Kinderheim zusammen auf dem Klavierhocker gesessen hat. Elvira nimmt so viele Gestalten an.

»Es muss eine Elvira geben, die mich immer wieder beschäftigt. Elvira ist etwas Besonderes«, sagt Jonathan. Dann ist er sich nicht mehr sicher. Vielleicht ist es auch nur ein Wunsch, dem er einen Namen gegeben hat. Seine Stimme wird ganz sanft, wenn er von Elvira spricht, voller Zärtlichkeit und zugleich Verzweiflung darüber, dass seine Gedanken sie nicht erreichen.

Er verliert die Konzentration, plötzlich ist sie alles. »Elvira ist sein Freund Heinz, Elvira ist sein Freund Hans, sie ist Jutta, Elvira ist Judith. Sie ist ein Mensch. Oder ein Wunsch? Ich weiß es nicht. Sie ist einfach da.« Nach einer Pause sagt er: »Elvira gibt es nicht.« Und nach einer weiteren Pause: »Aber es gibt sie.«

Die Freundin

Jonathan hatte damals noch eine andere kleine Freundin. Ihre Liebe hielt über viele Sommerferien. Sie war aus seiner Erinnerung verschwunden, so wie Klaus, Petra und auch das Mädchen, um das er seinen Arm gelegt hatte, als Onkel Erich hereinstürmte. Sie hieß Judith. Es kam ein Brief von ihr, nachdem sie aus einem Bericht im WDR-Fernsehen erfahren hatte, dass Jonathan an einer Amnesie litt. Es war eine Karte in einem gelben Unschlag.

»Hallo, Jürgen«, so hatte sie ihm geschrieben, »ich weiß nicht, ob Du Dich noch an mich erinnerst. Wir haben zwischen unserem achten und vierzehnten Lebensjahr die Ferien miteinander verbracht. Mit Erschütterung habe ich einen Bericht über Dich im Fernsehen gesehen und bin sehr traurig über das Schicksal meiner ›Kinderliebe‹. Wenn ich Dir in irgendeiner Form weiterhelfen kann, so melde Dich bitte.« Dann hatte sie mehrere Telefonnummern auf den Brief geschrieben, damit er sie auch sicher erreichen konnte.

Sie hat nervös gewartet, ob er anrufen würde. Denn die Tatsache, dass sie das Wort »Kinderliebe« in Anführungszeichen gesetzt hatte, sollte nicht heißen, dass es eine bedeutungslose Schwärmerei gewesen wäre. Die Anführungszeichen waren eher eine Maskierung. Sie sollten verbergen, dass es eine tiefe Liebe gewesen war.

Aber Jürgen kannte keine Judith mehr. Er kann nicht sagen, warum er den gelben Briefumschlag nicht gleich geöffnet hatte. Aber in der Zeit hatte er noch große Angst vor allem Fremden, und es war alles fremd. Auch als er den Brief geöffnet hatte, blieb ihm auch diese Judith, die ihm geschrieben hatte, unbekannt. Erst an Silvester, am Nachmittag, rief er eine der Nummern an.

»Ich habe seine Stimme sofort erkannt«, sagt Judith, obwohl er damals noch ein Junge war und er jetzt eine tiefe Stimme hatte. Aber er redete schnell und nervös, sodass sie ihn kaum verstand. Mit der Zeit wurde er jedoch immer ruhiger. Sie haben lange miteinander telefoniert, es war so vieles, an das sich Judith erinnerte, sodass er das Gefühl bekam, dass es auch seine Erinnerungen sein könnten.

Als er sie dann in Bonn besuchte, der Zug einlief und sie auf dem Bahnsteig wartete und er den grauen Kopf aus der Tür streckte, auch da erkannte sie ihn sofort. Hilflos stand er auf dem Bahnsteig, sah sich zu allen Seiten nach ihr um. Sie war so nervös und durchgefroren auf dem Bahnhof. Sie zitterte, als die Durchsage kam, dass der Zug Verspätung haben würde. Nicht wegen der Kälte, sie fürchtete schon, er könnte die Notbremse gezogen haben, um ihr nur nicht zu begegnen. Sie wusste natürlich, dass das Quatsch war. Aber sie war so voller Erwartung und so aufgeregt.

Sie stand nicht weit weg, aber, selbst so unsicher, nahm sie das Mobiltelefon und rief ihn an. Trotz der Menschenmenge auf dem Bahnhof konnte sie den Klingelton auf seinem Handy hören. »Hier bin ich«, sagte sie, ging ihm entgegen und dirigierte ihn. Der Bahnsteig war noch immer voller Menschen, durch die sie sich suchend aufeinander zu bewegten, dann waren die vielen Menschen weg, und nur noch sie beide standen auf dem Bahnsteig. Er sah sie immer noch nicht, guckte nervös über sie hinweg. Irgendwann sagte sie ins Telefon: »Ich stehe direkt vor dir!« Da hatte er sie immer noch nicht erkannt. Dabei hatte sie ihm gesagt, dass sie dick geworden war. Als er aber wusste, dass sie es war, die einmal seine Judith gewesen war, hat er sie fest in den Arm genommen. Das war ungewöhnlich. Jonathan nimmt niemanden in den Arm.

Judith kannte Jürgen vom ersten Tag an, den er bei

Tante Anna verbracht hatte. Alle hatten in der Familie darüber geredet, dass Tante Anna nach Bottrop kommen würde, um ein Heimkind anzunehmen. Als sie ihn abholte, hatte Tante Anna noch eine kurze Pause bei Judiths Familie gemacht. »Ich weiß noch, wie Jürgen mich damals angesehen hat, er hat keinen Ton gesagt, wie hypnotisiert. Ich habe ihn mehrmals gefragt, ob wir nicht zusammen Ball spielen wollen. Aber er hat nur steif auf dem Stuhl gesessen und mich angestarrt.«

Judith wusste nicht, dass er gerade geschoren worden war. Es war noch im Rathaus in Bottrop, dort war ein Friseur. Die uniformierten Bediensteten mussten ihn festhalten, weil er boxte und strampelte. Er hatte langes Lockenhaar. Und mit jedem Schnitt der Schere fielen die Haare auf den Fliesenboden. Er gab erst auf, als es kurz geschnitten war, und man fand, dass er nun adrett aussah. Heute sagt Jonathan: »Das war Tante Annas erster Liebesdienst.« Es war eine Verletzung, die nicht wieder heilen wollte. »Wie konnte ich da noch zu ihr finden, nach dieser Vergewaltigung?«

Als Tante Anna sich bei Judiths Familie verabschiedete, fragte sie Judith: »Willst du nicht einmal in den Ferien zu uns kommen?« Natürlich wollte sie. Aufs Land zu fahren, hieß für das Mädchen aus Bottrop, eine große Reise zu machen. Ihr Vater war Bäckermeister bei Krupp. Bäcker fuhren damals nicht in den Urlaub.

Die Anrede »Tante« war damals nicht den Frauen aus der Verwandtschaft vorbehalten. In den sechziger Jahren nannten Kinder alle Frauen, die zu ihrer Lebenswelt gehörten, so. Es war ein Titel oder einfach eine Beschreibung für eine Frau über zwanzig. So war Tante Anna nicht wirklich Judiths Tante, sie war nur eine gute Freundin ihrer Tante Klara, die eine Schwester ihrer Mutter war.

Tante Klara war oft bei Tante Anna auf dem Dorf. Der Kontakt war in jener Zeit nach dem Krieg entstanden, als die Städter zu den Bauern gingen, um etwas zu essen zu kaufen oder etwas einzutauschen oder dafür zu arbeiten. Tante Klara hatte sich damals in einen Landarbeiter verliebt und ihn geheiratet. Er war zu ihr in die Stadt gezogen, aber Tante Klara war danach noch oft auf dem Lande und half im Haushalt von Annas Mutter aus. Auch Annas Mutter war schon Heilpraktikerin. Und auch sie hatte immer ein volles Wartezimmer.

Als Anna geboren wurde mit ihrer schweren Fehlbildung, da hat sich Klara sehr um das Mädchen mit dem Klumpfuß gekümmert. So war Tante Klara, womöglich auch, weil Anna von ihrer leiblichen Mutter nicht ganz so angenommen wurde, wie es das behinderte Mädchen vielleicht gebraucht hätte, für Anna fast zu einer zweiten Mutter geworden.

Vielleicht war sie von ihrer eigenen Mutter wegen des großen Unglücks nicht so angenommen worden. So sagte man es damals. Bevor Anna geboren wurde, war ihre ältere Schwester in eine Zinkwanne mit kochend heißem Wasser gefallen, als sie auf ein Regal kletterte, um ein Gurkenglas herunterzunehmen, und ausrutschte. Das Kind war so sehr verbrüht, dass es starb. Die Mutter, die noch drei Söhne hatte, hat den Tod der ersten Tochter nie verwunden. So hatte es Tante Klara ihrer Nichte Judith erklärt.

Später, als Anna erwachsen wurde, wurden Tante Klara und sie gute Freundinnen, und als Anna die Praxis übernahm und Jürgen bei sich aufnahm, war Tante Klara oft im

Dorf, um ihr den Haushalt zu führen. Und so war ihre Nichte Judith immer eingeladen, aufs Dorf zu kommen. Schon Tage vor jedem Ferienbeginn packte Judith voller Freude ihre Koffer. Auch wegen Jürgen.

»Judith und Jürgen«, sagte Tante Klara immer, »sind wie Hühnchen und Hähnchen.« Sie hatte keine Vorbehalte gegen den Jungen aus dem Heim, im Gegensatz zu allen anderen Erwachsenen, die Judith kannte. »Heimkinder taugen nichts«, sagten die anderen Erwachsenen, »wer weiß, wo so ein Bengel herkommt, was der für Gene mitbringt.« Judith hat das noch viel weniger interessiert als Tante Klara.

Die beiden Kinder rannten über die Felder, bauten Höhlen und lieferten sich Kissenschlachten. Jede Minute der Ferien, so ist Judiths Erinnerung, verbrachten sie gemeinsam. Er nahm sie mit zu seiner Gertrud, der Gans, und auch zu den Piele-Entchen, die sie so nannte, weil er sie immer so herbeirief: »Piele, piele, piele.« Dann kamen sie angewatschelt. Und sogar Phylax, der außer Jürgen niemanden an sich heranließ, akzeptierte das kleine Mädchen aus Bottrop. Auch Judith konnte den Hund streicheln und mit ihm toben. »Ich konnte ihn auf links drehen«, sagt sie, »er ließ sich alles gefallen.« Jonathan wollte es nicht glauben, aber sie hat ihm Fotos gezeigt.

Jürgen, sagt sie, hatte etwas Spitzbübisches, dieses Lächeln, das sie heute bei ihm wiederfindet, wenn er sich in genussvoller Vorfreude auf den ersten Zug eine Zigarette dreht und entrückt den Blick schweifen lässt. Sein Humor sei trotz allem damals sehr ausgeprägt gewesen. Und er war ihr kleiner Kavalier. »Er war so dezent, sehr liebevoll und auch auf der Suche nach Liebe«, sagt sie. Nicht so aufdringlich wie der Nachbarsjunge, der ihr später sogar einmal die Bluse zerrissen hat.

Judith war damals so, wie Mädchen sein sollten: fleißig und sittsam. Und wenn Judith da war, war auch Jürgen ein braver Junge. Er saß pünktlich zum Abendessen mit gewaschenen Händen am Tisch, was er sonst nicht oft tat. Deshalb hatte es immer wieder Streit und Schläge gegeben.

Später, in all den Jahren, hat sich Judith, wenn abends um sechs irgendwo die Kirchenglocken läuteten, an die Ferien mit Jürgen erinnert. Denn nach dem Läuten musste er am Tisch den »Engel des Herrn« beten. Tante Anna hatte Judith anfangs aufgefordert, die Worte zu sprechen, aber sie konnte das Gebet nicht auswendig. Da begann Jürgen: »Der Engel des Herrn brachte Maria die Botschaft, und sie empfing vom Heiligen Geist ...« Jürgen beherrschte die Gebete.

Der Dieb

Judith hatte oft gefragt, warum Jürgen nicht auf das Gymnasium durfte, so wie sie. Er sei doch klug. Das aber hatte für Jürgen niemand vorgesehen. Er würde einmal ein Verbrecher. So sagte es immer Onkel Erich.

Jürgen klaute. Tante Anna hatte das Geld, das ihr die Patienten gaben, lose in der Schublade in ihrer Praxis liegen, die Scheine wild durcheinander. Aber dass sie genau wusste, wie viele es waren, erfuhr Jürgen, als Tante Anna außer Haus gewesen war und eben zurückkommend feststellte, dass ihr zwanzig Mark fehlten.

Der Dieb konnte für sie nur Jürgen gewesen sein. Sie stellte ihn. Er erklärte sich für unschuldig. Judith erinnert sich noch, wie bitter sie diese Ungerechtigkeit empfand und wie empört sie war, dass Tante Anna auch ihre Worte nicht hören wollte. Aber Jürgen sei doch jede Minute mit ihr zusammen gewesen, sagte Judith. Sie seien doch gar nicht in der Praxis gewesen.

Später, die Strafe war schon verhängt, kam Tante Klara ins Haus zurück. »Anna«, sagte sie, »ich musste den Milchmann bezahlen und habe zwanzig Mark genommen.« Tante Anna, sagt Jonathan, habe sich nicht entschuldigt. »Von da an habe ich geklaut.«

Es klingt, als suche er noch heute eine nachträgliche Rechtfertigung. »Und sie hat es gar nicht gemerkt«, sagt er heute, »und wie ich sie jetzt beklaut habe. Geld wurde wichtig, Geld machte mich frei. Ich hatte jetzt immer eine Notkasse.«

Er hatte heimlich auf dem Liegestuhl auf dem Balkon gelegen, der von Tante Annas Schlafzimmer abging. Das war verboten. Sie kam in ihr Zimmer. Er war mucksmäuschenstill, sie sollte ihn nicht auf dem Balkon erwischen. Sie sah ihn nicht. Aber er sie. Durch das Fenster beobachtete er, dass sie den Schrank öffnete und die Kassette hineinstellte, in der ihre Einnahmen aus der Praxis lagen. Jetzt wusste er, wo Tante Anna ihr Geld versteckte.

Und Klaus, der Jürgen später heimlich beobachtete, sah, wo Jürgen das von Anna geklaute Geld versteckte. Hinter der Aluminiumisolierung bei der Heizung, die man von der Wand abziehen konnte.

Für Judith waren es jedes Mal wunderschöne Ferien auf dem Dorf. Tante Anna fuhr mit ihnen im Auto zum Eisessen in die Stadt. Sie stellte ein kleines Programm für sie zusammen, fuhr mit ihnen und Tante Klara zur Freilichtbühne nach Bad Bentheim, und sie sahen ein Kinderstück an. Später fuhren sie zur Abendvorstellung auf der Freilichtbühne in Tecklenburg. Sie erlebten *Gräfin Mariza*, *Der Bettelstudent* und auch den *Zigeunerbaron*. Jonathan, der so vieles vergessen hat, kann die Operettenmelodien noch pfeifen.

Tante Anna hatte damals Karten für die Vollmondnächte gekauft. Es war so romantisch, wenn der Mond über der Bühne stand. Tante Anna unternahm gern etwas zusammen mit den Kindern, wenn sie Zeit hatte. Sie fuhr mit ihnen nach Norderney, und sie gingen dort in das moderne Wellenbad. Auch als Petra und Klaus dazukamen. Es gibt noch ein Foto aus dem Hallenbad: Tante Anna, wie sie im Badeanzug mit Jürgen und Klaus im flachen Wasser auf den Fliesen liegt.

Sie konnte sehr jähzornig sein, wenn Jürgen »nicht hören wollte«, wie man damals sagte, und dann nicht wieder aufhören zu schlagen. Aber sie hatte auch ihre Freude an und mit den Kindern. Judith fällt die Szene wieder ein, als sie in der Musiktruhe eine Schallplatte aufgelegt hatten, *Heimweh*, von Freddy Quinn. Jürgen lag auf dem Sofa und hatte seinen Stoffhasen auf der Brust liegen, der mit seinem Atem auf und ab wippte. Tante Anna hat sich sehr amüsiert über diesen wippenden Hasen.

Mit Freddy in der Musiktruhe war es dann vorbei gewesen, als Onkel Erich kam. Auch Judith spürte sofort die atmosphärische Veränderung. Mit Onkel Erich kamen auch der Altar und dann die Gebetsbänke ins Wohnzimmer. Für Judith hat sich diese spätere Zeit düster über die früheren Ferienfreuden gelegt.

Es war der letzte Abend in den letzten Ferien, der sie über Jahre nicht mehr losließ. Judith und Jürgen waren in die Pubertät gekommen. »Wir merkten, dass da noch etwas anderes war als kindliches Verstehen«, sagt Judith heute. An diesem letzten Abend hatte er sie im Gesicht gestreichelt. »Eigentlich ganz niedlich und harmlos.«

Als sie wieder zu Hause war, fragte ihre Mutter sie böse: »Was fällt dir eigentlich ein?« Warum sie sich mit diesem Jürgen einlasse. Ihre Mutter hatte es von Onkel Erich erfahren. Jürgen habe es ihm selbst gesagt.

Sie fühlte sich in ihren intimsten Gefühlen verraten. Wie konnte Jürgen so etwas tun? Das war doch ihr Geheimnis! Und dann dem Onkel Erich, der doch immer nur sagte: »Aus dem Jürgen wird mal ein Verbrecher!« Dass Jürgen Onkel Erich damals nichts über ihre zarten Bande gesagt hatte, hat Judith erst viel später erfahren.

Sie fieberte den nächsten Ferien entgegen, doch als sie aufs Land kam, war Jürgen nicht mehr da. Tante Anna sagte ihr, er absolviere in einem Ort in der Nähe eine Tischlerlehre.

Aber warum kam er dann nicht? Es war doch nicht so weit, keine fünfzehn Kilometer. Er besaß doch ein Fahrrad! Jürgen wusste doch, dass sie in den Ferien kommen würde. Er würde sie doch nicht vergessen haben? »Wir haben uns doch so gern gehabt«, sagt sie heute. Man verriet ihr nicht, dass Jürgen da schon längst in einem Heim in Hagen-Haspe war.

Das erfuhr sie etwas später, und sie dachte noch: Ach,

das ist ja nicht so weit. Es waren sechzig Kilometer bis zu ihrer Heimatstadt im Ruhrgebiet. Dann erfuhr sie von einem Heim bei Paderborn. Sie hörte, dass Jürgen dort immer wieder ausgebrochen war. Was Onkel Erich nur bewies, was der Junge für ein verdorbenes Element war. Auch wenn er immer nur zu Tante Anna zurücklief.

Als Tante Anna und Onkel Erich sie zur Verlobung einluden, hatte sie sich ein neues Sommerkleid gekauft. Sie war inzwischen siebzehn. Sie war so aufgeregt. Ob sie Jürgen in dem schicken Kleid gefallen würde? Aber Jürgen kam nicht zu der Verlobung. Sie fragte nach ihm. Die Heimleitung in Klausheide hatte ihn nicht beurlaubt.

Judith glaubte irgendwann, dass Jürgen sie einfach vergessen hätte. »Ich habe gedacht, vielleicht will er dich auch nicht.« Sie hatte ihn nicht vergessen. Sie weiß es so sicher, weil sie noch in der Oberstufe im Fotolabor ihrer Schule die Fotos, die Jürgen von ihnen gemacht hatte, abgezogen und vergrößert hatte. »Ich habe eigentlich auf ihn gewartet, bis ich einundzwanzig war.«

Der Öffner

Jonathan Overfeld ist zu einem Treffen ehemaliger Heimkinder in der westfälischen Stadt Paderborn gereist. Er ist sich nicht mehr sicher, ob es wirklich eine gute Idee war, sich hier auf die Suche nach seiner Vergangenheit zu machen. Er hat keine Erinnerung mehr an ein Salvator-Kolleg in Klausheide, das fünfzehn Kilometer von Paderborn entfernt liegt. Dass er dort gewesen sein musste, wusste er nur aus einem in seiner Krankenakte gefundenen Briefverkehr. Es ging um Versicherungsansprüche. Er hatte sich im Salvator-Kolleg einmal ein Auge verletzt.

Es sind nicht so viele Heimkinder nach Paderborn gekommen. Aber sie füllen eine kleine Aula der evangelischen Einrichtung. Es sind einfache Leute, die meisten gerade über der Mitte ihres Lebens. Viele wirken gezeichnet. Manche sind voll hilfloser Wut.

Ein paar Schwestern stellen sich ihren Vorwürfen. Es waren Diakonissen, evangelische Schwestern. Sie wehren ab. Die Anwesenden bedauern, dass sich nicht auch die katholische Kirche einer Aufarbeitung der Heimerziehung stellen würde. Die meisten waren in katholischen Einrichtungen gewesen. Und die evangelische Kirche ist im katholischen Paderborn fast so etwas wie eine Diaspora-Gemeinde. Aber dieses war das erste Mal, dass sich Erzieherinnen aus einem Heim den von ihnen Erzogenen stellten.

Peter Wensierski ist zu der Diskussion eingeladen worden. Sein Buch *Schläge im Namen des Herrn*, in dem der *Spiegel*-Redakteur erschütternde Lebensberichte ehemaliger Zöglinge, Jungen und Mädchen, in ihren gesellschaftlichen Kontext stellte, war zu einer Art Manifest gegen diese christliche Heimerziehung geworden. Eine Frau aus Paderborn hatte beim *Spiegel* angerufen und war mit ihm verbunden worden. Sie erzählte von einem Film, *Die unbarmherzigen Schwestern*. Er würde in einem katholischen Heim in Irland spielen. Und sie frage sich, warum dieser Film in Paderborn nicht im Kino gezeigt würde. Denn in Paderborn sei alles noch viel schlimmer gewesen.

Das hat den Redakteur hellhörig gemacht, und er hat begonnen zu recherchieren. Katholische Mönche, Priester und Nonnen, aber auch evangelische Diakonissen drillten in den Nachkriegsjahrzehnten in Westdeutschland in rund dreitausend Heimen mit mehr als zweihunderttausend Plätzen von ihren Eltern verlassene oder ihnen entzogene Kinder. Sie saßen dort, oftmals hermetisch abgeschlossen, viele Jahre, oft ihre ganze Jugend ab. Gut die Hälfte der Kinder lebte zwei bis vier Jahre lang in den Heimen. Andere verbrachten ihre ganze Kindheit und Jugend hinter Mauern.

Rund achtzig Prozent der Heime im Westen waren konfessionelle Häuser, drei Viertel davon katholisch. Sie hießen »Zum Guten Hirten« oder nach Heiligen und Ordensgründern: Don-Bosco-Heim, St.-Vincenz-Heim, St. Hedwig oder Marienheim. Noch in den sechziger Jahren hörte fast jedes Kind einmal die Drohung: »Wenn du dich nicht benimmst, kommst du ins Heim.«

Heute leben weit mehr als eine Dreiviertelmillion Menschen in Deutschland, die diese schweren Heimjahre durchlitten haben. Nur wenige wagten bis vor kurzem überhaupt darüber zu sprechen. Die meisten taten es nicht. Manche redeten nicht einmal mit ihren Ehepartnern darüber. Heimkind zu sein war ein Makel. Er war nicht zu tilgen. Und noch weniger wollten die Menschen darüber reden, was ihnen in diesen Heimen widerfahren ist. Heime wie das Salvator-Kolleg in Paderborn waren Zuchthäuser für Kinder und Jugendliche.

Eine einige Gemeinschaft von Vormundschaftsrichtern, Fürsorgern, Lehrern, Lehrherren und Priestern schaffte alle in Heime, die nicht in die biedere Nachkriegsnorm passten: Waisen, Kinder allein erziehender Mütter, uneheliche »Bastarde«, Ungezogene. Abends mit wehendem Rock auf dem Rücksitz eines Mopeds durch die Nachbarschaft chauffiert zu werden, konnte ein junges Mädchen ins Heim bringen. Konservative und Kirchen bestimmten das geistige Klima, und sie bestimmten auch, welche Kinder wie lange eingesperrt wurden.

Die Gesellschaft führte einen gnadenlosen Abwehrkampf gegen eine rebellische Jugend, die Elvis hören wollte und dann die Beatles und keine Marienlieder mehr. Erst die Studentenbewegung von 1968 öffnete mit Protestaktionen die Tore der Heime.

Jonathan hat keine Lust, sich »dieses ganze Gerede« anzuhören. Diese Tagung hier, das ist nicht seine Welt. Was hat er damit zu tun! Auch der Zettel mit der Zeichnung, den ihm ein anderer Mann zeigt, interessiert ihn nicht. Der hat sich so viel Mühe gegeben, genau zu sein, er hat alles mit einem Kugelschreiber aus dem Gedächtnis gezeichnet. Das auf dem Blatt soll also eine der Zellen sein, die es in dem Heim bei Paderborn gegeben haben soll? In Jonathans Gedächtnis aber sind keine Zellen. Da ist auch kein Heim.

Jonathan verlässt den Tagungssaal, steht verloren in der Eingangshalle davor. Er ist nicht der Einzige. Ein paar andere haben sich um einen runden Resopaltisch versammelt und trinken Kaffee aus einer Thermoskanne von einem Buffet. Auch sie wollen nichts mehr hören. Jonathan hat ohnehin nicht zugehört. Das hier ist nicht seine Veranstaltung. Was macht es schon, dass er in diesem Heim ganz in der Nähe von Paderborn gelebt hat. Nichts mehr davon lebt in seiner Erinnerung. Alles ist weg, tot.

»Weißt du nicht mehr?«, fragte ihn der Herr, der ihm jetzt beim Kaffee am Resopaltisch gegenübersteht, so alt wie er selbst, ein Mannsbild mit einer sonoren Stimme, sehr aufrecht, in einem guten Anzug, die Krawatte in der gelben Farbe seiner Partei. »Erinnerst du dich nicht mehr an Lupo?«

Der Name einer Comic-Figur aus *Fix und Foxi*, eine Art deutsche Mickey-Mouse der sechziger Jahre. Und er wirkt wie ein Rammboss. »Lupo!« Das ist der lange, dünne Wolf mit den Schlappohren und der großen Nasenspitze. »Lupo!« Jonathan sagt es noch einmal: »Lupo! Lupo!« Der Name sprengt die Tür zu einem Verließ in Jonathans Seele. Es öffnet sich, und Ekel kommt hervor. Er war weggesperrt, für alle Ewigkeit. Nun kriecht dieser Lupo, schmächtig, hochgewachsen, aber fast mädchenhaft in seiner Kutte mit der Kordel daran, die Stufen wieder hinauf, er kriecht durch den Eiter schwelender Wunden, er kriecht zurück in Jonathans Kopf.

»Bruder Clemens! Das war Lupo! Bruder Clemens!« Jonathan wird heiß. Ihm ist schwindlig, er braucht Luft, er geht zur großen Glastür, stößt sie auf. Nur raus! Dann läuft er, läuft an den parkenden Autos vorbei, nur weg. Der andere steht still. Die Lider können seine Tränen nicht mehr wegwinkern. Sie sind stärker als alle seine Versuche, die Augen trockenzukneifen. Er wendet sich ab, geht, eilig. Er hat ein kleines Unternehmen, ist dabei zu expandieren, eigentlich läuft es, er ist stark. Niemand soll sehen, wie dünn diese Oberfläche ist.

»Trigger«, so nennen Hirnforscher die Zünder für die Explosion des Vergessenen. Oft sind es Gerüche, manchmal ist es nur das Timbre einer Stimme. Viele kennen es im Kleinen aus dem Alltag. Der Geruch eines Gewürzes, und die Wanderung im Kreta-Urlaub ist wieder da, ein Schlager im Radio, und eine verlorene Urlaubsliebe taucht wieder auf.

»In der Sekunde nun, als dieser mit Kuchengeschmack gemischte Schluck Tee meinen Gaumen berührte, zuckte ich zusammen und war wie gebannt durch etwas Ungewöhnliches, was sich in mir vollzog ... Und mit einem Mal war die Erinnerung da ... All das, was nun Form und Festigkeit annahm, Stadt und Gärten, stieg auf aus meiner Tasse Tee.« So öffnet der Schriftsteller Marcel Proust in den zwanziger Jahren in seinem Roman *Auf der Suche nach der verlorenen Zeit* den Blick zurück. »Proust-Phänomen« nennen Neurowissenschaftler deshalb diesen Auslösereiz.

Auch Worte können solche Schlüssel sein. Diese Hoffnung hatte Professor Markowitsch seinem Amnesiepatienten Jonathan Overfeld gemacht. Sie erfüllte sich nun als Grauen.

Die Allee führt wieder zu dem weißen langgestreckten Haus bei Paderborn, vier Stockwerke hoch, Jugendstil, mit einem versetzten Ziegeldach darauf und einer kirchengroßen Kapelle darin: das Salvator-Kolleg in Klausheide. Alles ist plötzlich wieder da.

Die Priester nannten die Zellen »Besinnungsräume«. Eine Eisentür, Hocker, Pritsche. Abends schloss Lupo die Zellentür auf. Der Mönch war auch der Krankenpfleger. Sein Zimmer und seine Krankenstation befanden sich gleich neben den Zellen. Er brachte Overstolz-Zigaretten und Kaba. Mit seinem Trösten kam das Streicheln. Mit den im Getränk aufgelösten Tabletten kamen die Schwindelgefühle, dann die Apathie.

»Die Verletzungen am After wollten gar nicht wieder heilen«, sagt jetzt der Mann, der an dem Resopaltisch »Lupo« gesagt hatte. Seit jener Begegnung am Rande der Tagung gehört das Salvator-Kolleg in Klausheide auch wieder zu Jonathans Vergangenheit.

Das Salvator-Kolleg

Das Jugendstil-Haus am Rande des Teutoburger Waldes mit seinen vielen Räumen, den großen Gärten, Gewächshäusern, Feldern und Ställen, den Werkstätten in den Fachwerkgebäuden und der großen Halle hätte für Jugendliche ein guter Ort sein können. »Alles zur größeren Ehre Gottes und zum Heil der Seelen.« So hatte Ordensgründer Pater Jordan im 19. Jahrhundert den Auftrag der Bruderschaft in seinem geistlichen Tagebuch festgeschrieben.

»Erziehungsanstalt« stand in den sechziger Jahren auf den Landkarten von Klausheide bei Hövelhof, nicht weit von Paderborn, als Jürgen dorthin kam. »Zack, zack«! Das war das erste, was er hörte, im Haus der Besinnung. »Ab, los!« Die Treppen hoch. »Geht's auch schneller?« Der Priester am Eingang stieß ihn vorwärts wie einen Gefangenen. Er war ein Gefangener. Von dem Moment an, da sich die Glastür des Salvator-Kollegs hinter ihm schließt, hat er nur noch einen Gedanken: »Ich werde es euch zeigen.«

Er wird dem Direktor vorgeführt. Der riecht nach Schnaps. Dann wird er Pater Sebastian zugeteilt, er leitet die Gruppe. »Bastard«, sagt der Pater. Er ist klein, und sein

Gewand wölbt sich über den dicken Bauch. Er nennt sie alle »Bastarde«. »Wir werden euch zu guten Christen und anständigen Mitgliedern der Gesellschaft erziehen.« Jonathan erinnert sich jetzt wieder an die Worte. Wie er nun alles erinnert. Das nächste Wort, das sich Jonathan bis heute eingeprägt hat, ist »parieren.«

Pater Sebastian hatte ihm den Krieg erklärt. So jedenfalls verstand es Jürgen. Er hielt noch immer den kleinen Reisekoffer in der Hand, den ihm Tante Anna gepackt hatte. Den schleuderte er jetzt in Richtung Pater. Der Koffer landete unter dessen Schreibtisch. Und schon knallte die erste Ohrfeige in Jürgens Gesicht. Es brannte. Er guckte nur herausfordernd und bekam gleich die zweite. Jürgen hatte die Wange nicht hingehalten, wie es Christen tun sollten. Er hat die Kriegserklärung angenommen.

Er nahm den Koffer wieder auf und brachte ihn in sein Zimmer. Es war ein Zimmer für ihn allein. Das Bettzeug war weiß, aus grobem Leinen. Ein Bett, ein Tisch, ein Stuhl, ein Spind. An der Wand das Kruzifix. Er hörte noch, wie Pater Sebastian den Schlüssel umdrehte. Da saß er, eingesperrt, und hatte nur einen Gedanken: Lange bleibst du nicht. Aber es sollten viele Jahre werden.

Das Salvator-Kolleg in Klausheide war nun sein viertes Heim. Kurz zuvor hatte man ihn ins Don-Bosco-Haus nach Hagen gebracht. Er hatte in Hagen eine Lehre begonnen. »Er ist ein kräftiger, aufgeschlossener und gesprächiger Junge, der sich in die Heimgemeinschaft schnell eingeführt hat«, schreibt der Priester dort in seinem Bericht. Er führt es auf Jürgens frühe Jahre im Kinderheim zurück. »Ausgelöst durch sein gutes Aussehen, stand er erst immer im Mittelpunkt. Sobald er aber erkannt war, distanzierte man sich. Er nahm Anordnungen nicht immer mit Bereitschaft an. Zeigte sich sogar ablehnend.« Kurzum: Er war »stur«, »gleichgültig« und »verstockt«.

Und er klaute: vier D-Mark aus der Sammeldose für das Müttergenesungswerk. Nicht heimlich. Er riss einfach die Plombe ab. Der Mutterlose verbrauchte das Geld für eine Fahrkarte zu seiner Pflegemutter. Denn immer wieder fuhr er zurück zu Tante Anna.

»Er lebte unbekümmert«, steht in seiner Akte. Auch sein Lehrherr klagte, der Junge lasse Zurückhaltung vermissen und könne sich nicht unterordnen. Tatsächlich betrachtete er das viele Fegen des Hofes nicht als Lehrlingsausbildung. Er sei »eigenwillig«, hieß es deshalb im Bericht und »von voreiliger Offenheit«. Der Pädagoge fasste seinen Kummer über dieses Früchtchen in einem Satz zusammen: »Er erwartete ein Leben in ungebundener Freiheit.«

Freiheit war nun aber nicht gerade das, was einem Heimkind der sechziger Jahre zugedacht war. In einer Rede über die Heimerziehung dieser Zeit auf dem Diakonietag in Karlshöhe bei Ludwigsburg im Februar 2009 erinnerte der Erziehungswissenschaftler Professor Manfred Kappeler aus Berlin daran, dass der Reformpädagoge Hanns Eyferth schon in den fünfziger Jahren gefordert hatte, den Zwangscharakter der Anstaltserziehung abzuschaffen. Er nannte die Erzieher »Aufseher«, verlangte ein Ende des »Ertüchtigungsprinzips« und der Diffamierung der Zöglinge, die grundsätzlich als schlecht, verdorben und nichtswürdig galten.

»Die Dressur überwiegt das Bedürfnis, Einsicht zu wecken, die Entschlossenheit der Macht, die das Ordnungssystem schützt, lässt überall den Strafcharakter noch durchschimmern. Die eindeutige Ausrichtung auf ein geordnetes und arbeitshartes Leben macht die Anstalt einfach, klar und durchsichtig. Der Apparat garantiert die Ordnung, die Leitung ordnet die Arbeit an, überwacht sie und bricht den Widerstand mit Gewalt. Drill, blinder Gehorsam und Arbeit, um die Kraft der anderen Triebe zu schwächen: den Genusstrieb, den Spieltrieb, den Beharrungstrieb und den Kampftrieb.«

Der Freund

Jonathan weiß nicht mehr, ob er gleich die Anstaltskleidung mit den Streifen tragen musste oder erst ein paar Tage später, nach dem ersten Fluchtversuch. Und diese Holzschuhe, die drückten. Keine Strümpfe, auch nicht im Winter. Zweihundertfünfzig Kinder und Jugendliche waren in dem Heim eingesperrt, ausschließlich Jungen. Die jüngeren gingen zur Schule. Sie begann mit der fünften und endete mit der achten Klasse. Schwerpunkt des Unterrichts bildete Religion. Andere Abschlüsse als der der Volksschule waren für Heimkinder nicht vorgesehen.

Die Gruppen der Jüngeren wurden auch von Nonnen geleitet. Diese Jungen schliefen in Sälen. Nonnen arbeiteten auch in der Küche und der Wäscherei. Das Heim hatte rund fünfzig Mitarbeiter. Das Erziehungsziel hieß: brechen. Die Kinder, das war die offizielle Anweisung in vielen Heimen dieser Zeit, sollten erst einmal gebrochen werden, bevor man sie wieder aufbauen sollte.

Aufschluss zum Abendessen. Ein großer Speisesaal mit langen Tischen aus schwerem Holz. Ein Raum, der Jürgen gefiel. Ein so schönes Haus und ein Platz in einer Gruppe Gleichaltriger. Und ein Wiedersehen! Es hätte freudig sein können. Aber hier gab es für Jürgen in diesem Moment keine Freude. Heinz saß ihm gegenüber, sein Freund Heinz. Sie gaben sich die Hand, wie es echte Kumpels damals taten. Sie drückten beide sehr fest. Sie waren Männer.

Sie kannten sich aus dem Eiscafé der Kreisstadt. Ihre erste Begegnung war eine Prügelei gewesen. Es war das übliche Procedere – zwei taxieren sich: »Is was?« Das ist die Einladung. Die Fäuste werden geballt. »Was is?« Das ist die Einwilligung. Adrenalin lässt die Streithähne neben sich treten. In dem Moment gibt es zwei Gruppen von Jungen: diejenigen, die ins Gesicht schlagen, und diejenigen, die es nicht tun.

Beide hatten ins Gesicht geschlagen, und ausgerechnet daraus war ihre Freundschaft erwachsen. So, wie sie es aus Wildwest-Filmen kannten. Sie liebten solche Filme. Sie liefen sonntagnachmittags ins Kino. Heinz war ein bisschen älter, aber sie waren einander vom ersten Moment an auf Augenhöhe begegnet. Sie konnten miteinander reden, und die beiden Jungs hatten damals vieles, worüber nur sie beide miteinander reden konnten.

Heinz hatte Eltern, aber beide waren taubstumm. Jürgen hat den Freund einige Male zu Hause besucht. Die Wohnung war klein, welk, die Tapeten alt. Die Familie war sehr arm. Heinz hatte drei Brüder und vier Schwestern. Die Eltern mussten alle in ein Heim geben. Der Vater verdiente als Lagerarbeiter nicht genug, um seine Kinder zu ernähren. Das war die übliche Falle. Denn auch durch die zu errichtenden Beiträge für die Heimerziehung kam am Monatsende nie genug zusammen, um die Kinder wieder nach Hause holen zu können. Über das spätere Schicksal der Geschwister wurde mit der Auswahl des Heimes entschieden. Es gab auch damals Heime, in denen die Kinder geschützt waren. Einer von Heinz' älteren Brüdern war in so einem Heim. Er ist heute katholischer Diakon.

Jürgen hatte damals immer Geld in der Tasche. Und er machte damit gern auf »großen Macker«, wie er heute sagt. Und Heinz hatte ein großes Kofferradio, das er nicht von seinen Eltern bekommen hatte. Zwei Lümmel, Kumpel, Tagträumer in der Eisdiele. Irgendwann aber war Heinz weg. Ohne Abschied verschwunden.

Jetzt war Heinz wieder da. Ein paar Tage später aber war er schon nicht mehr in derselben Gruppe. Die Priester hatten die beiden Jungen getrennt. Beide galten als rebellisch. Vor allem der Neuzugang.

Noch am ersten Abend hatte Jürgen sein Programm verkündet. Er hatte einen Satz gesagt, den sich eigentlich Erzieher vorbehalten: »Jetzt weht hier ein anderer Wind.« Nichts werde er sich gefallen lassen. Pater Sebastian sah es aus der Entfernung, und er lächelte. Er wird später in seinen Berichten die »aufrührerischen Reden« des Zöglings schriftlich festhalten.

Jürgen bekommt ein Schließfach wie alle anderen. Bei den anderen sind Schokolade darin und ein paar Kleinigkeiten, an denen sie hängen, bei manchen Zigaretten. Jeder trägt seinen Schlüssel um den Hals. Jürgen hat keine Schokolade und auch keine Zigaretten. Er ist Raucher seit er dreizehn Jahre alt ist, und er wird in den nächsten Jahren nicht zu denen gehören, die sich auch nur eine Prise Tabak mit Gewalt abpressen lassen, wie es üblich ist in der von Rangordnungen bestimmten Jungen-Meute. Aber er hat etwas Geld. Abends wird gewürfelt. Und dann hat auch er Zigaretten und Schokolade, denn er hat Glück im Spiel. Er wird es im Leben noch öfter haben. Und er wird sich fragen, ob dieses Glück ihm nicht zum Unglück wurde.

Der Zocker

»Hey! Jonathan!«

Dieses Donnergrollen. Jonathan kennt die Stimme, tief wie der Schlund zur Hölle und doch jedes Wort scharf wie ein Peitschenschlag. Rinors Stimme. Jonathan dreht sich um. Es gibt keine Sekunde der Irritation. Da sitzt er, der Wächter der Unterwelt, allein, an dem kleinen runden Tisch des Straßencafés in Neukölln. Er winkt Jonathan heran und lächelt.

»Was trinkst du?«

Eine Einladung, die niemand ignoriert. Ein Blick von der Schärfe eines Stiletts. Jonathan kennt dieses Funkeln gut. Die schwarzen Augen waren in seinen Erinnerungen wieder aufgetaucht, lange bevor er den mit Gold behängten Albaner jetzt tatsächlich in diesem Café in der Karl-Marx-Straße in Neukölln wiedertraf.

Anfangs hatte Jonathan immer nur einen Vorhang gesehen. Eine Erinnerung, die nur aus einem Stück Stoff bestand. Er wusste nicht, was das für ein Vorhang war und wo er gehangen haben könnte. Er kannte nicht einmal die

Farbe, was ihn nicht überraschte, weil er weiß, dass er farbenblind ist. Und irgendetwas war mit dem Vorhang, und es gab eine Verbindung mit der Frau hinter der Bar. Es brach sich langsam Bahn. Aber nur wenig wollte ihn erreichen. Doch jetzt, als er die Stimme hörte, war alles da.

»Banco«, war das Wort, das Jonathan damals einfach nur aufschnappte. Dabei war es nur diese Frau mit den langen schwarzen Haaren gewesen, die ihn so lange an dem Barhocker kleben ließ. Er versuchte sich hilflos an einem Flirt.

Jonathan war am frühen Abend durch die Zocker-Bars der Potsdamer Straße gezogen, gleich am Bülowbogen. Er suchte Mikis, seinen Freund, den Griechen mit dem weißen Cadillac, der Ehefrau mit Abitur und der spanischen Geliebten. Mikis war dort Inhaber des kleinen »Casino Royal«. Und weil er ein Freund von Mikis war, durfte er gleich in den versteckten Raum, vorbei an den gesetzlich erlaubten Geschicklichkeitsspielen vorn, die nur der Tarnung dienten. Aber Mikis kam nicht. Jonathan war aus Griechenland gekommen, er hatte dort bei Mikis' Familie gelebt. Jetzt wartete er auf ihn. Das war gegen Ende des letzten Jahrhunderts, als noch nicht jeder ein Handy in der Tasche hatte. Also ging er durch die Bars. Irgendwo würde er den Griechen schon treffen.

War es Übermut, als er gegenüber im Casino an der Bar stand? Seine Balzlaune, die wegen der attraktiven Langhaarigen hinter der Theke wieder mit ihm durchging? Also: »Banco!« Er rief es vom Barhocker zum Baccara-Tisch hinüber. Wer »Banco« ruft, hält die Bank. Er war im Spiel. Und es wurde eines, aus dem er für Jahre nicht wieder herauskommen sollte.

Jonathan verließ die Bar, ging die Potsdamer Straße entlang. Zwei Männer kamen ihm entgegen.

»Herr Overfeld?«

»Ja bitte?«

»Polizei.«

»Ist schon in Ordnung, Sie brauchen keine Handschellen. Ich komme mit.«

Jonathan hatte damit gerechnet, dass man ihn nach seiner Rückkehr aus Griechenland festnehmen würde. Aber warum hier? Er war über den Ost-Berliner Flughafen in Schönefeld ausgereist und auch wieder eingereist. Er hatte auch beim Übergang nach West-Berlin seinen Ausweis vorgezeigt. Und er konnte unbehelligt einreisen. Warum wussten sie, dass er hier war? Hatte jemand aus Mikis' Bar die Polizei angerufen?

Jonathan erinnert sich jetzt wieder. Es war diese verdammte Geschichte mit den Akten. Und mit diesem Unternehmen. Er wollte noch einmal ins Büro, noch einmal an den Computer. Noch einmal Geld von den Hauskonten auf sein eigenes überweisen. Da sah er die Polizeiwagen vor der Tür. Sie hatten sogar noch das Blaulicht an. Jonathan kehrte auf dem Absatz um, packte eilig ein paar Sachen ein. Dann fuhr er zu Mikis. Der brachte ihn in seinem weißen Cadillac über die Grenze zum Flughafen Schönefeld. Und Jonathan verschwand nach Griechenland.

Nun verschwand er in die Untersuchungshaftanstalt Berlin-Moabit. Bisher hat er keine richtige Erinnerung an den Knast. Er weiß nur, dass es um ein Stück Seife ging, als er im Duschraum von anderen Gefangenen zusammengeschlagen wurde. Er kann sich nicht erinnern, wie lange er im Gefängnis war. Auch nicht an den Prozess. Er besitzt auch kein schriftliches Urteil mehr. Und weiß nicht, wer ihn verteidigt hat.

Merkwürdig, dass sich auch sein damaliger Chef nicht mehr so genau an alles erinnnert. Und ihm auch der Name seines damaligen Anwalts nicht mehr einfällt. Es war doch um eine große Summe gegangen, um die er seinen Arbeitgeber erleichtert hatte – um hunderttausend Mark.

Und Jonathan fragt sich heute immer wieder, ob die Zettel, die er in seiner Tasche gefunden hatte, nachdem er auf der Hamburger Parkbank wieder zu sich gekommen war, irgendetwas mit dieser Zeit damals zu tun haben könnten. Aber es waren keine alten Zettel, es waren neue. Und neu war auch das Datum.

Kaum aus dem Knast, ging er damals zurück zu den Bars in der Potsdamer Straße. Wohin sonst als zu Mikis hätte er auch gehen sollen? Also wieder: »Banco!« Es war dann tatsächlich diese Frechheit, die der schlanken Frau mit den langen Haaren, die bei Rinor hinter dem Tresen stand, so imponierte. So furchtbar vorlaut, aber auch charmant, auch gegenüber Rinor, dem Albaner, den in den Spelunken um den Bülowbogen alle fürchteten. Muskeln wie Marmor und 1,90 Meter groß, das war ungewöhnlich für einen Mann vom Balkan. Die Albaner waren sonst eher schmächtig. Aber dieser hatte die Hände eines Gorillas, so haarig und so stark. Schwindler, Säumige und auch Schläger wurden damit schon einmal in einem der Müllcontainer entsorgt.

Rinor gefiel der respektlose Humor des Deutschen. Und der dunkle Herkules vom Bülowbogen suchte gerade einen vertrauenswürdigen Croupier. Mikis' Kumpel machte sich gut, mit seinen blonden Haaren fiel er auf. Und

Jonathan? Er lachte, scherzte, provozierte, sang Spottlieder auf die schweren Jungs. Immer dicht am Limit. – Was kitzelte ihn? Brauchte er diesen Reiz? Stichelte er, bis er endlich eine Reaktion spürte?

Der Psychologe Kai-Uwe Christoph trifft bei seiner Arbeit für den Sozialpsychologischen Dienst oft Menschen, die die Gefahr suchen, um sich selbst zu spüren. Andere suchen den Schmerz. Sie verletzen sich. Jeder Sozialarbeiter kennt die Mädchen mit den aufgeritzten Armen. Manche Jungs suchen die Gefahr auf dem Motorrad. Oder in einer Schlägerei. Sie brauchen den schnellen emotionalen Wechsel mit hoher Amplitude. Sie wollen diesen Kick, den die Gefahr ihnen gibt, denn er lässt sie beben. Und beben heißt leben. Denn sie wollen nur eines: sich spüren. Und fürchten nur eines: sich selbst zu verlieren, in absolute Leere zu fallen. Sie schmeißen ihr Geld raus, setzen alles auf eine Karte. Wenn sie danach suchen würden, so wissen Psychologen, würden sie die Ursache dafür in ihrer Kindheit finden. Doch nichts fürchten diese Menschen so, wie das Ergebnis dieser Suche. Denn dort erscheint meist ein Onkel, ein Stiefvater, ein Freund der Familie, ein Vater, an den und das, was er getan hat, sie nie wieder denken wollen.

Braucht Jonathan auch diese Kitzel? Kai-Uwe Christoph hat es sich manchmal gefragt, wenn Jonathan wieder einmal ein Tag verloren gegangen war, an den er sich am nächsten Tag nicht mehr erinnerte.

Der Frau, die damals hinter der Bar von Azads Casinos stand, gefällt dieser Frechdachs immer besser. Ein schöner Mann, so findet sie. »Charmant, eine Ausstrahlung wie Robert Redford«, so sagt sie noch zwanzig Jahre später.

Aber kann er mit seiner Attraktivität umgehen? So fragte sie damals. Sie ist vorsichtig, misstraut ihm. So ein Kerl in diesem Milieu. Er wird den Charme nur nutzen, um abzuzocken. In diesen Läden wird betrogen, es wird aus den Taschen gestohlen. Doch bald, so sagt sie heute, »fraß ich ihm jede Lüge aus der Hand«.

Sie hatte sich verliebt. Es sollte dann Rinor sein, der ihren alten Liebhaber, der sie nicht gehen lassen wollte und sie terrorisierte, zu einem auf dem Bordstein wimmernden Fleischhaufen zermanschte. »Komm raus!«, hatte der Ägypter Jonathan angeherrscht, der am Baccara-Tisch die Karten gab. Der Ägypter besaß auch eine Bar im Milieu. Und ihm war zugetragen worden, dass da irgendetwas sei zwischen seiner Freundin und dem Croupier. Er war ein gefürchteter Schläger. Aber Jonathan war willig mit ihm vor die Tür gegangen.

Jonathan hatte sich noch nicht erklären können, da knallte der Ägypter ihm schon die Stirn aufs Nasenbein. Jonathan blutete. Aber er brauchte sich schon nicht mehr zu wehren. Rinor war ihnen aus der Bar gefolgt. Er prügelte den Ägypter die Straße hinauf, Faustschlag auf Faustschlag, dann, als er zu Boden gegangen war, weiter Tritt auf Tritt und wollte auch nicht aufhören, als der andere nur noch schwer keuchend in seinem Blut lag. Rinor kümmerte sich um sein Personal.

Jonathan kann sich an die Szene nicht erinnern. Aber er kann sie inzwischen plastisch erzählen, genau so, wie sie ihm erzählt worden ist. Er übt sich im Ausschmücken. Er sagt: »Geschichten machen das Leben reicher.« Es ist gespielter Reichtum.

Jonathan hatte damals jede freie Sekunde mit den Karten geübt. Er ließ sie nicht mehr aus der Hand. Er hatte Filme angesehen. Und der Ehrgeiz hatte ihn gepackt. Er trainierte die Augen, die Finger, feilte die Nägel auf die richtige Länge.

Da kam zum Beispiel der Fabrikant, wie sie ihn nannten, ins Casino. Jonathan erinnert sich noch gut an ihn. Und er erinnert sich wirklich. Dies ist nicht nur erzählt. Der Fabrikant kam mit viel Geld an den Baccara-Tisch. Und er ging oft mit noch mehr. Denn er spielte riskant, und seine Unberechenbarkeit riss Löcher in die Kassen der Casino-Herren. Damit sollte Schluss sein, als der neue Croupier am Tisch saß.

Der Moment des Croupiers ist der, an dem die Karten auf dem Tisch liegen. Vor dem neuen Spiel mischt er sie auf der Tischplatte. Er scherzt, erzählt und lacht, dabei suchen seine Augen eine Neun, eine Acht oder ein Ass. Heute beschleichen Jonathan Skrupel, wenn er sich daran erinnert. Es sind nur sehr leichte. Damals beherrschten ihn der Kitzel und das Gefühl, die Runde zu beherrschen.

Er nimmt die Karten auf. Beim Mischen lässt er das Blatt mit der linken Hand laufen, statt die Stapel gleichzeitig ineinander schnellen zu lassen. Dabei hält er die oberen Karten, die er zuvor sortiert hat, fest. Er bekommt ein Zeichen, an welcher Stelle am Tisch sein Mitspieler sitzt. Ist dieser der zweite Mann in der Runde, liegt an zweiter Stelle eine niedrige Karte, zum Beispiel Ass. Eine Karte, auf die sich ein Spiel gut aufbauen lässt. Sitzt auf dem zweiten Platz ein Fremder, steckt im Stapel an zweiter Stelle die Neun. Keine gute Karte, um bei Baccara das Spiel zu beginnen.

Niemand merkt, dass der fröhlich lachende Jonathan

mit dem Fingernagel die Position der Karte im Stapel abzählt. Die kleinen Scheinwerfer an der Decke strahlen immer auf die Tischmitte. Wo er die Karten mischt, fällt ein Schatten. Der in großen Casinos übliche Kartenschlitten wird in den Kaschemmen durch Grazie ersetzt. Erst wenn der Croupier die Karten wieder in der Tischmitte auslegt, um sie mit großer Eleganz zu verteilen, konzentrieren sich die Spieler wieder auf seine Hände. Und dann auf die Karten, denn nach der ersten gezogenen Karte wird der Einsatz erhöht.

Dieses kleine Handicap bei der Eröffnung des Spiels ist schon die ganze Zauberei. Über den ganzen Abend gesehen aber entscheidet die Vorsortierung der Karten darüber, wer die Kasse gemacht haben wird, wenn morgens die Gläser abgeräumt werden. Und es macht sich bezahlt, wenn der Zufall zwischendurch den Verlierer gewinnen lässt. Das macht ihn mutig, und er setzt mehr Geld. Denn auf dem Tisch liegen Scheine, keine Plastikchips. Das Geld ist so nah, man muss nur zugreifen. Das macht gierig.

Gelegentlich sticht das Glück den Trick. Und es gibt gefährliche Spieler. Das sind diejenigen, die vorzeitig aussteigen. Ein Dutzend davon ruiniert jeden Laden. Aber die meisten, die in so einer Runde die Nacht durch Zigarette auf Zigarette bis zum Glühen ziehen, sind zu schwach. Und: Zehn Prozent der Gewinne gehören immer dem Haus.

Jonathan erinnert Rinor als korrekt. Er war nicht gebildet, aber sehr intelligent, so sagt es Jonathan, also clever. Der Albaner liebte die Oper, kannte die Komponisten, erkannte die Stücke und versuchte sich zum Spaß an den Arien. Gehörte jemand zu ihm und konnte er ihm vertrauen, war der Albaner mit dem Dreitagebart großzügig. Er hatte immer Geldscheine in der Brusttasche seines Hemdes stecken, dicke Bündel. Die steckte er Freunden zu. Jonathan war ein verlässlicher Freund. Er durfte sogar widersprechen. Auch er trug bald Geldscheine in der Hemdtasche.

Rinor hatte ihn zum Geschäftsführer gemacht. Jonathan beherrschte die Buchführung, und er konnte rechnen. Jonathan trug damals weiße Hemden, sodass man die Banknoten in der Tasche durchscheinen sah.

Gelegentlich gab Jonathan jetzt auch am Baccara-Tisch am Kurfürstendamm die Karten. Nur Eingeweihte konnten den Club finden. Vorne wirkte er mit seinen Zimmerpalmen und Stühlen wie der Empfangsraum einer Büroetage. Dahinter war ein langer Flur. Passieren durften nur Vereinsmitglieder. Die große, erste Tür führte in eine Abstellkammer. Die kleine dahinter in ein Casino. Schwere Teppiche, große Leuchter an Decke und Wänden, große Rouletttische, die nicht manipuliert waren, Baccara und Black Jack. Das Ambiente war gepflegt, das Personal elegant, die jungen Damen bedienten oben ohne. Und wer von den Gästen mehr wollte, konnte sich mit ihnen in eines der Separées zurückziehen. Dem Personal war der Zutritt zu den Separées nicht gestattet. Die Getränke waren frei, nur den Champagner zahlte der Gast selbst. Und welcher Herr wollte sich da schon lumpen lassen.

Viele, die in diesem Etablissement ihr Glück versuchten, hatten in den staatlichen Spielcasinos Eintrittsverbot. Sie waren gefährdet, weil sie süchtig waren.

Glück konnte ein gefährlicher Begleiter sein. Es war ein ruhiger Tag gewesen am Bülowbogen, der Abend hatte noch nicht begonnen, Jonathan ging rüber zum Club von Azad, dem dicken Perser nebenan, wo die dunkelhaarige Frau arbeitete. Allen war langweilig an dem Nachmittag, und der Croupier verteilte zum Spaß die Karten. Sie spielten um Groschen, einer der Albaner, der auch aus seinem leeren Casino nebenan herübergekommen war, und Jonathan. Der Croupier war kein Trickser, und Jonathan und der Albaner waren beide aus dem Geschäft. Sie hätten es gemerkt.

Jonathan gewann. Aus Groschen wurden Markstücke, dann Scheine. Der Stapel wuchs und mit ihm die Zahl der Kiebitze um den Tisch. Ein großes Spiel alarmiert die Szene in Minuten. Autos fuhren vor. Der Laden war schnell voll. Andere stiegen ein. Nach drei Stunden lagen nicht mehr Tausende auf dem Tisch, jetzt stapelten sich zweihunderttausend. Nur wenige Scheine hatte Jonathan vorher unauffällig im Hosenschlitz und den Ärmeln verschwinden lassen. Lächerlich erschienen jetzt die Beträge und auch die üppigen Trinkgelder für die schöne Barfrau, hundert Mark, jedes Mal, wenn sie wieder Whiskey auf den Tisch stellte.

Luft zum Schneiden. Der Einsatz stieg weiter. Und Jonathan gewann weiter. Pöbeleien. Gereiztheit. Verdächtigungen. Wer drehte hier was? Und wie? Die Luft geladen mit elektrischen Teilchen. Alle rücken dichter um den Tisch, auch die aus der zweiten und dritten Reihe bieten jetzt mit, die Leiber der um den Tisch Stehenden liegen längst auf den schwitzenden Rücken der Sitzenden. Jonathan erhaschte den Wink der Frau an der Bar. Die Körper drückten immer stärker.

Die Barfrau zeigte auf Genti, den sie Nitro Genti nannten, weil er leicht explodierte. Er war klein, schmal, fast zierlich, und alle fürchteten ihn, denn er war böse und falsch. Genti drückte sich jetzt gegen Jonathan. Und Jonathan spürte die Maschinenpistole in seiner Seite. Wie viele Waffen waren jetzt im Raum? Er wollte verlieren, einfach raus aus der Nummer, spielte volles Risiko und gewann wieder. Es fiel nicht auf, dass er schwitzte. Der Raum glühte. Gentis drückte den Lauf in seine Rippen, dass es schmerzte. Jonathan sagte: »Ich muss pissen.« Er ließ die Scheine auf dem Tisch liegen, stand auf und drängte sich durch die Umherstehenden in den Flur, Richtung Klo. Gut dass er sich auskannte. Er war raus.

Jonathan weiß nicht, wer das Geld vom Tisch mitgenommen hat. Er hat es nicht vergessen, er hat schon damals nicht danach gefragt. Vielleicht hat es der dicke Azad kassiert, dem der Laden gehörte. Auch er war sehr gefürchtet. Später hat er tot in seiner Wohnung gelegen. Aber das war viel später, und es hatte irgendetwas mit seinen Medikamenten zu tun. Jonathan hat es nur aus der Zeitung erfahren – obwohl er im selben Haus gewohnt hatte wie Azad. Rinor, der mehrere Nachbarclubs besaß und bei Azad längst Teilhaber war, hat den Laden dann ganz übernommen. Es bedurfte keines Testaments.

Die Frau mit den langen schwarzen Haaren, die hinter der Bar stand, als Jonathan die Karten gab, ist jene Freundin Jutta, die ihn später als vermisst gemeldet hatte, als er in Hamburg auf einer Bank gesessen hatte. Und der Vorhang? »Ich denke, das war der aus unserer Wohnung«, sagt Jutta, »ich hatte damals einen Vorhang von dem Geld gekauft, das Jonathan beim Spiel in die Tasche gesteckt hatte. Der Vorhang hat uns immer an diesen Abend erinnert.«

Zwangsarbeit

Am Montagmorgen um acht Uhr im Gleichschritt, marsch, marsch, über den Hof des Salvator-Kollegs zur Fabrik. Die Jungen tragen im Heim Sträflingskleider, gestreift, die Holzschuhe klappern. Immer zwei Jungen nebeneinander, dreißig in einer Gruppe, drei Gruppen hintereinander. Dazu Pater Sebastians Kommandostimme: »Auge geradeaus!« Sebastian genoss seine lauten Kommandos. »Wer hat Ihnen erlaubt, zur Seite zu sehen?« Der Pater liebt bis heute alles Militärische.

In der Halle drehen die Jungen an langen Werkbänken Federkerne für Matratzen von Schlaraffia. Auch ihre Kleidung ist aus dem derben, scheuernden Matratzenstoff. Abends holt der Lastwagen die Matratzen ab. »Im Akkord Federn eindrehen, oh Gott, wie ich das gehasst habe, immer unter Druck, wenn du nicht mindestens deine vierundzwanzig bis vierunddreißig Matratzen drehst, bekommst du es mit dem Erzieher zu tun«, erinnert sich ein anderer Zögling aus dem Heim. Die Nachfrage nach Arbeitskräften durch die Unternehmen war groß. Das Heim konnte der geforderten Stückzahl kaum nachkommen.

Reden verboten, Pinkeln um zehn Uhr, dann noch einmal in der Mittagspause. Die Ordensbrüder überwachten jede Bewegung. Gegessen wurde im Speisesaal des Heims. Dann klapperten die Holzschuhe wieder zurück in die Fabrik. Arbeitsschluss 17.00 Uhr.

Die Holzrahmen standen an der Wand. Die Jungen legten sie auf die Werkbank und zogen die Metallfedern in das Gerüst. Nach der fünften Feder, die er eingezogen hatte, hatte Jürgen blutige Finger. Und die Nase voll. Er verschränkte die Arme vor der Brust. Für ihn war der Arbeitstag beendet. Er zuckt nicht, als er geschlagen wird.

Pater Sebastian wurde geholt. Und Jürgens erster Arbeitstag wurde auch der erste Tag, an dem sich die Eisentür der Arrestzelle hinter ihm schloss.

Er war nackt. Nur eine Unterhose wurde den Jungen im Arrest gelassen. Er setzte sich auf die Pritsche, es waren nur Bretter auf einem Betonsockel. Nach einigen Nächten schmerzten die Hüftknochen. Eine Matratze gab es nicht, auch kein Kissen und eine Wolldecke nur für die Nacht. Ein Tisch, ein Stuhl, festgeschraubt. Morgens holte Bruder Clemens die Decke wieder aus der Zelle. Nachts war es unter dem kratzigen Stoff oft kalt. Vor allem im Winter. Obwohl ein Heizkörper angebracht war. Der blieb kalt.

Im Sommer war es, als würde die Zelle glühen. Es war stickig, der Durst unerträglich, denn sie bekamen den ganzen Tag nichts zu trinken. Für die Notdurft stand ein Eimer auf dem Boden. Es stank daraus nach Urin und Kot. Die Wände waren aus Glasbausteinen. Hinaussehen konnten die Jungen nicht. Die Lüftungsklappe, vier Glasbausteine, die man an einer Kette herunterziehen konnte, war zu weit oben angebracht, als dass man hätte hinaussehen können.

Es existierten drei solcher Zellen nebeneinander. Ein Gespräch mit anderen Jugendlichen, die in einer der Nachbarzellen eingesperrt waren, war nicht möglich. Die Wände waren zu dick. Für ein paar Minuten hörte man vier Mal am Tag das Klappern der Holzschuhe. Jonathan freute sich später immer auf das Klack, Klack, Klack der Kameraden, denn sonst war es still. Sehen konnte er die anderen nicht. Durch die Glasbausteine waren nur schwammige Farbbewegungen erkennbar.

Manchmal hatten sie Glück, und die Jungen waren zu zweit in der Zelle. Dann teilten sie sich die Pritsche. Das war immer an Wochenenden. Arreststrafen wurden meist samstags und sonntags abgesessen. Die Jungen sollten ja nicht an der Werkbank ausfallen. Arrest gab es für freche Widerworte, Arbeitsverweigerung oder auch bei Fluchtverdacht. An ein Wochenende in der Zelle schlossen sich immer sechs Wochen der Bewährung an. Das hieß: Kioskverbot, Besuchsverbot, kein Nachtisch. Und »Walzklamotten«, wie die Jugendlichen die Holzschuhe und gestreiften Hosen nannten, weil diejenigen sie tragen mussten, die abgehauen, also auf der Walz gewesen waren. Viele trugen diese Sträflingskleidung.

Meistens war Jürgen allein in der Zelle. Oft wusste er nicht, für wie lange. Bei kleineren Vergehen waren es in der Regel drei Tage. Bei Jürgen wurden es oft Wochen.

Anstatt den Eimer für die Notdurft morgens in der Toilette nebenan zu entleeren, wie ihm befohlen wurde, schüttete er den Inhalt in den Flur. Das brachte wieder drei Arresttage mehr. Jürgen nannte das Nachschlag.

Viel später dann arbeitete er auch in der anderen, noch größeren Halle. Der Morgenmarsch dorthin war etwas weiter. Hier wurden am Fließband Teile für die Autoelektrik produziert. Auftraggeber war die Firma Hellas aus Lippstadt. »Euch hat man vergessen zu vergasen«, sagte der Vorarbeiter in der Lampenhalle, wo Rücklichter für den Käfer hergestellt wurden. Er war ein unrasierter Nazi. »Gaskammer« war ein Wort, das ihm leicht und immer wieder über die Lippen ging.

Zum Glück konnte er sich nur schwer von hinten anschleichen, denn er war ungewaschen und stank. Er hatte immer einen Draht mit einem Holzgriff in der Hand; damit holte er rechts und links aus und schlug bei jeder Nachlässigkeit und jedem Mucks auf die Jungen ein. Wie auf einer Galeere.

Die Leistungen jedes Einzelnen wurden in der Gruppe rapportiert. Die Fleißigsten konnten im Akkord etwas Taschengeld verdienen, fünfzig Pfennige bis zu einer Mark am Tag. Damit konnten sie am Kiosk des Heims Süßigkeiten kaufen und auch Tabak. Da aber an den Jungen »Erziehungsaufgaben zu erfüllen« waren, standen sie in keinem Lohn- oder Arbeitsverhältnis, wie es in einem Schreiben des Direktors in Jürgens Akte formuliert ist. Für Zwangsarbeit wird in keine Rentenkasse gezahlt.

Die Arbeitsleistungen des »jungenhaften« Neuzugangs beim Matratzenflechten sind »etwas knapp«. So steht es in Jürgens Beobachtungsbogen. Für jeden Zögling wurden Beobachtungsbögen angelegt, die heute mehr über die Erzieher als die Zöglinge verraten. In Jürgens wird sein »gutes Aussehen« vermerkt, seine Wirkung auf andere: Er »übernimmt zersetzende Reden«.

Jürgen war gerade wieder einmal aus dem Arrest gekommen. Pater Sebastian eskortierte ihn persönlich in die Halle und platzierte ihn etwas abseits der Werkbank. Er sollte kleine Schrauben in Lüsterklemmen ziehen. Es gab viele verschiedene Größen, alle waren zu hunderttausenden in Kästen sortiert. Und Jürgen hatte nur einen Gedanken: »Wenn ich jetzt arbeite, dann haben die gewonnen.« Er war noch nicht zu Ende gedacht, da lagen die Schrauben auf dem Boden. Hunderttausende, und alle Größen durcheinander.

Der Vorarbeiter drosch mit dem Draht auf ihn ein. Pater

Sebastian hatte den Raum noch nicht verlassen und wohnte der Auspeitschung bei. Er führte Jürgen wieder zur Arrestzelle und schloss ihn für Tage ein.

Der »gut aussehende« Zögling hatte dabei noch Glück. Er wurde immer in einer der Arrestzellen oben nahe der Schlafräume der Ordensbrüder, niemals im Bunker eingesperrt. Der war im Keller. Wer hier eingesperrt wurde, hockte dort tagelang ohne Licht.

Jürgen hat dem Vorarbeiter später eine brennende Zigarette in die Kitteltasche gesteckt. Der Kittel war aus Nyltest. Dieser Nylonstoff ist sofort entflammt. Alle lachten über den Vorarbeiter, der in Panik wie Rumpelstilzchen tanzend den Kittel von sich riss. Er hat Jürgen dann so zusammengepeitscht, dass der blutende Junge auf einer Trage in die Arrestzelle gebracht werden musste. Dort blieb er für Wochen, bis die Wunden verheilt waren. Der sanfte Lupo hat ihn in der Zeit gepflegt.

Das Kirchenasyl

Die in das Gebäude integrierte Kapelle wird Jürgen immer wieder zur Zuflucht. Es ist ein sehr großer Jugendstil-Kirchenraum mit einer Empore und vielen Holzbänken. Denn sonntags kommen auch zahlreiche Leute aus dem Ort zur Messe der Salvatorianer.

Sie bekommen die Zöglinge nicht zu sehen. Für die gibt es, die Gruppen auch in der Kirche streng getrennt, eine eigene Messe. Gespräche mit Kindern aus anderen

Gruppen sind verboten, auf jede Flüsterei steht die Prügelstrafe. Besonders hart bestraft wird der Kontakt zwischen unterschiedlichen Altersgruppen. Auch Freundschaften innerhalb der Gruppe stehen unter argwöhnischer Beobachtung. Fallen sie auf, werden die Freunde sofort getrennt. Die kleineren Jungen sitzen vom Altar aus gesehen rechts, die größeren links. Die Kleinen fürchten sich nicht nur vor den Nonnen und Priestern, sie fürchten sich auch vor den Großen in den Sträflingsanzügen.

Um den Hochaltar herum strahlen von den Wänden die Heiligenscheine. Auf dem Altar selbst thront, goldüberzogen, Jesus Christus, wie er einem ihm zur Rechten knienden Jungen das Haar streichelt. Zur Linken ein kleinerer Knabe, der sich an ihn lehnt.

In der Kapelle steht eine große Orgel. Bruder Manuel, der über die Kapelle wacht, lässt Jonathan dort manchmal sitzen, und er lässt ihn spielen. Der Junge spielt oft und viele Stunden lang. Dann steht ein Teller auf der Orgelbank, mit Keksen darauf und ein Glas Milch. Bruder Manuel ist für Jürgen ein Heiliger.

Andere Heimkinder erinnern sich dagegen an die offenen Avancen, die auch dieser Ordensbruder ihnen machte, wenn sie, als Messdiener, mit ihm zusammen die Gewänder der Pater für den Gottesdienst zurechtlegten. Und dass die freundlichen Offerten dann schnell in lästige Nachstellungen umschlugen.

Die Kapelle ist ein Asyl. Niemand holt ihn hier heraus. Es ist, als stünde er dort unter dem Schutz von Bruder Manuel. Akzeptierten die anderen Geistlichen diese Kapelle wirklich als Kirchenasyl? Gab es doch ein Tabu? Oder respektierten sie einfach das Jagdrevier eines Bruders im

Ungeiste? Manchmal versucht Jürgen tagelang, hier in der Kapelle zu bleiben. Er sitzt an der Orgel oder betrachtet die Bilder vom Kreuzgang Christi. Er kennt diese bösen Gesichter der Kreuziger, diesen Hass. Er hat sich selbst oft, wenn er so geschlagen wurde, in die Rolle des Gottessohns hineinphantasiert. Aber er war niemandes Sohn.

Hinter der Orgel steht eine große Kiste, es liegen Decken darin, für Kirchenbesucher, denen während der Messe die Beine kalt werden. Die Kiste ist lang, sodass er sich hineinlegen kann. Dann liegt er dort und schläft. Die Kiste ist sein Versteck, der Pater sein Beschützer. Die Kapelle ist seine Zuflucht. Gefahr droht nur, wenn er muss. Die Toilettenräume sind nur drei Türen weiter, aber sie befinden sich außerhalb der Kapelle. Gegenüber befindet sich ein Büro, und er muss sich auf Zehenspitzen dort vorbeischleichen. In der Kapelle steht eine große Palme. Manchmal pinkelt er in die Blumenerde. Denn immer wieder passiert es ihm, dass er vor der Toilette abgepasst wird.

Er weiß, dass sich an die Stunden an der Orgel immer wieder die Tage in der Arrestzelle anschließen mit den nächtlichen Besuchen von Bruder Clemens, Pater Sebastian und anderen. Aber an der Orgel vergisst er die Welt draußen vor der Kapellentür.

Die Klavierlehrerin

Jonathan sitzt in seiner Berliner Wohnung und ist glücklich. Zwei Jahre liegen zurück, seitdem er sich in Hamburg wiedergefunden hatte. Sein neues Klavier ist da. Die Männer haben es die Treppe hinaufgewuchtet. Es ist ein gebrauchtes, aus Nussbaum, aber generalüberholt und sauber gestimmt. Ein gutes Instrument. Seine alte Freundin Judith hat es ihm geschenkt. Jonathan und ein Klavier, fand Judith, das gehörte zusammen. Die beiden haben es gemeinsam in einem Klaviergeschäft in Berlin-Mitte gekauft. Jonathan hat dort viele Klaviere ausprobiert. Er spielt jetzt wieder jeden Tag.

Unterricht nimmt er bei einer russischen Pianistin, die in Ostdeutschland Generationen von Schülern das Klavierspielen beigebracht hat. Aresi ist eine etwas stämmige, aber sehr stolze Dame. Obwohl sie deutlich älter als achtzig ist, sind ihre Haare pechschwarz, so wie ihre langen Gewänder. Sie raucht, nur Zigaretten, aber Kette. Ihre Wohnung ist gleich am Alexanderplatz, es sind große Räume mit hohen Stuckdecken und alten, schweren Möbeln. Ein Salon des frühen 20. Jahrhunderts. An allen Wänden Bilder und Spiegel, überall stehen Figuren, viele goldbelegt, manche lebensgroß. Aber keine Heiligen darunter, wie Jonathan sie kannte. Was auch verwunderlich gewesen wäre, denn seine Klavierlehrerin ist jüdisch. Es sind erotische Plastiken, viele klassisch griechisch, also nackt. Auf den Tischen und Anrichten liegen Geigen und Bratschen in ihren Kästen. Sie hat vier Klaviere und drei Flügel. Einer davon ist weiß.

Aresi mag Jonathan und ist sehr frech. Sie sagt: »Du mit

deinem Knackarsch. Das zieht bei mir nicht mehr.« Ihr slawischer Akzent gibt dem eine leicht frivole Note. Und dann lacht sie ihr Raucherlachen.

Der Schüler und die strenge Lehrerin gehen spätabends noch zusammen zum Italiener, und bei schönem Wetter gehen sie spazieren. Sie rechnet die vielen Klavierstunden nicht wirklich alle ab. Denn er hat bei ihr noch einiges zu lernen. Er besitzt ein gutes Gefühl für Harmonien, aber an seinem Rhythmus hätte sie anfangs verzweifeln können. Jedenfalls tut sie so und schlägt die Hände über dem Kopf zusammen. Sie plagt ihn auch mit dem Metronom. Aber er wird besser, und irgendwann hat er es sich verdient, dass er auch auf dem weißen Flügel spielen darf. Das dürfen Schüler eigentlich nicht. Das ist ihrer. Und es ist eher ein Geschenk als ein Verdienst. Und der Flügel wird ein ganz bisschen seiner.

Eines Abends, er will gerade zu einem Konzert gehen, bekommt er einen Anruf aus dem Jüdischen Krankenhaus. Sie möchte ihn sehen, nur ihn, sagt die Schwester. Er ist schnell da, er kennt die Klinik. Der Gärtnereibetrieb, bei dem er arbeitet, kümmert sich um den Garten. Er sitzt an ihrem Bett, sie atmet schwer. Er hält ihre Hand, sie redet irgendetwas, sehr leise, es könnte auch Russisch sein. Er versteht sie nicht, aber er hört ihr die ganze Nacht zu. Ein paar Tage später ist sie schon wieder entlassen. Aber als sie zu Hause ist, da stirbt Aresi. Für einen Moment ist es Jonathan, als wäre eine Mutter gestorben, die er niemals hatte.

Bittbriefe

Jonathan hat damals, als er noch Jürgen war, nie erfahren, dass sich auch Tante Anna immer wieder um ihn sorgt, nachdem sie ihn »ins Heim gesteckt« haben, wie es damals hieß. Anna schreibt an den »Hochwürdigsten Herrn Pater Direktor« und bittet um die Erlaubnis, Jürgen einmal sehen zu dürfen. »Sobald Jürgen Besuch haben darf, möchte ich Sie bitten, mir das mitzuteilen.«

Sie schreibt an Pater Sebastian und bedankt sich, »in der Hoffnung, dass der gute Samen doch noch in dem Jungen aufgeht, den Sie zu säen bemüht sind«. Sie offenbart dem Pater ihre Gewissensbisse, weil sie Jürgen »in meiner Verzweiflung« oft geschlagen hat. »Die vier Jahre mit Jürgen waren eine schwere Zeit. Trotzdem besteht eine Zuneigung auf beiden Seiten.«

Tante Anna fügt sich den strengen Besuchsregeln des Heims, wehrt sich mannhaft gegen eigene, durch Jürgens Heimweh bei ihr ausgelöste Seelennöte. An den Pater schreibt sie: »Da Jürgen eine ziemlich robuste Seele zur Schau trägt, wird ihm das Heimweh hoffentlich nicht schaden, eher wird sein Gemüt dadurch wohl besser entwickelt und er feinfühliger auf Freud und Leid reagieren. Als zehnjähriger Bube hatte er keine Tränen mehr, es scheint, als sei sein Herz versteinert. Er kann überhaupt seine Gefühle schlecht äußern.«

Der Direktor ermahnt sie, Jürgen keine Päckchen oder Zuwendungen mehr zu schicken und sendet ihr die Heimordnung zu. »Die Führung von Jürgen rechtfertigt im Augenblick keine Ausnahme.« Er hatte wieder versucht, Zigaretten mit zur Arbeit zu nehmen.

Dabei gehörte Jürgen nicht zur Kategorie »FE«, das stand für »Fürsorgeerziehung«. Diese Kinder waren besonders ausgeliefert, ohne Kontakt nach draußen. Er gehörte zur begünstigten Kategorie, der »FWE«'s, der »Freiwilligen Erziehungshilfe«. Jürgen stand unter der Oberaufsicht des Jugendamtes in Bottrop. Von dort wurde sein Aufenthalt im Salvator-Kolleg bezahlt. Und auch Tante Anna schickte gelegentlich Geld an Pater Sebastian.

Immer wieder bittet die gläubige Katholikin in Briefen an die Ordensbrüder um Beurlaubungen für Jürgen, bittet, »da er schon im Sommer keinen Urlaub bekommen hat, ihm doch wenigstens Weihnachten ein paar Tage zu gewähren«. Tante Anna erinnert daran, dass Jürgen Klavierstunden genommen hatte. Auch dass er gut zu backen verstand und gern kochte. »Wenn Sie nach guter Führung des Jungen auf diese seine Fähigkeiten eingehen könnten – nicht um Ihnen irgendwie etwas vorzuschreiben; sondern, weil ich Jürgen trotz allem lieb habe und in großer Sorge um ihn bin.«

Sie ersucht den Direktor des Salvator-Kollegs, Jürgen zur Erstkommunion ihres anderen Pflegekinds, Petra, freizugeben. Er habe mit ihr wie Bruder und Schwester zusammengelebt. Dann bittet sie ihn, Jürgen zu ihrer Hochzeit freizugeben. Später bettelt sie, ihn zur Taufe ihrer Tochter für einen Tag rauszulassen. Es ist Tante Annas erstes eigenes Kind. Nichts wird gewährt.

Auch Jürgen schrieb ihr Briefe aus dem Heim. Ob sie sie erreichten, weiß er nicht. Vielen anderen, die Kontakt zu ihren leiblichen Eltern hatten, war der Briefkontakt zu ihnen streng verboten. Jonathan hat später oft Post für andere aus dem Heim geschmuggelt. So findet man es in den Berichten in seiner Akte. Auch dabei wurde er ertappt und bestraft.

In die Briefe an Pater Sebastian steckt Tante Anna manchmal Geld. Jürgen weiß von den Briefen. Er schleicht sich heimlich ins Büro des Paters und stiehlt Scheine aus den Umschlägen, nicht alles Geld, nur ein wenig. Er betrachtet es als seinen Anteil. Merkwürdig ist, dass der Pater das nicht bestraft.

Bei dem Zögling, so vermerkt es der Direktor in einem seiner Berichte, sei »keine scharfe Trennung zwischen normaler Pubertätskrise und den echten Erziehungsschwierigkeiten aus einer latenten Verwahrlosungstendenz herauszufinden«. Die Unsicherheit in der Einschätzung des Jungen wird durch die Eindeutigkeit des Erziehungsauftrags ausgeglichen. »Es liegt nicht im Interesse des Jugendlichen, seinem Willen nachzugeben. Jürgen hat einen erheblichen Nachholbedarf an konsequenter Führung.«

Also führen die Pater die Jugendlichen konsequent mit harter Hand. Aber Jürgen nimmt weiterhin eine renitente, freche Haltung ein. »Er muss mehr Erziehungsbereitschaft zeigen und offener zu den Erziehern sein«, schreibt der Direktor daraufhin an Tante Anna. Offener zu den Erziehern?

Der Vergewaltiger

Die Einladung des Pater Sebastian, zu einem Gespräch in sein Büro zu kommen, konnte für Willige auch Vorteile bringen. Einige nahmen sie an. Jahrzehnte danach hat einer von ihnen Jonathan anvertraut, dass Sebastian ihnen danach immer etwas zusteckte. Aber er zahle bis heute seinen Preis für die kleinen Vergünstigungen des Paters. Trotz vieler Therapien.

Er habe damals nicht verstehen können, dass Jonathan, der auch beim Pater im Zimmer gewesen war, trotzdem so drakonische Strafen bekommen habe. Der Pater sei doch sonst danach so großzügig gewesen, habe auch über Fehler hinweggesehen.

In einem späteren Brief spricht Tante Anna ihr tiefes Bedauern darüber aus, dass ihr Jürgen den Pater Sebastian geschlagen hat. Jürgen muss hart zugeschlagen haben. Der Pater, der selbst sehr stark war, blieb lange verletzt.

Für Jonathan ist heute alles wieder so dicht und so nah. Er muss sich überwinden, darüber zu reden. Aber er muss reden. Dem Psychologen, Kai-Uwe Christoph, dem er vertraut und vor dem es keine Scheu gibt, kann er sich endlich öffnen.

Er spricht von Bruder Clemens, den sie »Lupo« genannt hatten. Er kam nachts in die Zelle, mit Kaffee, einem Stück Kuchen, Zigaretten Marke Overstolz, es waren flache Zigaretten. Das erste Mal dachte Jürgen, dass er vielleicht nett sei. Er nahm das Stück Kuchen, dann ein zweites, dann wurde ihm schwindlig. »Man ist noch da gewesen, aber trotzdem nicht mehr ganz da, benebelt.« Wie von einer Droge.

Bruder Clemens hat sein Gewand abgelegt. Die Priester, die nachts in die Zelle kamen, waren unter ihrem Gewand immer nackt. Nur Clemens trug noch ein langes Hemd, das er jetzt auszog. Dann zog er Jürgen aus und befriedigte sich. Jürgen schlief ein. Am nächsten Morgen dachte er, dass alles ein böser Traum gewesen war. Aber der Alptraum wiederholte sich, Abend für Abend. »Man kann sich nicht wehren, nicht körperlich, nicht im Kopf, am anderen Morgen ist das dann da, aber man kann nicht beschreiben, was da abgelaufen ist.«

Ein anderer berichtet, dass er, in die Zelle eingesperrt, nachts in Lupos Zimmer aufwachte. Ein großes Kreuz über dem Bett, ein zweites Kreuz auf dem kleinen Tisch. An der Wand hing das Gewand, und der Junge, der noch klein war, erschrak vor der dunklen Geistergestalt. Dann spürte er die Hand, die ihn sanft zurück in die Kissen zog. Lupo lag neben ihm. Morgens wachte der Junge wieder in der Zelle auf.

Jonathan nennt Bruder Clemens in der Nachbetrachtung einen »Safer-Sex-Typen, dem ging es ums Streicheln, das war nur widerlich, eklig«. Bruder Clemens hatte immer eine kleine Gemeinde um sich. Es hatte viele Vorteile, sich von dem Bruder anfassen zu lassen. Zuwendungen und Schutz vor Schlägen der anderen Priester.

Da war der Junge mit dem Wellensittich. Wenn er auf dem Bett lag, erinnert sich Jonathan, saß der Vogel auf seinem nackten Hintern. Er durfte den Sittich behalten, denn er gehörte zur Schar der kleinen Prinzen. Vor allem Jüngere suchten bei Clemens Zuflucht. Aber auch Ältere begaben sich unter die Fittiche des Sanften. Da er examinierter Krankenpfleger war, musste derjenige, den er für krank erklärte, nicht in die Matratzenfabrik, nicht in die Lampenfabrik und auch nicht auf die Felder. Mancher hübsche Junge blieb wochenlang in Lupos Lazarett. Es waren Wochen ohne Prügel. Auch die Feldarbeit war hart, und Bruder Antonius, der dort befehligte, unbarmherzig, wenn er die Jungen durch die Furchen und den Kuhstall scheuchte und immer wieder zuschlug, wenn sie auf den Knien durch die Kartoffelreihen krochen, die erst hinter dem Horizont zu enden schienen.

Viel brutaler aber als alle anderen, so erinnert es Jonathan, war Sebastian. Er und der andere, an dessen Namen Jonathan sich nicht mehr erinnert, drangen in ihn ein, von hinten, mit brachialer Gewalt.

Sebastian war Jürgens Gruppenleiter. Er beantragte einfach Arrest für den Zögling beim Pater Direktor. Und dieser stimmte jedes Mal zu. Der Pater Direktor mit dem Schmiss im Gesicht war ein Anhänger harter Züchtigung. Oft hörte man die lauten Schreie und das Jammern der kleinen Jungen aus dem Zimmer des Direktors. »Wenn sie unter Triebdruck standen und die Zellen leer waren, suchten sie nach Anlässen oder provozierten sie, um die Jungen nachts in ihre Gewalt zu bekommen«, sagt einer, der zusammen mit Jonathan im Heim war, »sie brauchten keinen Folterkeller wie bei dem Kinderschänder in Amstetten. Sie konnten sich frei bedienen.«

Und auch Jonathan sagt heute: »Ich denke, da war System darin. Zwei, drei Tage wurden wir in den Zellen ausgehungert, nur morgens die Tasse Kaffee. Wenn es dann auch die Scheibe Brot mehr gab, wusste ich, jetzt kommen sie wieder.«

Sebastian kam mit belegten Broten, manchmal einer

Flasche Bier. »Man wusste, was passieren würde, wenn er nachts kam. Aber wenn man hungrig ist, und da steht einer vor dir, mit Brot und Bier oder Kuchen, auch wenn du weißt, da ist jetzt eine Droge drin, dann ist es dir in dem Moment egal. Du willst essen und denkst, du kannst dich vielleicht doch wehren.« Zum Ekel kamen die Schmerzen. Tagelang.

Einmal konnte er sich wehren. »Während er mich vergewaltigt hat, habe ich mich umgedreht und auf ihn eingeschlagen, wie von Sinnen, so zusammengeschlagen, dass er geflüchtet ist. Ich habe ihn am Arm festhalten können, habe getreten und geschlagen, ihn in den Oberarm gebissen, dass es geblutet hat, vielleicht hat er die Bissnarbe noch am Arm.«

Für längere Zeit kamen dann nachts nur noch Clemens und der, dessen Namen Jonathan nicht mehr weiß, der im Keller die Tischlerei betrieb, ganz am Ende des langen Ganges, wo sie Figuren schnitzten. Die Arbeit dort war unter den Kindern sehr begehrt.

Die Heimkinder

Pater Sebastian schlug die Jungen mit dem Kordelende seiner Kutte, immer in den Schritt. Manchmal auch mit einer Rute. Oft bemerkten sie ihn gar nicht, weil er sich leise von hinten anschlich oder seine pikanten Peitschenhiebe kurz im Vorbeigehen verteilte. Es war ihm eine Lust, immer die Hoden der Jungen zu treffen. Er hatte extra

Knoten in die Kordel gebunden, sie waren hart wie Stein.

Pater Sebastian hatte ein sanftes Lächeln, doch Jonathan ließ sich nicht täuschen. Er sah die zweite Seite des heilig aufgesetzten Gesichts, die Augen, die Stirnfalte. Heimkinder hatten Antennen für die Gefahr, eine leise Verzerrung im Duktus, eine leichte Beschleunigung in der Bewegung. Denn sie mussten gefasst sein. Die Schläge kamen plötzlich, und sie kamen hart.

Jeden Tag wischte einer der Knaben irgendwo im Haus das Blut von den Fliesen. Vor allem die unvermittelten Knüppelschläge des Direktors verursachten Brüche und tiefe Wunden. Er zeigte, dass er Kraft hatte, und Zorn. Er war schließlich der Direktor. Und noch mehr schmerzten die Schläge, wenn die Gelenke noch geschwollen und die Wunden offen waren.

Lupo, der Krankenpfleger, hatte viele Verbände zu wickeln und Knochen zu schienen. Doch oft suppten und eiterten die Wunden oder rissen auf, weil sie an der Kleidung festgetrocknet waren. Manche erinnern sich auch noch an den Jungen, dem ein Teil seines Fußes in den Holzschuhen erfroren war. Die Jungen in den »Walzklamotten« trugen auch im Winter keine Strümpfe. Aber er hatte selbst Schuld, der Fuß war ihm während eines Fluchtversuchs erfroren. Deshalb wurde jedes Mal wieder geschlagen, wenn er mit dem nun zu kleinen Stumpf aus dem Holzschuh rutschte und die ganze Kolonne aufhielt.

Das Wort »Prügel« ist für viele der Kinder aus dem Salvator-Kolleg heute ein Euphemismus, so wie das Wort »Heim«. Heim klingt wie »zu Hause«, wie »heimelig«. Und eine Tracht Prügel klingt nach einer einmaligen Bestrafung. Doch die Jungen in Klausheide durchlitten Unberechenbares, Willkür. Vor allem die Jüngeren erlebten das Salvator-Kolleg als Foltergefängnis. An viele der älteren Jungen dagegen wagte sich kaum ein Bruder oder Pfarrer heran.

Die Jungen im Heim erkannten sich auch untereinander sofort. Die von klein an im Heim waren, taten den Rabauken, die erst als Jugendliche hier eingesperrt wurden, sogar leid. Viele von ihnen waren längst gebrochen. Deshalb funktionierte auch das Spitzelsystem der Nonnen und Ordensbrüder perfekt. Wer verpetzte, bekam Zuwendungen, nur leichte Tätigkeiten oder arbeitsfrei. Auch hier erkannten die Jungen einander.

Hatte einer Süßigkeiten in der Schublade, wussten die anderen, dass er den Ordensbrüdern gefällig gewesen war. »Blas ihm einen, dann hast du deine Ruhe.« Das war ein guter Rat unter einigen der Jungs. Erzählte jemand den anderen vom tollen Autoscooter auf der Kirmes, dann wussten sie, dass er den Priestern sehr gefällig gewesen war.

Sebastian lud Knaben oft freundlich und immer einzeln in sein Büro ein. Nachdem er sich an ihnen befriedigt hatte, beschuldigte er die Jungen, sie hätten ihren gütigen Vater verführt. So hätten sie Sünde auf sich geladen. Die Jungen mussten nun Rosenkränze beten. Und sie mussten beichten. Pater Sebastian selbst nahm ihnen die Beichte ab. Er drohte Strafen an und prophezeite ihnen »eine schlimme Zukunft«, würden sie anderen als ihm beichten.

So tippte es einer seiner Zöglinge Jahrzehnte danach in einem Internetcafé in die Computertastatur, und einiges andere, das der Pater ihm angetan hatte. Er schrieb seine Erlebnisse in dem Internet-Forum »Ciao«, in dem

Produkte bewertet werden. Es ging um Internate, die beurteilt wurden, um Preis- und Qualitätsvergleiche. Er war im Januar 2004 einer der Ersten, die das Schweigen über die Vergewaltigungen in dem Heim durchbrochen hatten. Er hatte damals kein anderes Forum als dieses. Heute haben sich die Heimkinder eigene Foren geschaffen, um sich darüber auszutauschen, was ihnen angetan wurde. Einige haben sich inzwischen getroffen und organisiert.

Den Mann, den Jonathan in Paderborn traf, hatte sich Sebastian im Kartoffelkeller geschnappt, dort, wo die großen Becken waren, in denen die geschälten Kartoffeln im Wasser lagen. Die Jungen mussten nur noch die Augen auspiken und ein paar schlechte Stellen herausschneiden. Eigentlich war der Kartoffelkeller das Revier von Bruder Larenzius. Doch dann sah er, wie Sebastian die Kellertür mit dem Besenstiel versperrte. Er ekelt sich noch heute vor diesem Mundgeruch, aber er musste den brutalen Pater auf den Mund küssen.

Sebastian hatte viel Kraft, und der Mann war damals ein schmächtiger Junge. Er riecht immer noch den Urin der eingepinkelten Unterhose des Paters und den Salmiakgeist am Gewand. »Ich musste diesen Gestank inhalieren«, und dann muss der erwachsene Mann aufhören zu reden, weil ihn die Atemnot wieder überkommt. Sebastian hatte ihn mit der Kordel gefesselt. Als er sich weiter wehrte, tauchte der Priester ihn mit dem Kopf in das Wasserbecken mit den Kartoffeln, dass der Junge fast ertrank. Der Pater predigte von Glaube und Hoffnung, während er den nach Luft schnappenden Jungen vergewaltigte.

Jonathan hat heute Kontakt zu mehreren Heimkindern, die Pater Sebastian misshandelte und missbrauchte. Und die heute der Wunsch vereint, ihn dafür bestraft zu sehen. Aber sie sehen immer nur seine Ehrungen und Fernsehauftritte.

Doch es war nicht Sebastian allein, über fast alle Ordensmänner im Salvator-Kolleg gibt es ähnliche Schilderungen: »Ein Pater schloss eines Morgens, als er allein mit mir in der Sakristei war, die Türe zu, um mir vor der Messe die Beichte abzunehmen«, beginnt ein ehemaliger Zögling seinen Bericht. Nur ein reiner Geist dürfe Gott dienen, sagte der Pater. »Ich musste mich auf einen Stuhl setzen, der Pater verband mir mit seiner Stola die Augen, fesselte meine Hände mit einem anderen Band und begründete dies damit, dass man bei einer Beichte ja den anderen nicht sehen dürfte. Er fragte mich nach Sünden, und als ich solche bekannte, forderte er mich auf, zur Strafe den Mund zu öffnen, um einen Essigschwamm darin aufzunehmen, wie ihn einst der Herr am Kreuze gereicht bekommen hätte.«

Nach dem Samenerguss des Paters musste der Junge drei Vaterunser beten und sich den Mund auswaschen.

Kinder, die vergewaltigt worden waren, schliefen nicht aus Angst, Pater Sebastian könnte nachts in der Tür stehen. Manchmal genügte es schon, nur Sebastians Stimme zu hören, und schon hatte er sich eingenässt, berichtet einer. »Er war gar nicht für meine Gruppe zuständig. Aber er hatte gedroht: Ich kriege dich!« Der Junge versuchte es später zu vergessen, für immer zu verschließen. Es ist ihm nicht geglückt.

Er war schon verheiratet, selbst Vater, da brach es als pure Gewalt wieder durch. Als erwachsener Mann erlebte sich der Junge, der so viele Schläge erfahren hatte, selbst dabei, wie er zuschlug. »Aber ich sah plötzlich die Schwestern Eva und Herta, und ich sah Pater Günter, Lupo, Pater Sebastian, Pater Heinz und Frater Martin.« Und er sah Frater Bertram, der ihn bis zur Bewusstlosigkeit geprügelt hatte, weil er sich an die Johannisbeersträucher gemacht hatte.

Ein anderer sieht noch den Schatten im Rahmen, als nachts die Tür aufging und Sebastian in den Gruppenschlafraum trat. Dann griff der Pater unter die Bettdecken und massierte den Jungen den Penis. Er tat, als würde er schlafen und drehte sich dabei weg. Und Sebastian sagte: »Na, hast du einen unruhigen Schlaf?«

Heute ist er Maler. Eines seiner Bilder zeigt einen Heimjungen mit heruntergezogener Sträflingshose auf einem kleinen Käfig hockend, in den Händen Matratzenfedern und eine Autolampe. Er trägt eine Maske, von der aus dem zerschlagenen Gesicht dahinter Blut tropft. In dem Käfig sind Ratten, und sie nagen am Kopf von Pater Sebastian, der bis zum Hals in die Erde gegraben ist. Das sind seine Rachephantasien. Er sei kein Unmensch, sagt er, den Ratten stellte er auf seinem Bild frisches Wasser in den Käfig.

Damals gab es einen populären Schlager von Billy Sanders. »Adelheid«, sangen die Jungen seinen britischen Akzent nach, »bitte schenk mir einen Gartenzwerg.« Adelheid ist auch einer dieser Namen, die Jonathan jetzt wieder eingefallen sind. Sie assoziierten ihn damals mit dem »Giftzwerg«, Pater Sebastian. Adelheid, so nannten die Jungen ihren Vergewaltiger.

Während einer Anhörung von Sachverständigen zur Heim- und Fürsorgeerziehung durch den Petitionsausschuss des Bundestags im Januar 2008 fragte ein Abgeordneter, warum die ehemaligen Heimkinder heute, dreißig, vierzig oder mehr Jahre nach ihrer Zeit im Heim, mit solcher Dramatik über ihre Erfahrungen reden. Ob es denn überhaupt möglich sei, sich nach so langer Zeit so genau an Einzelheiten zu erinnern.

Die Antwort gab der Traumatologe Prof. Gerion Heuft, Leiter der Klinik für Psychosomatik und Psychotherapie am Universitätsklinikum Münster. Im Unterschied zu anderen konflikthaften Erfahrungen würden solche realitätsnäher, das heißt ohne sekundäre Bearbeitung, im Gedächtnis aufbewahrt und können auch nach Jahrzehnten plötzlich wieder unverändert vor Augen stehen. Traumatisierende Erlebnisse werden nicht wie neurotische Konflikte ins Unbewusste geschoben, wo sie virulent bleiben. Sie werden einfach abgekapselt und wie in einem Fotoalbum aufbewahrt. Lange irgendwo verlegt, auf dem Dachboden verstaubt, taucht das Album plötzlich wieder auf. Und alle Bilder sind da.

Jonathan ist heute erleichtert, wenn andere Zöglinge, völlig unabhängig von ihm, das Gleiche aus dem Heim erinnern oder wenigstens Ähnliches, und wenn sie dieselben Namen nennen; dann kann seine Erinnerung nicht falsch sein. Sein Gedächtnis lügt nicht.

Ehemalige Heimkinder erzählen, dass sie geschlossene Räume fürchten, denn in Räumen drohte Gefahr. Manchmal kann auch ein Auto schon zu eng sein. Sie suchen immer wieder den freien Himmel. Unter Obdachlosen gibt es viele Heimkinder.

»Wer in der Zeit dort einsaß, der hat einen Schaden fürs ganze Leben«, bilanziert ein Ehemaliger, »jeder Tag, jede Stunde, jede Sekunde haben ihre Spuren im Kopf hinterlassen. Das Gehirn ist nicht wie ein Computer, einfach *reload* oder *restore*, nein, das funktioniert nicht. Das Einzige, was hilft, ist, wenn man dieses sogenannte Kolleg einfach vergisst, als hätte es den Archipel Gulag dort nicht gegeben, als wäre es nur ein scheiß Traum gewesen.«

Die Wälder

Bewegung tut Jonathan gut. Er fährt lange Strecken mit dem Rad, manchmal hundert Kilometer am Tag. Er sehnt sich nach Ermüdung, weil sie ihm ein wenig Schlaf gibt. Die Arbeit in einer Gärtnerei hilft dabei. Jäten, Graben, Pflanzen, anfangs strengt es ihn an, aber die Erschöpfung beruhigt. Er ist zuverlässig, immer früh da. Er mag den Gärtnermeister. Der fragt nicht viel. Und versteht doch viel.

Immer wieder streift Jonathan den Kopfhörer über die Ohren, wandert stundenlang durch den Wald. Es ist Sommer, der Forst ist angenehm kühl. Der Sommer nach der Amnesie ist wie ein erster Sommer. Es wird Herbst, die Blätter färben sich gelb und rot. Und noch immer will nichts aus seinem alten Leben in sein Bewusstsein zurückkehren. Das Laub bedeckt inzwischen als dicker, glitschiger Teppich den Waldboden, die Bäume sind kahl, und er marschiert immer noch mit Beethoven, Mozart oder Chopin im Walkman durchs Unterholz. Er braucht keine Wege. Oft verliert er sich in der Musik.

Es ist kalt geworden, er ist wieder viele Stunden gelaufen, immer tiefer in den Tegeler Forst. Am frühen Nachmittag fällt schon ein bisschen Schnee, und er gewahrt, dass er eigentlich nicht mehr weiß, wo er ist. Das ist ihm schon oft passiert. Es beunruhigt ihn nicht. Aber er hat auch schon lange niemanden mehr gesehen, den er nach dem Weg hätte fragen können. Die Flocken werden größer, eine weiße Schneeschicht legt sich auf Wald und Wege. Es wird früh dunkel. Er weiß nicht, welche Richtung er nimmt, mal diese, mal jene. Auf keinem der Wege entdeckt er mehr eine Fußspur.

Die Jacke ist an den Schultern durchnässt, die Vorderseite der Jeans klebt auf den Oberschenkeln. Einen seiner beiden Handschuhe hat er verloren. Es muss passiert sein, als er sich den Tabak aus der Tasche gezogen hat. Das ist zu lange her, als dass er noch zurückgehen könnte, um ihn zu suchen. Und es ist so dunkel, dass er den Weg schon nicht mehr sieht. Er steckt die klamme Hand in die Tasche, denn es ist verdammt kalt geworden. Nirgendwo eine Laterne, jetzt schon über Stunden. Er geht bergauf, das ist eine Anhöhe, aber auch von hier sieht er nirgendwo ein Licht.

Es ist Nacht geworden, er ist erschöpft. Er greift sich ein bisschen Holz aus dem Schnee. Die Stöcke sind nicht aufgeweicht. Die letzte Zeit war es trocken gewesen. Er legt sie zusammen, zerreißt ein paar Papiertaschentücher, und es gelingt, die Zweige brennen, er kann ein kleines Feuer entfachen. In dem Lichtschein sucht er mehr Holz. Es wird ein richtiges Lagerfeuer, er kann sich sogar ein bisschen wärmen.

Er hockt auf den Knien, streckt die steifen Finger zum

Feuer, die Hände bewegen sich nur noch schwer. Das strengt an, und eigentlich ist es ihm jetzt egal. Er setzt sich in den Schnee. Ihm ist gar nicht mehr so kalt. Merkwürdig, immer fürchtet er sich, vor fremden Gesichtern, vor Menschen, die ihn ansprechen, vor Briefen in seinem Postkasten. Hier allein, im Wald, im Schnee verloren, fürchtet er sich nicht. Er wird ganz ruhig. Und er schläft ein.

Etwas reibt ihm warm durch das Gesicht. Er wacht auf. Ein Hund leckt ihn ab, er berührt die Schnauze, es ist ein großer Hund. Jonathan erschrickt, aber sein Oberkörper will nicht hochschnellen, da ist keine Kraft in ihm. Er schreit, und auch der Hund erschrickt und schlägt jetzt an. Jonathan hört eine Stimme: »Richmond, was machst du?«

Jetzt steht ein älteres Ehepaar neben ihm, in dicken Mänteln. Richmond muss dieser Hund sein.

»Sie müssen aufstehen, Sie können hier nicht liegen bleiben.«

Jonathan kann sich nur mit großer Kraftanstrengung aus dem Schnee erheben. Sie helfen ihm. Er will sich den Schnee abklopfen, aber seine Hände sind steif, er kann die Finger nicht bewegen.

Das Ehepaar wohnt keine zehn Minuten entfernt. Es nimmt ihn mit. In ihrem Haus ist es warm, sie geben ihm Decken, die Frau macht ihm Tee, bringt etwas Knäckebrot und Eierkuchen. Der Mann sucht die Notarztnummer. Aber Jonathan will keinen Arzt, nur noch einen Tee. Zwei Stunden später ist ihm wieder warm, und sie rufen ihm ein Taxi. Er war zum Tegeler See und von dort bis Glienicke gelaufen. Er muss oft im Kreis gelaufen sein, denn es sind keine zehn Kilometer vom See bis zum Haus der beiden Samariter.

Einen Tag später hat er dem Ehepaar das Geld zurückgebracht, das ihm der Mann für das Taxi geliehen hatte. Und einen Knochen für den Hund – für den jetzt eine Engelsfigur im Regal steht.

Heute weiß Jonathan, dass er, als der Winter kam, schon nicht mehr sterben wollte. Obwohl es ihm am Feuer fast egal geworden war.

Der Lügner

Jürgen hat Tante Anna damals einen braven Brief geschrieben, dass es ihm leidtäte, dass er Pater Sebastian geschlagen habe, und dass er sich jetzt sehr gut mit dem Pater verstehe. Jonathan hat gelogen. »Ich muss früher viel gelogen haben, ich war ein Lügner, Freunde haben das gesagt«, sagt er heute. »Ich habe so viel gelogen. Aber das wird einen Grund haben. Denn warum lügt man denn?«

Lügen war, wenn Jonathan sagte, er habe den Rosenkranz gebetet, was er nicht tat. Lügen war, wenn er leugnete, dass er die fünf Mark unter dem Blumentopf versteckt hatte, die er vom Pfingsturlaub bei Tante Anna mit ins Heim genommen hatte. Lügen war auch, nicht zuzugeben, geraucht zu haben, nicht zuzugeben, dass er an Flucht dachte. Lügen war, auf Nachfrage zu sagen, dass er nur reine Gedanken habe und sich nicht für Mädchen interessiere. Lügen war auch, nichts zu sagen, wenn der Priester immer wieder vorgemacht haben wollte, wo sich die Jungen heimlich berührten. Die Priester hatten ihn oft für seine Lügen bestraft. Jetzt log er, um die Priester mit ihren Lügen nicht preiszugeben, und wurde dabei selbst zum Lügner gestempelt.

So hat er auch später gelogen, wenn er zu seiner Freundin gesagt hat, er könne sie zu Hause nicht vorstellen, die Mutter sei so vornehm. Er hat gelogen, wenn er von seiner behüteten Kindheit erzählte. Er hat gelogen, um so sein zu können wie die anderen. Er hat gelogen, um kein verstoßenes Kind zu sein, das immer den Schrecken in den Augen der anderen sieht, wenn es heißt, »er ist aus dem Heim«. Er hat gelogen, um nicht gleich abgestempelt zu sein, er hat auch gelogen, um von einem angenehmen Leben zu erzählen, von dem er nichts wusste, weil er es nie erleben durfte. Er hat gelogen, wenn er seine Papiere verlor, die ihn als Heimkind erkennbar machten.

Er hat gelogen, wenn er sagte, er habe sein Abitur gemacht. Heimkinder durften kein Abitur machen und durften sich nicht dabei erwischen lassen, wenn sie heimlich Thomas Mann und Hermann Hesse lasen. Er hat gelogen, wenn er den anderen erzählte, dass der Priester nur versucht habe, ihn zu vergewaltigen. Er hat gelogen, wenn er verneinte, dass der Priester in ihm einen Samenerguss hatte. Er hat einfach gelogen, um diese verletzenden Szenen nie wieder durch seinen Kopf wandern zu lassen, Erinnerungen, die er sich immer wieder einfängt, wie ein böses Fieber, das ihn schüttelt, frieren, fast sterben lässt. Er hat gelogen, wenn er seiner Freundin erzählte, mit anderen Partnerinnen hätte er eine entspannte Sexualität gelebt. Jonathan hatte immer gelogen, wenn er sagte: »Da ist nichts, alles okay.«

Auch Jutta erzählt von seinen Lügen. »Man dachte: gelogen, das stimmt nicht, von vorne bis hinten. Und dann stimmte es doch. Und man dachte, das ist nun die Wahrheit, und dann stimmte nichts, alles war gelogen. Er log, um etwas zu verdecken. Er log, um Streit zu vermeiden. Er log, um fröhlich zu sein. Und er log, einfach um zu lügen.« Und sie spürte immer, dass er log, wenn er sagte: »Mir geht es gut.«

Die Flatter

An dem Tag, an dem sich die ehemaligen Heimkinder in Paderborn treffen, ist Jonathan Overfeld doch noch einmal zurückgekehrt zu dem Heim in Klausheide. Er steht wieder im Salvator-Kolleg, und es ist, als würde er aufwachen. In der Kapelle kennt er jeden Winkel, an der Orgel jeden Griff, er weiß noch, wo der versteckte Schalter ist, um sie in Betrieb zu setzen. Er findet dorthin zurück, wo die Arrestzellen einmal waren, die es heute nicht mehr gibt.

Er läuft über das Gelände zur Tischlerwerkstatt, steht an seiner Hobelbank und sieht über sie hinweg aus dem Fenster. Und dann kommen die beiden taubstummen Eltern, losgerissen von irgendwo tief in seinem Lebenskummer, wieder zu ihm in die Werkstatt. Es sind Heinz' Eltern. Die Mutter rennt auf ihn zu. Sie schlägt hilflos, verzweifelt auf ihn ein. Die Eltern geben ihm die Schuld.

Er weiß es jetzt wieder. So viele Nächte war er hinübergeschlichen zu Heinz, oder Heinz war zu ihm gekommen, sie hatten in einem Bett gelegen, sie hatten geredet, geraucht. Sie konnten über alles reden. Und immer endeten ihre Gespräche in neuen Fluchtplänen. Sie trösteten sich, berührten sich. Sie waren die besten Freunde.

Hatte Heinz den Freund wirklich vergessen? Jonathan nimmt in seiner Erinnerung jetzt wieder Verbindung zu dem Toten auf. Heinz war vor ihm in der Tischlerwerkstatt. Heinz war nur Aushilfe, kein Lehrling, er sollte deshalb gehen, damit Jürgen seinen Platz übernehmen konnte. Jürgen wollte keinen Ausbildungsplatz haben, von dem sein Freund vertrieben wurde. Er weigerte sich und wurde wieder in die Zelle gesperrt. Irgendwann, Sebastian war nicht da, kam der Tischlermeister zusammen mit einem anderen Priester zu seiner Zelle. Jürgen kannte ihn nicht, aber der Priester hatte ein Einsehen. Er durfte in die Tischlerei. Und auch Heinz konnte dort bleiben. Jürgen war um eine Erfahrung reicher: Man kann sich auch durchsetzen. Dann aber geschah das Unglück.

Es ist ein entspannter Tag. Der Meister ist nicht da. Die Jungen räumen auf und fegen die Werkstatt. Sie spielen mit ihren Zwillen. Kein Werkstück haben sie mit solcher Akribie angefertigt wie diese Schleudern, sie sind gedrechselt und verziert. In der Pause üben sie draußen oft Zielschießen auf einer Scheibe.

Sie rennen durch die Hallen. Sie legen Schraubenmuttern ins Lederstück, spannen das Gummi und schießen. Es sind Sechs-Millimeter-Muttern, die Achter sind zu schwer, die Zweier schweben zu leicht. Es zwickt, wenn sie sich auf die Haut treffen. Aber die Jugendlichen haben ja Kleidung an. Jürgen geht hinter der großen Säge in Deckung. Er lugt hervor. Da passiert es. Eine Schraubenmutter trifft in sein Auge. Es schmerzt, es blutet, ein Ausbilder aus einer anderen Halle kommt herübergerannt, der Arzt wird gerufen. Jürgen muss ins Krankenhaus. Die Ärzte dort wissen nicht, ob sie das Auge retten können.

Als er aus dem Krankenhaus entlassen wird, hecken Heinz und er gemeinsam den Plan aus. Jürgen will einen Schadensersatz einklagen. Mit dem Geld könnten die Freunde gemeinsam abhauen.

Immer wieder war Jürgen auf dem Sprung, »die Flatter zu machen«, wie sie sagten. Auf dem Weg zum Zaun, bei der Gärtnerei, hatte er kleine Gelddepots angelegt. »Ich war ein Dieb«, sagt Jonathan.

Bei seinen ersten Fluchten war er immer wieder zu Tante Anna gefahren. Und sie hatte ihn jedes Mal wieder zurückgebracht. Und er hatte immer etwas Geld gestohlen.

Später, als Heinz nicht mehr da war und Jürgen einmal in der Woche mit dem Zug nach Paderborn fahren durfte, um zur Berufsschule zu gehen, nutzte er mehrmals die Gelegenheit zur Flucht. Doch als er nicht zum Unterricht erschien, rief der Lehrer sofort beim Heim an, und die Polizei erwartete ihn schon am Bahnhof. »Da sind Sie ja schon wieder, junger Mann. Wo geht's denn hin?« Die Polizisten waren immer freundlich, sie lachten nur und lieferten ihn im Heim wieder ab. An der Pforte warteten der Direktor und Pater Sebastian. Die Berufsschulbesuche fielen vorerst einmal aus.

In mehreren Fällen berichteten entflohene Jungen von den Schlägen und Vergewaltigungen. Aber Polizisten glaubten keinen Heimkindern. Sie nahmen den schweren, schwarzen Telefonhörer und riefen die Priester an.

Nur einmal waren die Polizisten nicht mehr freundlich.

Das war, als die Beamten mit der Dame vom Tabakwarenladen ins Salvator-Kolleg kamen. Jürgen hatte sich in dem Laden mehrere Packungen Zigaretten zeigen lassen, die Packungen lagen auf dem Tisch. Als die Besitzerin des Ladens in den Nebenraum ging, um einen Stift zu holen, um die Summe zu addieren, schnappte er sich drei Päckchen Tabak und zwei Schachteln Zigaretten, verzichtete auf die Addition und rannte weg. Natürlich wusste die Polizei in Paderborn, wo Zigarettendiebe zu finden waren. Natürlich erkannte die Dame aus dem Laden bei der Gegenüberstellung den Langfinger. Jürgen wurde vom Gericht verurteilt. Und er saß die Strafe wieder in der Arrestzelle des Heims ab.

Einmal war er mit einem anderen Jungen getürmt. Sie waren in das Haus seiner Eltern eingestiegen, weil sich der Freund dort Klamotten holen wollte. Jürgen sah Geld auf dem Tisch liegen und nahm es mit. Sie wurden erwischt, und Jürgen wurde von einem Gericht verurteilt. Und ging wieder in die heimeigene Arrestzelle.

Die großen Fluchtpläne aber reiften immer zusammen mit seinem Freund Heinz. Sie wollten immer nur nach Amsterdam, wo die Gammler waren mit ihren langen Haaren. Sie würden die Gammler sofort finden, die saßen in Amsterdam um das Kriegerdenkmal mit dem weißen Obelisken. Das wussten sie. So wie alle Jungen im Heim Brian, Mick, Keith, Bill und Charly kannten und die Texte von *The last time*, *Satisfaction* und *Paint it black*. Die Rolling-Stones-Lieder auswendig kennen und ein Beutel Tabak in der Tasche, das war das, was Jungen im Heim zu Leitfiguren machte.

Einmal waren sie bis nach Hengelo gekommen, per

Anhalter bis zur Grenze, dann zu Fuß rüber. Dort hat die Polizei sie aufgegriffen. Hengelo ist noch nicht sehr weit weg von Klausheide. Aber jetzt konnten sie vielleicht an das Geld herankommen, das die Versicherung für die Augenverletzung zahlen würde. Tausend Träume wuchsen aus dem Geld. Alle waren Freiheitsträume.

Aber der Unfall in der Tischlerwerkstatt kam vor Gericht. Jetzt war Jürgen Zeuge. Und er wurde wieder zu einem Wochenendarrest verurteilt, weil er dem Richter nichts gesagt und frech gegrinst hatte. Heinz wurde am 26. April 1967 vom Amtsgericht unter dem Aktenzeichen Ls 24/67 –AK 45/67 zu drei Wochen Dauerarrest wegen Körperverletzung verurteilt. Beide mussten auch diese Strafe in Klausheide absitzen, in einer der Arrestzellen, dort, wo Clemens und Sebastian nachts die Jungen aufsuchten.

Jonathan weiß nicht mehr wann, aber eines Tages war Heinz verschwunden. Er war sich sicher: »Heinz wäre niemals abgehauen ohne mich.« Sie waren die allerbesten Freunde. Sie hatten doch schon alles geplant! Sie waren alles durchgegangen. Dieses Mal würde sie niemand mehr einfangen. Niemand sagte ihm, wo sein Freund Heinz geblieben war. Auch Hans wusste nichts. Irgendwann glaubte Jürgen, sein Freund hätte sich das Leben genommen. Aus Verzweiflung, in der Zelle. Dann dachte er, dass die Priester ihn getötet hätten. Denn Heinz hatte immer wieder angekündigt, er würde zur Polizei gehen und alles erzählen. Andere erzählten ihm, sie hätten gesehen, dass ein Leichenwagen vor der Tür gestanden habe.

Tatsächlich erinnern sich ehemalige Heimkinder noch heute an die Gummisäcke, in denen mindestes zwei Mal ein toter Junge aus der Zelle getragen wurde. Sie kennen die klaustrophobischen Attacken und können sich vorstellen, dass diese Jugendliche in den Selbstmord trieben. Jonathan sagt aber auch, dass es nicht leicht gewesen sei, sich in der Zelle das Leben zu nehmen. Womit? »Wir waren doch fast nackt. Und da war nichts.«

Aber lange war sich Jonathan sicher, dass sein Freund Heinz in einem dieser Säcke gelegen haben muss. Er ist diesen Gedanken über Jahrzehnte nicht wieder losgeworden.

Aber warum nun ist vierzig Jahre danach, als er an dieser Hobelbank steht, die Szene wieder da? Heinz' Eltern kommen in die Werkstatt, die Mutter geht auf ihn zu. Sie ist zornig und schlägt auf ihn ein. In dem Moment weiß er wieder, dass Heinz tot ist.

Heinz hatte einen Tag Ausgang bekommen. In seiner Familie wurde eine Kindstaufe gefeiert. Heinz ist nach der Familienfeier noch zur Eisdiele gegangen, wo sich die Jugendlichen in der Kleinstadt trafen. Kurz nach Mitternacht ist er mit einem Auto gegen einen Baum gerast. Sein älterer Bruder wurde noch in der Nacht an die Unfallstelle geholt. Er hat ihn identifiziert. Heinz starb an schweren Schädel- und Hirnverletzungen. Er hatte noch keinen Führerschein. Und ein Auto auch nicht. Er hatte sich das Auto einfach besorgt.

Aber warum war die Mutter dann zu ihm in die Werkstatt gekommen? Hatten die beiden Jungen das Auto gemeinsam gestohlen? Oder nahm die Mutter es nur an, weil sie wusste, dass die beiden immer wieder zusammen Fluchtpläne geschmiedet hatten?

Nachdem Heinz verschwunden ist, wird Jürgen übellaunig, aggressiv. Er sucht Streit. In der Werkstatt schlägt er einem anderen mit einem Hammer auf den Arm. Gegen Jürgen wird wieder eine Arreststrafe verhängt. Er ist nur noch gallig.

Jonathan ist an dem Tag, als er wieder in Klausheide war, zu seinem alten Tischlermeister gefahren. Der ist jetzt Rentner. Er hat sich gefreut, den Jürgen wieder zu sehen. Der Tischler ist stolz auf die vielen Gesellen, die er ausgebildet hat. An Jürgen erinnert er sich noch, wie er sich an fast alle erinnert. Er hat noch das Buch zu Hause mit den Namen seiner Lehrlinge. Bei jedem Namen erscheint ihm ein Gesicht.

Um Jonathan musste er damals bangen. Bei manchem Werkstück fehlte die Sorgfalt. Und oft fehlte er selbst, weil der Junge immer wieder »etwas ausgefressen« hatte, wie man damals sagte, und er deshalb in der Besinnungszelle saß. Jürgen wäre beinahe nicht zur Prüfung zugelassen worden. Aber dann meisterte er sie doch ganz gut.

Jonathan hat sich genauso gefreut, ihn zu sehen. Der Tischlermeister hielt zu den Lehrlingen, und manchmal durfte Jürgen sonntags zu ihm nach Hause, um ihm im Garten zu helfen. Aber es war nicht viel Arbeit, es war Freizeit. Und seine Frau hat dann ein wunderbares Mittagessen gekocht. Es war ein bisschen Familie.

Von dem Tischler hatten die Jungen nie etwas zu befürchten, er war der einzige Erwachsene, dem sie trauten. Jonathan hat damals versucht, dem Meister von den Vergewaltigungen zu erzählen. Vielleicht war er zu zögerlich, zu zurückhaltend in seinen Schilderungen. Aber der Tischler, sagt Jonathan, hätte es auch damals nicht geglaubt, gar nicht richtig zugehört, hätte abgewunken. Das waren

Dinge, die der treuherzige Tischlermeister einem Priester niemals zugetraut hätte. Es lag einfach zu weit außerhalb seines Vorstellungsvermögens. Schließlich war er auch ein gläubiger Christ.

Nicht einmal die Polizisten, so berichtet ein anderer Heimzögling, hatten ihm geglaubt, warum er weggelaufen sei, als er von Pater Clemens erzählte und von Pater Sebastian. Und dem was sie taten.

Damals konnten sich Priester sehr sicher sein. Sie waren geachtet, geehrt, schon im Gruß unterwarf sich jeder in Demut den Vertretern des Glaubens. In streng katholischen Landstrichen wie Paderborn unterwarf man sich der Autorität der Kirche. Eine Kutte machte unantastbar.

Das Wirtshaus

Jonathan saß wieder am Klavier, der Tag der Amnesie lag Monate zurück. Er hatte schon seit Tagen an Heinz gedacht, er hatte noch einmal das Urteil gelesen, nach dem Heinz ihn am Auge verletzt hatte. Und als er in seinen Improvisationen versank, hatte er plötzlich dieses Wirtshaus vor sich. Es war Abend, schon dunkel. Sie fuhren in Richtung Süden. Er würde das Wirtshaus wiedererkennen, sagt Jonathan. Den Wirt hat er nie gesehen, auch die Gaststube nicht. Und der Wirt hat auch ihn nie gesehen.

Er wurde in ein Hinterzimmer geführt, mit einem Sofa und einem Tisch darin und vielen Kerzen, die brannten. Darüber ein Bild von der Madonna, die hatte ein Herz in der Hand, das strahlte. An der Wand stand ein alter Holzschrank, vielleicht war es Kirsche, mit Schnitzereien und kleinen Glasfensterchen. Unten, in der Mitte, waren drei Schubladen. In die unterste Schublade hat Jürgen in einem unbeobachteten Moment zwei Worte eingeritzt: »Helft mir«.

Die Entführungen ins Wirtshaus ereigneten sich meist, wenn sein Freund Heinz in der Nachbarzelle lag. Dann ging die Zellentür auf, und Heinz wurde zu ihm verlegt oder er zu Heinz. Sie hatten schon das Medikament bekommen, später dann die Spritze. »Dann wussten wir, jetzt geht es wieder los.« In dem Moment wurde ihm alles egal, er konnte gehen, er war klar, aber völlig willenlos, was passierte oder nicht, war nicht fassbar.

Es waren Priester aus dem Heim, da ist er sich ganz sicher. Sie brachten ihn in dem roten Auto, das immer bei der Gärtnerei stand, zu dem Wirtshaus. Er sieht wieder das Bild von dem Mann mit dem »Mecki«, wie man damals einen kurzen Bürstenhaarschnitt nannte. Der Mecki war etwas nach hinten gebürstet, ein Auge des Mannes stand schräg, aber es war kein wirkliches Schielen, und auf dem Daumen hatte er einen Hautfleck. Er war Engländer oder wahrscheinlicher Amerikaner, vielleicht Soldat. Er sprach kaum Deutsch. Mit diesem wenigen Deutsch fragte er Jürgen, wie alt er sei. Da war er vielleicht fünfzehn Jahre alt. Der Mecki nahm sich den Jungen von hinten. Und der Junge schrie.

Es bricht so plötzlich durch. Es kommt so schnell, ist so stark, alles auf einmal. Jonathan rennt in seiner Wohnung auf und ab. Was ist los? Dreht er jetzt durch? Das Gefühl ist so übermächtig, diese Angst, diese Wut. Er wehrt sich dagegen, nein, er will die Erinnerung nicht, nicht jetzt, nicht so vehement, nicht so schnell. Das ist zu viel. Alles dreht sich.

Er lässt sich in den Sessel fallen, springt wieder auf, er kann nicht sitzen, es reißt ihn hoch. Er bekommt keine Luft mehr. Er hätte nicht in den Ordner mit den Blättern aus der Heimakte sehen sollen; nicht immer wieder diesen Beobachtungsbogen lesen, nicht immer wieder die Fotos ansehen, das Gesicht dieses kleinen Jungen, der er war, der er ist. Und die ganze Korrespondenz. Er wollte diese Akte lesen, hat sie sich bei seinem Besuch im Salvator-Kolleg fotokopieren lassen. Die Akten aller Heimkinder sind noch da, seine füllt einen ganzen Leitz-Ordner. Die Erinnerung, sie kommt, sie kommt mit Macht, die Pater, alle tauchen wieder auf. Raus, raus aus dem Zimmer! Nach draußen! Jonathan ist schwindlig.

Als er wieder aufwacht, liegt Jonathan langgestreckt, das Gesicht auf dem Boden. Sein Mund ist voller Blut, auf dem Teppichboden ist Blut. Er fasst sich ins Gesicht: überall Blut. Seine Zunge sucht die Zähne – der Schneidezahn fehlt. Er fasst sich in den Mund; der Zahn ist wirklich weg. Er kommt hoch auf die Knie, hält sich an der Couchtischkante fest.

Er muss hingefallen sein, mit dem Gesicht auf die harte Kante des Glastisches. Der Zahn ist ihm herausgebrochen. Er betastet wieder sein Gesicht, geht ins Bad, sieht in den Spiegel. Überall Blut, das meiste ist geronnen, an den Wangen ist es getrocknet. Er muss schon eine Weile so auf dem Boden gelegen haben. Jonathan wäscht sich das Gesicht. Das Auge schmerzt, es ist geschwollen.

Danach hat Jonathan viele Termine bei den Studenten

der Zahnmedizin in der Charité. Es ist kaum zu erkennen, dass er jetzt vorne einen falschen Zahn hat.

Ein Pater als Menschenhändler? Päderasten in einem Hinterzimmer? Es liegt nahe, diese Ungeheuerlichkeit für das Hirngespinst einer oft geschändeten Seele zu halten. Jeden Zuhörer lässt es auch heute ratlos. Und vielleicht kann man so den alten Tischler verstehen, dessen Phantasie damals nicht ausreichte, sich vorzustellen, dass ein angesehener Priester und studierter Mann die Jungen in einer Zelle vergewaltigte.

Beschreibungen anderer Heimkinder über die Vergewaltigungen gehen in ihrer Deutlichkeit noch über das hinaus, was Jonathan heute erinnert. Pater Sebastian selbst will bei der Aufarbeitung dieser Zeit nicht helfen. Er streitet jeden sexuellen Missbrauch für seine Person kategorisch ab.

Der Priester ist ein hochgeachteter Mann. Er ist öffentlich engagiert und weihte Kreuze für die Mauertoten ein, er schritt einer Demonstration für den Schutz des ungeborenen Lebens voran, saß in Talkshows und gab Interviews. Er hat eine Affinität zum Militär und ist bei der Bundeswehr gern gesehen. In der Presse liest man über seine stete Einsatzbereitschaft und seine Herzensgüte, auch gegenüber den schweren Jungs.

Nach seinem Ausscheiden aus dem Salvator-Kolleg ist er Gefängnispfarrer in einer Justizvollzugsanstalt geworden. Er ist auch hier der Mann mit den Schlüsseln. Er gilt bei Gefangenen als beliebt.

Könnte er den Knast reformieren, so sagte der Pater einem Reporter, würde er jeden Häftling acht Stunden am Tag hart arbeiten lassen, bis zur völligen Erschöpfung.

Mittags gäbe es Brot, eine warme Mahlzeit nur abends. Er würde in jedes Gefängnis ein Schwimmbecken bauen. Denn wer kein Verhältnis zum eigenen Leib entwickle, respektiere auch den Leib eines anderen nicht. Wäre er Politiker, würde er mehr Vollzugsbeamte in Uniform einstellen, dafür alle Sozialarbeiter nach Hause schicken.

Eine solche Anstalt ist für den Pfarrer keine reine Zukunftsphantasie. Er hatte das Modell im Salvator-Kolleg vor vielen Jahren in der Praxis gelebt. Das sagte er in dem Gespräch nicht. Aber der Pater zeigte sich als Mann klarer Verhältnisse. Wolle ein Häftling fliehen, sagt er, müsse der Justizbeamte schießen. Wer kein positives Verhältnis zur Schusswaffe hat, der solle lieber auf einem Friedhof arbeiten und nicht Vollzugsbeamter werden. Aber es gibt viele dem Pater dankbare Männer unter ehemaligen Gefängnisinsassen.

Heute ist er an anderer Stelle seelsorgerisch tätig. Der Pater mit den vier Knoten in der Kordel – sie stehen für die Gelübde Keuschheit, Armut, Gehorsam und den apostolischen Dienst am Nächsten – wurde mit dem Bundesverdienstkreuz ausgezeichnet.

Jonathan hatte den Seelenvernichter einfach vergessen. Nun aber ist der Pater wieder ein Teil seines Lebens geworden. Er ruft ihn an. Der Salvatorianer aber will keinen Kontakt zu seinem ehemaligen Zögling.

Jonathan fährt zu ihm und stellt ihn. Sie gehen in sein Büro. Der Pfarrer reißt ihm das Hemd auf. Er vermutet darunter ein Mikrofon. Pater Sebastian hat aus Klausheide erfahren, dass Jonathan dort gewesen ist, mit einem Reporter vom *Stern*. Jonathan hat kein verstecktes Mikrofon. Er hat einen Walkman. Aber er sagt ihm, dass er dem Reporter alles berichten wird. Der Pfarrer kommandiert ihn wieder hinaus, sehr schnell und sehr laut. Er sagt noch: »Man muss auch einmal vergessen können.« So erinnert sich Jonathan. Und dann ruft der Pater ihm noch nach: »Finden Sie ihren Weg zu Gott!«

Als der Reporter den Priester einige Zeit später in seinem Seelsorgerbüro aufsucht, lädt dieser ihn ein, Platz zu nehmen. Er hat Erfahrungen im Umgang mit den Medien, ist sehr freundlich, bis zu dem Moment, als der Reporter das Gespräch damit eröffnet, dass er wegen des ehemaligen Heimzöglings Hans-Jürgen Overfeld gekommen sei. Der Pfarrer springt auf, es ist, als würde er explodieren, er brüllt: »Raus! Verlassen Sie sofort mein Büro!« Er läuft rot an. »Raus! Raus mit Ihnen!« Er ist laut, seine Gebärden sind aggressiv.

Die Schläger

Jonathan hat die beiden Männer schon einmal vor seiner Wohnung gesehen. Es ist frühmorgens, halb acht vielleicht. Der Jüngere ist knapp dreißig, er trägt das lange Blondhaar zu einem Pferdeschwanz gebunden. Und silberne Turnschuhe. Er sagt: »Du quatscht zu viel, das bekommt deiner Gesundheit nicht.« Der andere ist dick, er trägt einen dunklen Anzug und schwarze Lederschuhe, fast elegant.

Jonathan wendet sich ab, steigt einfach auf sein Fahrrad und fährt zur Arbeit in die Gärtnerei. Er achtet nicht darauf, dass sie ihm in dem alten Kombi folgen. An der Ampel stehen sie neben ihm, beide springen aus dem Auto. Der Blonde schlägt Jonathan mit der Faust ins Gesicht. Auch der andere schlägt zu. Ein Schlag auf den Brustkorb, der Jonathan kaum noch Atem lässt. Er knickt ein. Dann sind sie schon wieder im Wagen. Die Ampel springt auf Grün.

Jonathan kann nicht wieder auf das Rad steigen. Die Rippen schmerzen stark. Er schiebt das Rad zur Gärtnerei. Jede Bewegung tut weh. Er muss sich entschuldigen, er kann nicht mehr arbeiten an diesem Tag. Seine Kollegen sind erschrocken, der Gärtner ist besorgt. Jonathan kann auch in den nächsten zwei Wochen nicht arbeiten. Der Arzt, der ihn später untersucht, stellt mehrere Rippenbrüche fest und legt eine Bandage an.

Jonathan kannte die Männer nicht. Und es waren auch nicht die beiden, die an seiner Tür geklingelt hatten und in den weißen VW-Bus stiegen. Vom ersten Moment an hatte er eine Spur: »Mit wem quatschte er denn? Und über wen?«

Er sprach mit dem Reporter. Und er sprach über Pater Sebastian. Über sonst nichts und zu niemandem hat er gesprochen. Dass er im Fernsehen auftreten würde, dass er dort bei *stern TV* reden würde, war auf der Internetseite des Senders vermeldet.

In den beiden ersten Tagen bleibt ein Freund aus Neukölln bei ihm. Ulf, ein lieber Kerl, der aber einen mächtigen Schatten wirft und mit dem sich keiner leicht anlegt. Der junge Gärtnermeister holt Jonathan in der nächsten Zeit morgens mit dem Auto ab und bringt ihn nachmittags zurück. »Vorsicht«, sagt er, als Jonathan aussteigt, »leg dich nicht mit der Kirche an.«

Wochen später. Jonathan ist jetzt für den Fernsehauftritt

bereits in einer Vorschau angekündigt. Er kommt von der Arbeit, steigt die Treppe aus der U-Bahn-Station Alexanderplatz hinauf. Da packt ihn jemand an den Haaren. Es ist der Blonde. Er steht oben am Ende der Treppe, hat Jonathan von der Seite gegriffen. Schon ist Jonathan oben, erkennt ihn, dreht sich und tritt ihm zwischen die Beine. Der Angreifer schreit laut auf. Die Menschen drum herum springen auseinander. Der andere, Schwerere ist auch da. Jonathan rennt zurück in die U-Bahn, nimmt einen anderen Ausgang, aber der Stämmige ist immer noch hinter ihm. Jonathan rennt mehrere hundert Meter bis zur Jannowitzbrücke. Da hat er den Verfolger abgeschüttelt. Er nimmt die U-Bahn nach Neukölln. Dort erstattet er auf dem Revier eine Anzeige gegen Unbekannt.

Merkwürdig, ausgerechnet auf dem Alexanderplatz, mitten in der Stadt. Warum waren diese beiden gerade hier? In der U-Bahn hat er sie nicht gesehen. »Sie waren mir nicht gefolgt. Aber sie können mich doch auch nicht so ausspioniert haben.« Der Gedanke hat ihm Angst gemacht. Jonathan war in dieser Lebensphase regelmäßig um diese Zeit dort gewesen. Die U-Bahn-Station war zum Ausgangspunkt seiner Spaziergänge durch die fremde Stadt geworden. Denn es gab keinen Stadtteil, in dem er zu Hause war, nur solche, durch die er strolchte.

Auf die telefonische Nachfrage des Reporters, ob er die Schläger geschickt habe, zeigt sich der Pater tief erschüttert und besorgt, dass Jonathan so etwas zugestoßen sei.

Später ist Jonathan noch einmal zu der neuen Wirkungsstätte des Paters gefahren, wo Sebastian seinen Wohnsitz hat und ein Büro als Seelsorger. Jonathan hat an dem Tag wieder am Klavier gesessen. Ein Schrei hat ihn aus dem Spiel gerissen, sein Schrei. Er brüllt vor Ekel. Das Gefühl, beschmutzt zu sein, ist wieder da, und die Wut. Er spürt die Verletzung, als wäre es nur Minuten her. Er will Rache, wirft sich eine Jacke über, nimmt ein Küchenmesser aus der Schublade, steckt es in die Tasche, rennt zur U-Bahn, steigt ein, fährt. Nur noch wenige Stationen bis zum Büro des Paters. Da klingelt sein Handy. Der Reporter ist dran. Seine Standardfrage: »Wo bist du gerade?« Und seine zweite Standardfrage: »Was machst du?« Jonathan antwortet: »Ich bin in der U-Bahn, und ich bringe gleich den Sebastian um.«

Der Reporter kann ihn am Telefon wieder etwas beruhigen. Jonathan steigt an der nächsten Station aus, geht die Treppe hinauf ins Licht, wirft das Messer in einen Mülleimer, setzt sich in ein Café und bestellt ein Glas Rotwein. »Ich wollte den Pater wirklich töten«, sagt er heute, »der Anruf war ein Schicksalswink.« Auch dafür hat er einen Porzellanengel in sein Regal gestellt. Er erinnert ein bisschen an die fesche Lola aus dem *Blauen Engel*.

Die Hände

»Musik ist gefühlsbesetzt, sie aktiviert vor allem die rechte Gehirnhälfte«, sagt der Neurowissenschaftler Hans Markowitsch. So gäbe das Klavierspiel, das er als Kind mühsam gelernt und dann mit Abwehr ausgeübt hat, Jonathan heute sehr viel. »Und er kann darüber auch einen Zugang zu seiner Vergangenheit finden.«

Wenn man in einen ähnlichen Zustand kommt wie den, an dem man ein Erleben eingespeichert hat, dann gelingt es einem leichter, sich daran zu erinnern. Das kennt jeder, der nach einer langen Zeit in eine Stadt zurückkommt und sich dort an Details von früher erinnert. Das Klavier ist ein Ort, an den Jonathan immer wieder zurückkehrt.

Aber es ist nicht die Musik, die Jonathan den Zugang zu seiner Vergangenheit öffnet. Es sind die Hände. Er spielt mit beiden, dadurch werden beide Gehirnhälften aktiviert.

Dies, erklärt Markowitsch, und setzt damit die Kunst des Pianisten in ernüchternde Prosa, sei letztlich nichts anderes als das Prinzip, das die EMDR-Therapie bei Trauma-Patienten so erfolgreich mache. Bei dieser Behandlungsmethode wird der Patient dazu angeleitet, sich den belastenden Erinnerungen zu stellen, während er seine Aufmerksamkeit gleichzeitig auf den Finger des Therapeuten richten soll. Der Patient folgt mit den Augen dem hin und her wandernden Zeigefinger.

Die meisten Patienten erleben dadurch eine schnellere Entlastung von den schrecklichen Erinnerungen als bei anderen Therapien. Die körperliche Erregung klingt ab, und negative Gedanken können leichter neu und positiver umformuliert werden.

Die EMDR-Therapie ist heute zu einer Standardmethode zur Linderung von Traumata, zum Beispiel nach schrecklichen Unfällen oder Erlebnissen, geworden. Es geht dabei darum, beide Gehirnhälften zu aktivieren, da nach den Trauma-Erfahrungen meist ein Ungleichgewicht zwischen der Aktivität beider Gehirnhälften besteht. Markowitsch konnte bei einer Ärztin, die diese Methode anwendet und selbst Opfer sexuellen Missbrauchs gewesen war, während ihres Selbstversuchs in der EMDR-Therapie eine entsprechende Gehirnaktivität in bildgebenden Verfahren nachweisen. Statt den Finger hin oder her zu bewegen, könne man auch auf beide Oberschenkel klopfen. Oder eben auch Klavier spielen.

Auf Empfehlung von Hans Markowitsch war Jonathan bei Dr. Arne Hofmann, einem Facharzt für Psychotherapeutische und Innere Medizin und einem Experten und Lehrer für die EMDR-Therapie. Für den Trauma-Spezialisten war es keine Überraschung, als er erfuhr, dass Jonathan schon vorher einmal an einer, damals nur zehn Tage andauernden, Amnesie litt – die Jonathan allerdings vergessen hatte.

Es war an einem Silvester, als er in Bochum lebte, da kam er, nachdem er etwas getrunken hatte, mit aufgeschlagenen Knien von draußen auf die Party der Freunde zurück. Der Speichel lief ihm aus den Mundwinkeln, sodass sie dachten, er habe einen epileptischen Anfall gehabt. Er wurde im St.-Joseph-Krankenhaus behandelt.

Hofmann will nicht ausschließen, dass Jonathan schon eine Reihe von Amnesien erlitten hatte. Freunde von Jonathan könnten sich damit erklären, dass er eigentlich nie etwas aus seiner Kindheit erzählte. Gerade wenn Kinder vor dem sechsten Lebensjahr so viel Gewalt erführen, könne es später leicht zu dissoziativen Problemen kommen. Für Hofmann ist es denkbar, dass er tatsächlich seine von Angst und Schlägen geprägte Kindheit total vergessen und sich in der Not eine Wunschbiographie zusammengebaut hat.

So wäre Jonathans Amnesie ein Notfallmechanismus,

der anspringt, wenn sonst nichts mehr hilft. »Das gibt es einfach, dass die Seele bestimmte Teile der Erinnerung vollständig wegdissoziiert, fest verpackt und beschließt: Ich muss weiterleben.« Eigentlich sei es ein gesunder Abwehrmechanismus. Aber was weggebunkert ist, ist nicht befriedet. »Leider ist es bei dissoziativen Patienten häufig so, dass sie verkannt werden«, sagt der Trauma-Therapeut. Anders als viele Traumatisierte aber, habe sich Jonathan nicht für einen selbstzerstörerischen, antisozialen Lebensstil entschieden. Nach einer ausführlichen Anamnese rät ihm der Experte von der EMDR-Therapie eher ab. »Es gibt einiges«, sagt Hofmann zu Jonathan, »was zur Vorsicht davor rät, alles zu schnell aufzudecken.«

»Kriegszitterer« hießen die an der Front traumatisierten Männer nach dem Ersten Weltkrieg. Schon damals beschrieben Ärzte Amnesien aufgrund der angstverankernden Erlebnisse. Seit dem Vietnamkrieg, der viele Veteranen in die Drogensucht trieb, vor allem aber seit den Kriegen im Iran und Afghanistan, ist das Kriegstrauma ein großes, auch politisches Thema. Oft ist es die Angst vor dem Unberechenbaren, vor dem Zufall des Granateneinschlags, der Minenexplosion oder des nächtlichen Überfalls, der Soldaten zu seelischen Wracks macht. Und es verwundert nicht, dass sich die Symptome traumatisierter Heimkinder mit denen der Soldaten oft decken: Entfremdungen, Lähmungen, Schreckhaftigkeit.

Denn genauso unberechenbar waren für die schutzlosen Kinder die Schläge der Priester und Nonnen. Wie existenziell war die Angst der Kinder vor Herrschsucht und Unbarmherzigkeit! Und wie zerbrechlich waren diese Seelen.

Die Fürsorge

Über seine gesamte Kindheit wird Jürgen von Monika Krüger, der Jugendfürsorgerin in Bottrop, begleitet. Auch sie erhofft, wie Tante Anna, eine Ausbildung für Jürgen, auch sie setzt sich für Weihnachts- und Osterurlaube ein. Auch sie wirbt um Verständnis »für den Jungen, der ganz allein steht«. Auch als er wieder einmal geflohen ist, schreibt sie an das Heim: »So sehr auch von hier verurteilt wird, dass Jürgen weggelaufen ist, so scheint es mir, dass das Entweichen nicht aus schlechten Motiven geschah, sondern die Unruhe und ein gewisses Heimweh den Jungen vielleicht dazu getrieben haben.« Denn er war immer wieder zu Tante Anna zurückgelaufen.

Der Heimleiter kann dieses Verständnis für einen vor Heimweh kranken Jungen nicht aufbringen. Immer wieder bricht Jürgen aus, und nie wird nachgefragt, warum eigentlich. Der Direktor schreibt: »Gerade sein freches und distanzloses Verhalten nach seiner Rückkehr von der Entweichung beweisen, wie gering die eigentliche Problematik ist, die ihn zum Fortlaufen getrieben hat.« Und dann schreibt er den Satz, den er immer wieder schreibt: »Es liegt nicht im Interesse des Jugendlichen, seinem Willen nachzugeben.«

Auch einer Anstellung als Geselle in einem Familienbetrieb außerhalb des Heims will der Pater Direktor nach Abschluss der Lehre nicht zustimmen. »Erst in den allerletzten Tagen hat sich Jürgen etwas beruhigt und fügt sich besser ein. Der zu Jähzorn und Nörgelei neigende Jugendliche ist nicht durch Nachgiebigkeit, sondern durch Konsequenz wieder zu einem beruhigten Verhalten geführt worden. Jürgen muss zu klarer Erkenntnis seiner Grenzen geführt werden und muss vor gefährlicher Selbstüberschätzung bewahrt werden.«

Man schreibt das Jahr 1968. Ein halbes Jahr vorher ist der Student Benno Ohnesorg auf einer Anti-Schah-Demonstration in Berlin erschossen worden. In den Großstädten demonstrieren Studenten. Die Kommune 1 macht Schlagzeilen mit einem Puddingattentat und ihrem Kampf gegen »die Kleinfamilie als Keimzelle des Faschismus«. Auch auf dem Lande tragen die Jugendlichen nun Jeans mit Schlag und Blümchenhemden. Das Buch *Theorie und Praxis der antiautoritären Erziehung* über das englische Internat Summerhill von A. S. Neil verkauft sich auch in der Bundesrepublik innerhalb eines halben Jahres mehr als 300000 Mal und erreicht in den folgenden Jahren eine Millionenauflage.

Und der Zögling Heinz-Jürgen Overfeld gibt im Heim Widerworte. »Er wird bei Gesprächen herausfordernd, bezieht eine Contra-Stellung und steht letztlich mit seiner Meinung allein da«, schreibt der Direktor in seinem Bericht an das Jugendamt. Und Jürgen haut immer wieder ab. Im Sommer 1968 greifen ihn in Köln zwei Kaufhausdetektive. Und wieder einmal sitzt er hinten in einem VW-Käfer der Polizei.

Das Diebesgut wird später vor Gericht genau aufgelistet. 1 × Brot, 0,90 DM / 1 × Brot, 0,55 DM / 2 × Keks à 0,50 DM / 1 Dose Würstchen, 2,75 DM / 1 Margarine, 0,73 DM / 1 Marmelade, 2,10 DM. Gesamtschaden: 8,03 DM. Er wird zu einer Arreststrafe in den Zellen des Salvator-Kollegs verurteilt.

Kurz nach Weihnachten 68, er darf zum Heiligabend

zu Tante Anna fahren, aber nicht über Neujahr bleiben, ist er wieder weg. Diesmal über die »grüne Grenze« nach Holland. Er nimmt dort ein Zimmer in einem Hotel. Am Abend steht ein Polizist vor seinem Bett. Dem Hotelier ist so ein junger Gast suspekt gewesen. So hat er vorsichtshalber beim Revier angerufen.

Der Polizist nimmt ihn mit nach Hause, weil Jürgen kein Wort spricht. Er bleibt ein paar Tage, dann verquatscht er sich bei dessen Tochter. Sie wissen nun, dass er aus Deutschland kommt. Er wird der deutschen Polizei übergeben. Wieder wird er verurteilt: wegen Passvergehens.

Die Fürsorgerin weiß, dass er, wie sie es nennt, »heimmüde« ist, sie unterstützt ihn, als er 1969 eine Stelle als Tischler außerhalb des Heims annehmen will, wo er bei einem Meister, wie sie schreibt, »in einer Familiengemeinschaft leben könnte«.

Die Hilflosigkeit der staatlichen Fürsorge gegenüber den Patern ist in dieser Zeit die Regel. Das stellen die Rechtswissenschaftler Prof. Dr. Dr. Dietmar von der Pfordten und Dr. Friederike Wapler in einem Gutachten zur Heimerziehung aus dem März 2010 fest: »Das öffentliche Erziehungsrecht des Heimträgers wurde als originär verstanden.« Die Macht der Kirche war groß: »Eine Reform der Heimaufsicht scheiterte in den fünfziger Jahren nicht zuletzt daran, dass die freien Träger dies als Eingriff in ihre Selbständigkeit werteten und daher ablehnten.« Da fast jedes Kind, dessen Eltern gegen den allgemeinen Sittenkodex verstoßen hatten, im Heim landete, waren die Heimplätze knapp. Zum öffentlichen Erziehungsrecht gehörte auch das der Züchtigung, das den kirchlichen Trägern übertragen wurde.

Doch auch damals hatte es einem »erzieherischen Zweck« zu dienen. Nach der Aufforderung »Hör auf zu heulen« war die Ohrfeige bei Nichtbefolgen also rechtlich abgesegnet. Für Heimerzieher galten nicht die Regeln, die man schon damals für Lehrer aufgestellt hatte, denen »entwürdigende, gesundheitsschädigende oder quälerische Züchtigungsmaßnahmen« untersagt waren. 1954 entschied der Bundesgerichtshof nach dem Zwei-Klassen-System: »Was Fürsorgezöglingen recht sein mag, braucht den Schülern normaler Volksschulen nicht billig zu sein.«

Die Jugendlichen konnten bis zum einundzwanzigsten Lebensjahr eingesperrt bleiben. Die Rechtslage, so die Gutachter, erlaubte die vorläufige Fürsorgeerziehung zeitlich unbegrenzt auszudehnen, ohne jemals eine endgültige Entscheidung zu treffen. Allerdings: Auch nach der damaligen Verfassungsauslegung hätte den Kindern und Jugendlichen rechtliches Gehör gewährt werden müssen. Ihre Eltern und Vormunde hätten das Recht gehabt, einen Antrag auf Beendigung der Fürsorgemaßnahme zu stellen. Dass ihnen das nicht gewährt wurde, war auch damals schon eine Grundrechtsverletzung.

Nach seiner Gesellenprüfung wird Jonathan erst einmal wieder in die Lampenhalle abkommandiert, an einen Einzelplatz, weil er die Abläufe am Fließband immer wieder sabotiert.

Inzwischen hat er sich in der Nähe der Gewächshäuser Depots angelegt, denn der beste Fluchtweg führt über die Gärtnerei. Dort stehen viele Büsche und andere hohe Pflanzen, hinter denen er sich verstecken kann. Der Boden lässt sich für die Erddepots leicht aufgraben. Darin liegen in Plastikbeuteln Fahrgeld, Jeans, Hemd, Jacke und

Schuhe. Denn im Heim trägt er jetzt fast immer den gestreiften Matratzenstoff und Holzschuhe. Die Ordensbrüder wissen von solchen Depots. Einer der damals kleinen Jungen erinnert sich, dass sie aufgefordert wurden, im Garten auf frische Erdlöcher zu achten. Und diese sofort zu melden.

Ein Maschendraht trennt ihn von der Freiheit. Für den Draht liegt eine Zange bereit, nach der in der Tischlerei schon eine Weile gesucht wird. Das Wichtigste sind die Nachschlüssel. Die Zimmer sind offen, aber die Holztür der Abteilung ist nachts verschlossen. In der Schlosserei hängen große Ringe an der Wand mit Ersatzschlüsseln für alle Schlösser im Heim. Für jedes Haus gibt es einen eigenen Ring. Doch jedes Haus ist voller Türen, und keiner der Schlüssel ist beschriftet.

Eigentlich verachtet Jürgen die Lehrlinge aus der Schlosserei. Sie sind die Musterknaben im Heim, angepasste Jasager und Gierlappen. Sie lassen sich nicht mit Zigaretten bestechen, sie akzeptieren nur Geld. Jürgen nimmt jedes Mal ein Dutzend Schlüssel mit. Am nächsten Morgen bringt er sie zurück und holt die nächsten. Er probiert so lange, bis der richtige Schlüsselbart dabei ist. Dann feilen die Musterknaben nach diesem Muster einen Nachschlüssel.

Jürgen hat auch einen Nachschlüssel für Sebastians Zimmer. Er schleicht sich hinein, weil dort Geld ist. Nicht nur in den Briefen von Tante Anna lagen immer wieder ein paar Scheine. Er braucht sie. Denn teurer als die Schlüssel ist das Schweigen der Musterknaben.

Er muss das Schloss sehr leise öffnen und auf Zehenspitzen hinaus, der Fußboden und auch die Treppe aus dem zweiten Stock hinunter sind zum Glück aus Stein. Er geht barfuß, das Klappern der Holzschuhe würde ihn verraten. Nachts ist kein Priester auf dem Flur, aber es gibt viele Spitzel, die Alarm schlagen würden. An der doppelten Haustür ist nur ein Riegel, der von innen ohne Schlüssel zu öffnen ist.

Das Stück Mauer ist noch zu überwinden. Jürgen hat in den vielen Wochen der Vorbereitung einige der Mauerziegel gelockert. Er hat den Mörtel mit einem starken Eisennagel aus den Fugen gekratzt. Auch den Nagel hat er aus der Schlosserei bekommen. Jetzt zieht er die Steine ein Stück heraus, sodass sie gerade so weit hervorragen, dass er darauftreten kann. Er hat sich für die Ziegel an der Ecke entschieden, wo auch das Abflussrohr der Regenrinne vom Hausdach ist, an der er sich beim Klettern festhalten kann. Jetzt darf er vor Aufregung nur nicht zittern, sonst rutscht er ab. Später wurde die Mauer abgetragen. Die Jungen waren rund um die Uhr auf ihren Fluren eingeschlossen.

Der Bahnhof im drei Kilometer entfernten Hövelhof ist als Fluchtstation zu riskant. Nachts ist die kleine Wartehalle geschlossen, und laufen dort Jugendliche, greift sie die Polizei bei ihren Streifen auf. Woher sollen die Jungen schon kommen, wenn nicht aus dem Salvator-Kolleg. Auch per Anhalter ist es gefährlich. Jeder Autofahrer im Landkreis weiß, dass Jungen, die hier an der Straße stehen, aus dem Heim sind. Er ist die fünfzehn Kilometer bis Paderborn einfach gelaufen. Paderborn ist eine richtige Stadt, und nicht jeder Jugendliche fällt gleich auf. Aber er muss in der Bahn sitzen, bevor die Flucht im Salvator-Kolleg bemerkt wird. Er nimmt den ersten Zug, egal wohin.

Die Studenten

Dieses letzte Mal fährt er bis Köln. Er streift durch die Stadt, geht durch das Rotlichtviertel. Dann sitzt er in der Friesenklause in der Friesenstraße und trinkt. Nur Bier, aber viel. Er isst etwas und trinkt wieder. Verschlissene Sofas, alte Sessel, vielleicht ist es das Heruntergekommene, das die vielen jungen Leute in die Kneipe zieht. Es müssen Studenten sein, Jürgen riecht Studenten. Er mag sie nicht, weil er gern dazugehören würde und es nicht tut. Sie sind so frei. Ihre Art zu diskutieren und zu reden beeindrucken ihn. Wie die am Nebentisch, zu denen er immer wieder hinübersieht.

Komisch, dass Jonathan nach all den Jahren die Musik in der Kneipe wieder einfällt. Aus den Lautsprechern sang Mireille Mathieu ihr Martin-Lied: »Straßburg liegt im Sonnenschein, aber ich bin so allein.« Und dann spielten sie *Jumpin' Jack Flash* von den Rolling Stones.

Die junge Frau mit den kurzen schwarzen Haaren am Nebentisch sieht jetzt auch zu ihm herüber. Sie steht auf, kommt auf ihn zu. »Dein wievieltes Bier ist das?« Sie legt ihre Hand auf seinen Arm: »Auf Trebe? Komm rüber, setz dich zu uns!« Sie zieht ihn ohne jede weitere Berührung herüber zum anderen Tisch. Es ist gut, in so einer Runde zu sitzen. Sie wollen alles wissen. Und er, betrunken, erzählt. Ist es der Alkohol, oder sind es die Augen, die gebannt auf ihn gerichtet sind? Die Frau mit den kurzen Haaren legt wieder die Hand auf seinen Arm. Und er berichtet alles, auch von Pater Sebastian und Bruder Clemens. Die Studenten sind empört.

Die Kurzhaarige holt ein großes Heft aus ihrer Umhängetasche und einen Stift. Sie schreibt einen Brief, sie schreibt auf Kästchenpapier, das sie in der Tasche hat, sie schreibt alles auf, was er erzählt, Kästchen für Kästchen, Zeile für Zeile, Blatt für Blatt. Alle helfen beim Formulieren mit. Jürgen unterschreibt den Brief. Dann kaufen sie einen Umschlag und eine Briefmarke und schicken diesen Brief, der eine lange Anklageschrift ist, nach Bottrop an Frau Krüger von der Fürsorge.

Jonathan weiß nicht, ob sein Brief an die Jugendfürsorge dazu beigetragen hat – aber der Heimleiter des Salvator-Kollegs wird einige Zeit darauf abgelöst.

Im Januar 1971 übernimmt ein neuer Pater die Leitung des Heims. Er ist dreiunddreißig Jahre alt und hat freie Hand, alles zu verändern. Pater Minas ist eine asketische Erscheinung, ein Intellektueller im Gewand eines Paters, er ist offen und zugleich ernsthaft. Er hatte vorher keinerlei Erfahrung in der Heimerziehung. »Ich bin damals dort hingeschickt worden, um neu zu beginnen«, sagt er heute. Es gab im Orden Unzufriedenheit mit der damaligen Heimleitung. Mehr hatte man ihm nicht gesagt.

Auffällig viele Heimkinder wurden entlassen, bevor Minas eintraf, erinnert sich einer, der sieben Jahre im Heim war. Er war überraschend ins Zimmer des Direktors gerufen worden, und plötzlich durfte er gehen. Er sei viel geschlagen worden, gab man ihm bei seiner Entlassung mit auf den Weg. Als wenn er das nicht gewusst hätte, sagt er. Aber er wisse doch, so sagte man ihm weiter, dass es wegen seines Betragens zu seinem Besten gewesen sei. Das war für ihn neu gewesen. Als Minas kam, hatte Pater Sebastian das Heim schon verlassen. Die Ordensbrüder kannten sich vom Studium.

»Einige Mitbrüder haben andernorts neue Aufgaben übernommen, weil sie mit mir nicht klargekommen sind«, sagt Alfons Minas, »das heißt, dass ihnen mein Erziehungsstil nicht passte.« Denn jetzt war Schluss mit Gleichschritt, Drill und Schlägen und dem lauten Befehlston. Pater Alfons war, im engen Rahmen der kirchlichen Möglichkeiten, ein Reformer. Er hatte das Heim vorher nur vom Namen gekannt, und die Leitung des Ordens hatte ihm nicht viel gesagt. Nur, dass der Orden bei der Auswahl des Leitungspersonals nicht immer eine glückliche Hand gehabt habe.

»Ich habe alle Türen aufgeschlossen«, sagt Alfons Minas, »und niemand ist fortgelaufen.« Minas hat höchstpersönlich den Werkzeugkasten genommen und die starren Türknaufe innen an den Zimmertüren abgeschraubt und stattdessen Klinken angebracht, sodass die Jungen ihre Schlafräume selbst öffnen konnten. Es drohte eine Rebellion der Mitarbeiter. »Es gab einige Kommissköpfe in der Heimerziehung«, sagt er, »die haben nach dem Krieg die Kasernenstiefel nicht ausgezogen.« Deshalb hat Pater Alfons in die Heimordnung geschrieben, dass jeder der Jungen »ein Recht« darauf hat, »dass ihm im Geiste des Evangeliums begegnet wird«. Schläge entspringen nicht dem Geist des Evangeliums.

Und Sklaverei auch nicht. Innerhalb eines halben Jahres kündigte Pater Alfons Minas die Verträge mit den Firmen. Aus den Fabrikhallen wurden Werkstätten mit Ausbildungsplätzen für einundzwanzig Berufe, darunter auch Plätze für eine behindertengerechte Ausbildung von Lehrlingen, die an der Werkbank das gleiche taten wie andere, in der Berufsschule aber nicht in gleicher Weise gefordert wurden. Die Einnahmen aus der Fabrikarbeit, so sagt Minas, seien allerdings nie an den Orden gegangen, sondern an das Heim. Profiteure waren die Wirtschaftsbetriebe und der Staat, der damit Kosten für die Versorgung ausglich.

In all den Jahren davor war – außer dem Taschengeld für den Einkauf am Kiosk – keinerlei Lohn für die Fabrikarbeit der Kinder und Jugendlichen gezahlt worden. Es wurden auch keine Beiträge zur Renten- oder Krankenversicherung gezahlt. Erst nach dem Eintritt von Pater Alfons Minas, der das Heim nun in einer gemeinsamen Trägerschaft mit der katholischen Wohlfahrtsorganisation Caritas und enger Zusammenarbeit mit dem Jugendamt organisierte, bekamen die Jugendlichen, die nun eine Lehre absolvierten, eine Ausbildungsvergütung, die auch Grundlage einer Renten- und Krankenversicherung war.

Bruder Clemens ist geblieben. Bis der Leiter eines anderen Heims Alfons Minas aufgesucht hat. Ein Zögling, der aus dem anderen Heim geflohen war, war von der Polizei in Paderborn aufgegriffen worden und, weil es schon spät war, erst einmal für eine Nacht in die Arrestzelle im Salvator-Kolleg gebracht worden. Zurück in seinem Heim, berichtete der Junge, dass der Krankenpfleger aus Klausheide nachts in seine Zelle gekommen war. Auch in dem Fall, erinnert sich Pater Alfons Minas, kam Bruder Clemens mit Kuchen und Getränken.

Bruder Clemens wurde wegen Missbrauchs in diesem einen Fall in Paderborn vor Gericht gestellt. Der Krankenpfleger wurde verurteilt und durfte nie wieder in Klausheide arbeiten. Der Prozess fand unter Ausschluss der Öffentlichkeit statt.

So befreite Pater Alfons Minas die Kinder auch von den sexuellen Nötigungen. Nur die Zellen, die wurden erst sehr viel später abgerissen.

Jonathan blieb erst einmal bei den Studenten. Viel später, er war längst über dreißig, redete er immer einmal von einer Badewanne, mitten im Raum. Die wollte er gern haben. Seine Freunde fanden das etwas verrückt. Jonathan hatte eine Erinnerung an so eine Badewanne, die auf einem Podest mitten in einem Zimmer stand. Das war in einer Wohngemeinschaft gewesen, in der er für ein paar Tage untergekommen war, zwischen lauter Studenten. Aber das war nicht in Köln, es war in Frankfurt. Die Studenten dort wollten alle Heimkinder befreien.

Tatsächlich waren Frankfurter Wohngemeinschaften Anlaufadressen für Heimkinder. Etwa zweihundert Studenten hatten im Sommer 1969 vor dem Heim im hessischen Staffelberg für die Freiheit der dort eingesperrten Kinder und Jugendlichen demonstriert. In mehreren Heimen rebellierten durch die Studentenproteste angestachelte Jugendliche. Zu den Wortführern dieser Aktion gehörten Andreas Baader und Gudrun Ensslin. Die Journalistin Ulrike Meinhof schrieb ein Drehbuch für einen Spielfilm über Mädchen in einem Erziehungsheim. 1969 wurde er gedreht, doch gezeigt wurde er erst Jahrzehnte später. Ulrike Meinhof hatte sich inzwischen an der gewaltsamen Befreiung der Kaufhausbrandstifter Baader und Ensslin beteiligt, und der Film verschwand im Archiv.

Jonathan ist nur ein paar Tage in der Wohngemeinschaft geblieben. Er wollte wieder nach Holland. Zwei Studenten haben ihn mit dem Auto bis zur Grenze gebracht. Er hat sich wieder über Wiesen und Felder geschlichen.

In seiner Erinnerung gibt es ein größeres Zeitfenster in Amsterdam. Es öffnete sich früh, wenige Monate nach der Amnesie. Aber da war nur der Name »Schipol«, mehr nicht, ein Stadtteil von Amsterdam, nicht weit vom Flughafen. Es hat dann noch einmal Monate gedauert, bis aus einem Bild von einem hohen Haus eine Episode seines Lebens gekeimt ist. Er hatte in Amsterdam lange vor dem Schaufenster eines Klaviergeschäfts gestanden und hineingestarrt. Die Inhaberin hat es gesehen und ihn hineingerufen. Er durfte sich an eines der Klaviere setzen und spielen.

Ihr Mann und sie haben den Trebegänger mitgenommen, das Zimmer der Tochter war gerade frei, weil sie zum Studium ins Ausland gegangen war. Und wie er so auf dem Klavier klimperte, meinte der Mann, dass es ausreichen könnte, um Anfängern Klavierunterricht zu geben. Er gab Klavierunterricht, lebte bei dem Ehepaar wie in einer Familie. Gute Gefühle verbinden ihn mit Holland.

»Du musst schnell weg«, sagte der Holländer, als Jonathan eines Abends in die Wohnung kam. Eine Klavierschülerin, deren schwärmerische Verliebtheit Jonathan nicht erwiderte, hatte behauptet, er hätte sie auf dem gemeinsamen Heimweg bedrängt. Seine Gastgeber wussten um die Avancen des Mädchens. Aber was hätte es ihm genützt? Der Klavierhändler brachte ihn zum Bahnhof und drückte ihm noch etwas Reisegeld in die Hand.

Jonathan weiß nicht mehr, wie er dahin kam, aber irgendwann war er in Marokko. »Ich dachte, ich hätte nicht einmal einen Pass gehabt, muss ich aber wohl doch gehabt haben.« Marokko war Reiseziel der Hippies. Auch im Winter warm, für sieben Dirham (etwa einen Euro) gab es ein Hotelbett. Und mancher schlief am Strand. Schwere Verbrennungen katapultieren Jonathan aus dem Paradies der internationalen Flower-power-Bewegung zurück nach Deutschland. Er hatte in Marokko eines dieser Netzhemden getragen, die gerade Mode waren. Die Sonne hatte ihn darin so verbrannt, dass sich das Netz nicht mehr von der Haut lösen ließ. Irgendwer setzt ihn in ein Flugzeug nach München, wo Ärzte Hemd und Körper wieder trennten.

Es gibt Vermutungen, dass er eine Weile in München geblieben sein könnte. Aber Jonathan hat keine Erinnerung daran. Er weiß nur, dass er in Karlsruhe gewesen war und der Schauspieler Alfred Querbach vom Badischen Staatstheater ihn an einer Musikhochschule vorstellte. Die außergewöhnliche Begabung aber, die in besonderen Fällen einen Verzicht auf das Abitur ermöglicht hätte, konnte bei ihm nicht festgestellt werden. Jonathan wollte nur noch Abitur machen und Musik studieren. Das erinnert er jetzt wieder, ganz sicher. Aber warum er stattdessen in Kirchseeon bei München eine kaufmännische Ausbildung absolvierte, weiß er nicht mehr. Bis heute erinnert er sich weder an Kirchseeon noch an die Ausbildung.

Schuldlosigkeit

Jonathan hat sich mit Pater Alfons Minas, den er selbst nie als Heimleiter erlebt hat, nach mehr als dreißig Jahren nach seiner Entlassung das erste Mal getroffen. Der ruhige Pater, der nicht mehr gut hören, aber sehr gut zuhören kann, hat die Heimleitung abgegeben, als er fünfundsechzig Jahre alt geworden war. Das Heim wurde zu seinem Lebenswerk.

Für Minas ist der sexuelle Missbrauch durch Priester an Kindern schon lange ein Thema, mit dem er sich in der Vergangenheit wiederholt befasst hat. Er weiß von Schlägen, von Freiheitsberaubung, und er weiß von sexuellem Missbrauch in der Heimerziehung. Er sagt: »Auch Schläge können eine Form von Sexualität sein.«

Es hat Jonathan gutgetan, dass es einen Priester gibt, der ihm zugehört hat und der ihm glaubt. Minas hat gesagt: »Wenn so etwas überhaupt möglich ist, möchte ich mich für meine Brüder entschuldigen.« Und Jonathan hat geantwortet: »Das können Sie nicht. Es war ja nicht der Orden. Das haben Menschen getan. Aus persönlichen Gründen.« Bei der Verabschiedung hat er dem Pater die Hand gegeben. »Wären Sie doch damals früher gekommen!«

Pater Alfons Minas hat ein Zusammentreffen zwischen Jonathan und Pater Sebastian in Berlin arrangiert. Auch Jonathans Psychologe Kai-Uwe Christoph war dabei. Jonathan wollte wenigstens ein Eingeständnis. Sebastian aber, sagt Jonathan, habe nicht ein einziges Mal von eigener Schuld gesprochen. Nur von irgendeiner Kollektivschuld, so wie die Deutschen nach dem Krieg auch die Schuld der Nazis auf sich genommen hätten. Es seien wohl die anderen gewesen, er selbst aber nicht. »Ich habe mit allem gerechnet«, sagt Jonathan, »aber nicht damit.«

Jonathan hat dem Bundespräsidenten Horst Köhler in einem Brief geschrieben, dass ein Mensch, der Kinder so quälte, doch nicht das Bundesverdienstkreuz tragen dürfe. Dann hat er sich noch einmal über das Internet gemeldet.

Und der Bundespräsident Horst Köhler hat Jonathan tatsächlich zu seiner Bürgersprechstunde eingeladen. Jonathan ist mit einem Taxi zum Schloss Bellevue gefahren. Er wusste gar nicht, welches die nächste U-Bahn-Station war. Er ging durch den Metall-Scanner, und dann saß er in dem Saal mit den anderen Bürgern, die an diesem Tag geladen waren. Es stand frischer Kaffee dort und etwas Gebäck. Dann wurde er hereingebeten und saß mit dem Bundespräsidenten an dem großen runden Tisch. Jonathan wollte auch über den anderen »Runden Tisch« reden, den des Bundestages über die Heimerziehung, an dem die gewählten Vertreter des Vereins der ehemaligen Heimkinder nicht mit sitzen dürfen. Aber da wollte sich der Präsident nicht einmischen.

Dann redeten sie über Jonathan und Pater Sebastian. Der Präsident kannte den Artikel über Jonathan aus dem *Stern*. Zwischendurch saß noch eine Dame mit am Tisch, Jonathan glaubt, es sei die Referentin vom Ordensamt gewesen. Der Bundespräsident ließ durchscheinen, dass man sich des Problems annehmen wolle, aber Jonathan vielleicht nicht den großen öffentlichen Wirbel in der Presse machen sollte.

Der Präsident hat seine Verwaltung angewiesen, die Verleihung des Bundesverdienstkreuzes an Pater Sebastian zu überprüfen. Die Präsidialverwaltung hat den Vorgang an die Verwaltung des Berliner Senats weitergegeben, die Pater Sebastian seinerzeit für das Bundesverdienstkreuz vorgeschlagen hatte. Irgendwann hat Jonathan ein Schreiben erhalten, in dem ihm mitgeteilt wird, dass es nie ein staatsanwaltschaftliches Ermittlungsverfahren gegen den Pater gegeben habe und dass zum Zeitpunkt der Verleihung des Verdienstkreuzes nichts von dem bekannt war, was Jonathan ihm vorgeworfen hatte. Jonathan ist empört, dass kein Zeuge befragt wurde. Nicht einmal er selbst.

Missbrauch verjährt. Das gilt für die Täter. Für die Opfer gilt es nicht. Die Tat begleitet sie lebenslänglich.

Die Wache

Jonathan muss raus. Raus aus Berlin. Er will weg. Wohin? Er nimmt die Landkarte. Rostock, warum nicht? Da ist Ostsee, ein Hafen, von dort muss die ganze Welt offen erscheinen. Eine frische Brise wird guttun.

Eine Pension, sechzehn Euro die Nacht, unfassbar. Das Angebot war im Internet zu finden. Auch ganz in der Nähe vom Hafen, zwölf Euro mit dem Taxi vom Bahnhof. Das hätte er auch laufen können.

Spaziergänge an der See. Drei Tage Auszeit. Danach will er abreisen, packt, geht zum Bahnhof. Plötzlich sieht er wieder das blonde Haar. Der Pferdeschwanz und sein dicker Begleiter vom Alexanderplatz stehen an einem Tisch vor dem Bahnhof, rauchen, trinken. Sie sehen ihn nicht. Er zittert. Wie kommen die jetzt hierher? Er geht zurück zur Pension, stellt den Koffer ab: »Kann ich noch eine Nacht bleiben?« Die Wirtin freut sich.

Er geht wieder zum Bahnhof. Die beiden stehen immer noch da. Für ihn gibt es nur eine Möglichkeit: »Du musst zur Polizei.«

Er fragt sich nach dem Revier durch. Dort erzählt er

seine Geschichte und von den zwei Männern aus Berlin: »Die haben mich schon einmal zusammengeschlagen – weil ich mit der Presse zusammenarbeite. Egal, wo ich bin, da sind sie auch. Sie haben den Auftrag von einem Priester.«

Die beiden Polizeibeamten hören schmunzelnd zu, jetzt fangen sie an zu flachsen. Er wäre nicht der Erste an dem Tag, der zu viel getrunken hätte. In Jonathan beginnt es zu brodeln. Er wird sehr laut. »Nehmen Sie das mal ernst. Es muss etwas passieren!«

Jetzt gibt es ihm der Beamte laut zurück. »Was bilden Sie sich eigentlich ein? Was hier passiert, bestimme immer noch ich.«

»Ich will Ihren Chef sprechen!«

»Ich habe keinen Chef.«

»Jeder hat einen Chef! Ich will nicht mit Lümmeln wie Ihnen reden.« Er weiß nicht, von wo ihm dieses etwas antiquierte Wort zugeflogen ist, aber er hatte wirklich »Lümmel« gesagt.

»Ich bin hier der Chef.«

»Aber dann haben Sie trotzdem einen Vorgesetzten.«

»Zeigen Sie mir bitte einmal Ihren Ausweis!«

»Ist im Koffer.«

»Wo ist Ihr Koffer?«

»In meiner Pension.«

Die beiden Beamten lassen sich erweichen, begleiten ihn zum Bahnhof. Der Pferdeschwanz und sein dicker Freund sind weg. Zurück im Revier, sagt der Beamte zu einem Kollegen: »Wir haben es heute nur mit Spinnern zu tun.«

Jonathan streckt den Arm aus und wischt einmal quer

über den Schreibtisch. Papiere und Stifte fliegen auf den Boden. Er geht zum nächsten Tisch, streckt den Arm – da packen sie ihn schon. Sie sind zu dritt, rangeln mit ihm, er hat auch den zweiten Schreibtisch halb abgeräumt, da schnappen die Handschellen zu.

Eine Beamtin in Zivil, durch den Lärm aufmerksam geworden, betritt den Raum. Sie ist um die vierzig, will wissen, was los ist. Die Polizisten berichten ihr und sperren ihn in die Arrestzelle.

In der Zelle tobt er, rast, tritt gegen die Tür. Wieder eine Zelle! Die beiden Beamten schließen wieder auf, holen ihn heraus, bringen ihn zur Beamtin, die jetzt hinter einem Schreibtisch sitzt. Sie möchte seine Geschichte noch einmal hören.

»Schicken Sie erst die beiden Idioten weg.«

Sie nickt den beiden kollegial zu, sie schmunzeln. Einer der beiden fragt noch einmal: »Wirklich?«

»Kein Problem.«

Die beiden Beamten bleiben im Hintergrund. Während ihre Kollegin genau zuhört, beruhigt sich Jonathan.

»Es ist alles gut gegangen«, sagt er heute, »hätte auch anders kommen können: Widerstand, Sachbeschädigung, Beamtenbeleidigung, Körperverletzung, was weiß ich, ich war ganz schön in Rage.«

Es sitzt sehr tief in seiner Seele, dass ihm niemand glaubt. Es ist dann wie früher, als niemand hören wollte, was mit den Kindern bei den guten Nonnen und Priestern geschah.

Seit der Begegnung mit dem Pferdeschwanz achtet Jonathan wieder darauf, was hinter seinem Rücken ist, sucht einen Pfeiler, eine Wand. Wenn er in einer belebten

Straße steht, steht er so, dass er eine Schaufensterscheibe im Rücken hat, sodass sich ihm niemand unbemerkt nähern kann. So hatte er es früher auch im Salvator-Kolleg getan, er hatte immer darauf geachtet, was hinter ihm war. Denn Sebastian kam oft von hinten. Und jetzt kommen die so, von denen er glaubt, dass Sebastian sie schickt.

Dorothee

Manchmal nimmt eine Erinnerung von Jonathan Besitz, die anderen wie ein Wahnbild erscheinen muss, so wenig begreifbar, weil die Vorstellungskraft jedes Dritten, dem er davon berichtet, versagt. Aber Jonathan, der so vieles aus seinem Gedächtnis verloren hat, pocht darauf, dass dieses Ereignis dort tief auf dem Grund liegt, fest verankert. Es war im Kinderheim St. Konrad in Bottrop.

Als Jonathan zum ersten Mal in dieses Kinderheim kommt, ist er drei Jahre alt. Und er kommt, nach dem Ausfall der Pflegeeltern, immer wieder dorthin.

St. Konrad. Jonathan hat das Kinderheim wieder heraufbeschworen. Nun bricht es über ihn herein. Die unterirdischen Gänge öffnen sich. Sie verbanden die Gebäude miteinander. Die Kinder lebten in fünf Häusern.

Jetzt ist er sich sicher, er will es beschwören, eine Eidesstattliche Versicherung abgeben. Er besteht darauf, es selbst aufzuschreiben, damit man ihm glaubt, was er dort erlebt hat: »Ich war sechs Jahre alt, natürlich im Waisenhaus (Bottrop) und ständig auf der Suche nach Nähe und Liebe. Habe dann auch eine Freundin gefunden, sie war sieben oder acht Jahre alt. Wir haben uns unterhalten, sind spazieren gegangen und haben zusammen Musik gemacht (Klavier) und haben natürlich auch Händchen gehalten. Man muss mir einfach glauben, dass es nicht mehr war. An Sex haben wir überhaupt nicht denken können, weil wir gar nicht wussten, was das ist.

Dann hat uns eine Schwester beim Klavierspielen erwischt. Ich hatte mit Dorothee Klavier gespielt, sie mit der linken und ich mit der rechten Hand. Mit der jeweils freien Hand haben wir uns umarmt, einfach, um nicht von dem kleinen Hocker zu fallen.

Das aber war meine große Todsünde. Nachts wurde ich dann von zwei Schwestern aus dem Bett geholt und in den Keller gebracht. In dem Keller saß meine kleine Freundin Dorothee nackt auf dem Fußboden. Die Schwestern haben mir den Schlafanzug vom Körper gerissen, und ich musste meine kleine Dorothee überall anfassen. Ich musste sie mit den Händen und dem Mund berühren. Wir haben uns dagegen gewehrt, aber es nützte nichts. Mit einem Ledergürtel hat die eine Schwester, an deren Namen ich mich noch erinnere, auf uns eingedroschen, und die andere Schwester stand auch nackt im Raum und hat (heute weiß ich es) onaniert. Dann musste ich meiner kleinen Dorothee eine brennende Kerze in den Popo stecken. Dabei bin ich wohl ohnmächtig geworden, und man hat mich in ein Krankenhaus gebracht.

Eine Krankenschwester, die heute noch lebt, kann sich noch sehr gut daran erinnern. Ich hatte ihr das alles erzählt, aber man hat mir nicht geglaubt. Danach waren Dorothee und ich Feinde. Sie hat mich gehasst. Die Geräusche, die

die Nonne beim Onanieren gemacht hat, machen mir heute noch zu schaffen.«

Der Gott der Heime war ein strafender Gott. Er verlangte Gehorsam und Unterwerfung. Gott war ohne Gnade. Sie konnten zu ihm beten – und sie beteten viel –, aber er half nicht, wenn Nonnen die Kinder in der Badewanne blutig schlugen, wie es ehemalige Heimkinder beschreiben. Denn es war Gottes Werk, das die Schwestern an den Sündern verrichteten.

Schon die Geburt der Kinder durch sündige Mütter war Sünde. Ihre Gedanken waren Sünde, und sündig war ihr Fleisch. So sündig, dass die Nonnen davor erschraken.

»Diejenigen, die unehelich geboren waren«, sagt Klaus, der zusammen mit Jonathan im selben Haus in der Gruppe »Sausewind« war, »waren ja schon vorverurteilt. Sie waren böse und würden Böses tun. Manchmal wurden wir ohne Anlass, sozusagen prophylaktisch, verprügelt oder ohne Essen in den Keller gesperrt. Das war oft schon sehr grausam.«

Klaus erinnert sich noch gut daran, dass sie alle in einer Reihe auf die Knie gehen mussten, und dann wurden sie von den Nonnen mit dem Handfeger »nicht geschlagen, wir wurden richtig durchgeprügelt«. Die Kinder haben es als normal hingenommen. »Mir ist nie bewusst geworden, dass das ja ein Fehler der Erwachsenen war. Wir haben immer nur uns selbst Schuld gegeben.«

Dass die Kinder nachts aus dem Bett geholt wurden, gehörte zum üblichen Bestrafungssystem. Dann mussten sie am Tisch sitzen und durften nicht wieder einschlafen, bis zum Morgen. Wer wieder einnickte, wurde geschlagen. Für welche Vergehen? »Einige hatten bei einer Wanderung die Gruppe verloren und hatten allein zum Heim zurückgefunden. Tagsüber wurden wir dafür nicht bestraft. Die Nonnen kamen nachts. Nicht alle Nonnen waren so. Es gab auch freundliche Frauen unter der Schwesternhaube, wie Schwester Melania, die noch jung war und an die er sich gern erinnert. Aber es gab auch die anderen, aggressiven. »Heute würde ich schon sagen, sie waren sadistisch«, sagt Klaus. Die Kinder durften sich untereinander nicht zu gut verstehen. Auch Jungen, die sich miteinander anfreundeten, wurden von den Schwestern möglichst getrennt.

Noch mehr achteten sie auf die strikte Trennung von Jungen und Mädchen, die im Heim in gemeinsamen Gruppen erzogen wurden. »Und es war natürlich ein Vergehen, wenn man sich umarmte.«

Die Nonnen

»Das hört sich so widernatürlich an, weil der reale Geist es verweigert«, sagt ein anderer Mann, der von den Nonnen im »Schutzengel-Kinderheim« in Hagen aufgezogen wurde. »Aber ich sage sofort ja, so wie Jonathan es beschreibt, ist das passiert. Dass die Nonnen sexuelle Vorstellungen hatten und diese an den Kinder auslebten, das habe ich auch erfahren müssen.«

Er war Bettnässer, und so zogen sich die Gewaltrituale durch seine Kindheit. War das Bett oder »die Unaussprechliche«, wie die Nonnen die Unterhose nannten, nass, wurde er nicht einfach geschlagen. Zehn Minuten nackt in der Wanne, abgespritzt mit eiskaltem Strahl, dass dem Kind die Luft wegblieb, dann die Schläge mit dem nassen Handtuch, die blaue Streifen auf dem Körper zurückließen. Über das pitschnasse Leibchen und die Unaussprechliche wurden Jacke und Hose gezogen, und ohne Frühstück ging es zur Schule. Jeden Tag.

Schlimmer waren die Nächte. Viermal die Nacht raus aus dem Tiefschlaf und Schläge auf den nackten Po. »Ich habe bis heute nicht verstanden, dass ich mich, obwohl ich selbst beim leichtesten Urindrang sofort aufgestanden bin, viermal in einer Nacht nass gemacht haben soll.«

Er wusste von dem Pater, dass er es mochte, den Jungen in die Hose zu fassen, um zu kontrollieren, ob sie auch trocken war. Er hatte erlebt, wie der Pater seine Hand in seinen Schritt hielt und ihn aufforderte, zu pinkeln. Und er hat noch das vergnügte Jauchzen der Nonne im Kopf, wenn sie ihm das nasse Laken um den Hals und Kopf wickelte. Es brannte auf der von den Schlägen verletzten Haut, und noch heute ereilen ihn Panikattacken, und er muss um Luft ringen. »Das war Sadismus, und der hat etwas mit Sexualität zu tun.«

Und es war Machtausübung. Bettnässer wie er bekamen ab vier Uhr nachmittags nichts zu trinken und auch kein Abendessen. Die Nonnen wussten, dass die Knaben unterernährt waren. Wenn die Gesundheitskontrolle ins Heim kam, mussten sie Unterhosen mit eingenähten Bleigewichten anziehen. Als er einmal so krank war, dass die Schwester ihn zu einem Arzt bringen musste, stellte der bei der Untersuchung die Unterernährung und Austrocknung fest. Der Junge sagte dem Arzt, dass er ab nachmittags nichts mehr trinken und essen dürfte, und der Arzt ermahnte die Schwester: »Warum kriegt der Junge nichts zu essen? Der muss essen!« Er erklärte ihr auch, dass Getränke nicht die Ursache für das Bettnässen seien. An dem Tag gab es abends im Heim Milchreis, und er sagte: »Der Doktor hat gesagt, ich darf ganz viel essen.« Er hat es bereut, denn er wurde dafür sehr verprügelt. »Die Grausamkeit war ohne Grenzen.«

In dem Buch *Heimerziehung*, das von der Öffentlichkeit eher unentdeckt blieb, hat der Autor Alexander Markus Holmes vor schon fast zehn Jahren über Sadismus und Brutalität erziehender Nonnen berichtet. Eine Nonne beschreibt darin selbst, wie sie einen siebenjährigen Jungen ertappte, der an seinem Glied spielte. »Ich war außer mir. Stellte ihn zur Rede. Doch das Kind begriff nichts. Meine Wut wurde immer größer, und ich zog ihn an den Haaren durch den Duschraum. Dort habe ich kaltes Wasser in eine Wanne einlaufen lassen und den Jungen mit Gewalt hineingezerrt und ihn viele Male untergetaucht. ... Es kostete eine Menge Kraft, diesen zierlichen Körper immer wieder unterzutauchen. Ich merkte, wie die Kraft des Jungen nachließ. Sein Gesicht lief blau an, und dennoch machte ich weiter. Der Junge bekam kaum noch Luft, als ich endlich von ihm abließ.«

Der Nonne tut dies im Alter sehr leid. Es gibt heute wenige Nonnen, die aufrichtig bereuen. Und es gibt viele Schilderungen über prügelnde Nonnen, die so lange schlugen, bis die Kinder nicht mehr weinten. Sie schlugen mit Stöcken und Kleiderbügeln. Es gibt Aussagen über Schwestern, die Kinder dazu zwangen, ihr Erbrochenes zu essen, nachdem sie die Kleinen unter Schlägen gezwungen hatten, auszulöffeln, was die Nonnen sich selbst nicht zumuteten. Denn für Schwestern wurde extra gekocht. Das war üblich. Auch im Salvator-Kolleg staunten die Kinder, die das Refektorium aufräumen mussten, über die Köstlichkeiten auf den Tischen der Nonnen und Ordensbrüder.

Und immer wieder sind die Kinder nackt, wenn sie geschlagen werden. Es sei eine perverse Lust an der Gewalt gewesen, berichtet ein ehemaliges Heimkind, das sich noch genau erinnert, dass Kinder eine halbe Stunde nackt im Bad stehen mussten und blutig gepeitscht wurden. Der Junge erzählt auch, dass sie sich, von einer Erzieherin gezwungen, beim Duschen gegenseitig an den Penis fassen mussten und dass auch die Schwester die Jungen an den Penis fasste und sie ohrfeigte, wenn sie sich dort nicht berühren lassen wollten. Und dass sie einem Jungen den Penis mit einer Kordel abband, sodass dieser anschwoll, rot und blau wurde.

Als »Tag des Schreckens« in ihrem Heim in Eschweiler beschreibt eine Frau den 6. Dezember: »Die Schwester hatte für uns Knecht Ruprecht bestellt, der uns mit einer Rute vermöbelte, dass wir Kinder alle in Panik gerieten. Ich sah noch, wie die Nonne die Türen abschloss, dass niemand fliehen konnte. Eines der Kinder riss das Fenster auf und wollte in lauter Panik hinunterspringen. Wie von Geisterhand riss ich die Kleine vom Fenstersims. Die Nonne machte diesen brutalen Menschen, der schwarz gekleidet und angemalt war, jetzt auf mich aufmerksam. Das ganze Spektakel dauerte eine halbe Stunde. Blutende Nasen, zerkratzte und blutverschmierte Gesichter und Gliedmaßen ...« Das war für die Heimkinder der Nikolaustag.

Oft war es die hilflose Angst der Nonnen vor Sexualität, die sie die Kinder schlagen und peitschen ließ. Manchmal aber auch die schiere Lust und häufig die sadistische. Eine in einer solchen Situation masturbierende Nonne, wie Jonathan sie erinnert, scheint die Grenze des Fassbaren zu überschreiten. Doch sexuelle Nötigungen und nächtliche Besuche der Nonnen an den Betten beschreiben auch andere.

In seinem Grundmuster, so sagt der Hirnforscher Hans Markowitsch, stimmt die Erinnerung an das eigene Leben mit der Realität überein. Doch Erinnerungen können auch täuschen. Denn alles, was aufgenommen wird, wird auch verarbeitet. Manches geht verschütt, einiges wird hinzugedichtet, ein Tribut an die Logik oder um einfach Lücken zu schließen. Denn das Gehirn ist keine Computer-Festplatte, auf der die Erinnerungen einfach abgespeichert werden. Es arbeitet eher wie ein Fernsehredakteur, der die Filme bearbeitet, auf Längen und Formate zuschneidet und manchmal neu betextet. »Erinnerungen«, sagt Markowitsch, »verändern sich mit jedem Abruf.«

Das geht im Normalfall gut, das heißt, die Erinnerung entspricht dem, was die Menschen wirklich erlebt haben. Ohne einigermaßen korrekte Erinnerungen gibt es keine Schilderungen, keine Prozesse und Gerichtsurteile, keine Zeitzeugen, nicht mal eine lockere Unterhaltung über einen gemeinsamen Urlaub. Jeder hat seine Erinnerungen schon einmal mit denen anderer abgeglichen.

Bei Stress oder besonderer Erregung kann es allerdings zu einer Erscheinung kommen, die Fachleute das »False-Memory-Syndrom« nennen. Denn das Gedächtnis ist ein in der Einordnung von Erfahrungen so flexibles Organ, dass wir durchaus später Gehörtes nahtlos in unsere Chronologie von tatsächlich Erlebtem einfügen können. Dabei können wir natürlich unterscheiden, was uns selbst zugestoßen ist und was man uns nur gesagt hat. Doch mit der Zeit kann sich diese Einteilung auflösen, und wir halten Nur-Gehörtes nun für Selbst-Erlebtes.

Die amerikanische Psychologin Elizabeth Loftus hat mit der Erforschung dieses Phänomens international Aufsehen erregt. »Unser Gedächtnis wird jeden Tag neu geboren«, schreibt die Psychologin aus Seattle. Sie fragte Versuchspersonen, ob sie sich noch daran erinnerten, dass sie im Alter von fünf Jahren einmal in einem Einkaufszentrum verloren gegangen waren. Nachdem sie ihre Probanden über dieses fiktive Ereignis, das angeblich von Verwandten bestätigt worden war, mehrfach befragt hatte, glaubten sich fünfundzwanzig Prozent der Interviewten tatsächlich an diesen Moment des Verlorenseins zu erinnern. Ähnliches erreichte sie, als sie per Photoshop in Kinderbilder von erwachsenen Versuchspersonen den Hasen Bugs Bunny ins Disneyland hineinkopierte, wohin die Kinder gefahren waren. Auch hier erinnerten die Versuchspersonen, den Hasen von Warner Brothers, der niemals Zutritt bei der Konkurrenz bekommen hätte.

Elisabeth Loftus wird in den USA oft als Gutacherin vor Gericht gehört, wenn es um den Verdacht des sexuellen Missbrauchs im Kindesalter geht. Sie spricht dann häufig im Interesse der Verteidigung und führt falsche Aussagen von Missbrauchsopfern auf die suggestiven Fragetechniken unerfahrener Therapeuten zurück.

Deshalb sind gerichtlich bestellte Gutachter heute sehr vorsichtig in der Einschätzung, ob die subjektive Wahrhaftigkeit von Zeugenaussagen auch der objektiven Wahrheit entspricht. In Worms hatte in den neunziger Jahren eine Frau ihren Mann in einem Scheidungsverfahren des sexuellen Missbrauchs der gemeinsamen Kinder beschuldigt. In intensiven Befragungen der Kinder wurden Täter und Opfer immer zahlreicher. Schließlich wurden fünfundzwanzig Männer und Frauen angeklagt, sechzehn Kinder missbraucht zu haben. Nach jahrelangen Prozessen wurden alle freigesprochen. Eine der Großmütter war im Gefängnis gestorben, Existenzen waren vernichtet, Ehen zerbrochen, die Kinder, die in ein Heim gebracht worden waren, ihren Eltern entfremdet. Die letzte Urteilsverkündung des Vorsitzenden Richters begann mit den Worten: »Den Wormser Massenmissbrauch hat es nie gegeben.« Seither wird beim Vorwurf des sexuellen Missbrauchs vorsichtiger verfahren.

Aber: Jonathan Overfeld ist nie von irgendeinem Therapeuten zu seinen Erfahrungen sexuellen Missbrauchs befragt worden. Er hat einfach nur Klavier gespielt, und die Erinnerungen waren da. Auch andere ehemalige Heimkinder berichten von Übergriffen durch Nonnen. Alle tun es Jahre später, alle als Erwachsene und alle ohne interviewende Therapeuten.

Und sie werden gefragt: »Warum erst jetzt?« Aber wem hätten sie sich als Kinder anvertrauen können? Und wie sollten sie als Erwachsene die Scham überwinden? Es gab kein Forum für die von Priestern und Nonnen geschlagenen und missbrauchten Menschen.

Wem sollte der kleine Jürgen vertrauen, den die Nonnen schlugen? Wem sollte der Jugendliche vertrauen, den die anderen im Heim inzwischen Jonathan nannten? Und den die Priester vergewaltigten – nicht ein Mal, auch kein dutzend Mal, hunderte Mal in diesen sechs Jahren im Salvator-Kolleg. Und wem soll der erwachsene Jonathan Overfeld sich anvertrauen? An wen sich anlehnen? Er, der Junge, der gelernt hatte, dass er niemandem vertrauen durfte, wenn seine Seele überleben sollte; dem jede Offenheit bestraft wurde; den niemand hören wollte, nicht das Jugendamt, nicht der Handwerksmeister. Warum sollte dieser geschundene Mensch jemals das Risiko eingehen, sich irgendjemandem zu offenbaren?

Wem sollte Jonathan all die Fragen beantworten, er, der schon vor einfachen Fragen flieht, Schweißausbrüche und Herzrasen bekommt? Jonathan, der unter Schmerzen von klein auf gelernt hat, dass es nur eine Chance gibt, zu bestehen, nämlich die, zu fliehen, wenn es brenzlig wird, einfach abzuhauen.

Und wenn Jonathan eine Frau kennenlernt? Könnte er sich ihr wirklich anvertrauen? Wäre eine Partnerin, konfrontiert mit der Bürde, die er durch das Leben trägt, nicht diejenige, die er am Ende durch diese Bürde zu verlieren riskiert?

Und wenn der erwachsen gewordene Jonathan nicht türmen kann, weil er eingebunden ist, in eine Verantwortung, in Strukturen, gegenüber dem Partner, was dann? Kann sich dann nicht die Seele allein auf den Weg machen, ausbrechen und alles abschalten, die Vernunft, die Furcht und auch die Erinnerung?

Und gleichzeitig, welche Last ist das für einen Menschen, über Jahre, Jahrzehnte diese Spannung auszuhalten. Das waren die Fragen, die sich für den Psychologen Kai-Uwe Christoph stellten. Und die sich mit dem Kennenlernen und dem langsam entstandenen Vertrauen beantworteten.

Jetzt ist es Judith, die Freundin aus den Ferienwochen im Dorf, der er sich ganz vorsichtig zu öffnen beginnt.

»Jonathan ist eine treue Seele.« So sagt es Jutta. »Emotional beziehungsfähig«, so sagt das der Psychologe. Aber wie lebt er sein Bedürfnis nach körperlicher Liebe aus, wie das nach Lust? Wie tat er es früher?

»Seine Lebenspartnerin hatte wohl Ahnungen«, sagt der Psychologe Kai-Uwe Christoph, »aber auch die wurden von ihm nicht wirklich genährt.« Beide wissen, er kann keine Liebesbeziehung dauerhaft halten. Und auch er weiß es. Er sagt: »Es ist alles kaputt gemacht.«

Tatsächlich wird Traumatisierung durch sexuelle Gewalt in der Kindheit bei ehemaligen Heimkindern stark abgekapselt und erst Jahrzehnte später thematisiert. Das berichtet auch der Sozialpädagoge Professor Manfred Kappeler, der während seiner Forschungsarbeiten viele Gespräche mit heute erwachsenen Menschen über Verletzungen der Schamgrenzen und sexueller Gewalt in ihrer Jugend geführt hat. Auch für Kappeler sind sexuelle Übergriffe durch Nonnen keine Ausnahme. Grund seien die Tabuisierung von Sexualität in kirchlichen Einrichtungen und Strukturen, die den sexuellen Missbrauch an Kindern und Jugendlichen ermöglichen, weil die Kinder den Erziehern schutzlos ausgeliefert gewesen seien.

Der Psychologe und wissenschaftliche Mitarbeiter der Humboldt-Universität Dr. Bernd Stefanidis hat Jonathan eine Therapie angeboten. Jede Woche einmal fährt Jonathan zu dem Institut nach Berlin-Adlershof. Die Gespräche mit dem Psychologen helfen ihm. »Jedes Mal, wenn ich von ihm wegging, hatte ich das Gefühl, ich werde stabiler.«

Auch der Psychologe Stefanidis konzentriert sich erst einmal darauf, den Patienten in der Bewältigung seines Alltags zu unterstützen. Stefanidis notiert in seinen Aufzeichnungen: »episodisch paroxysmale Angst, kurzzeitiger Bewusstseinsverlust, fugueartige Zustände«. Der Patient klagt über Ohrensausen, auch über Tinnitus, ruft »Aufhören, aufhören, ich will den Piep-Ton nicht mehr!« Dann schreit der Patient. Sein lauter Schrei kann das Geräusch in den Ohren stoppen. Sein Blutdruck schwankt stark. Der Psychologe schickt ihn zur Abklärung zu einem Kardiologen. Der Patient klagt außerdem über Sehbeschwerden, Schulterschmerzen, verlässt tagelang nicht das Haus, frisst ganze Brote in sich hinein.

Auch dem Psychologen berichtet Jonathan von den Akten aus dem Dritten Reich, die ihn nicht losließen, von den Männern, die bei ihm klingelten. Die Akten seien das Letzte gewesen, woran er sich erinnere.

Stefanidis erkennt die Qual seines Patienten, verlorene Erinnerungen wieder wach zu rufen. Er sieht dessen Frustration darüber, Fertigkeiten und Fähigkeiten nicht mehr, wie früher gewohnt, abrufen zu können. Langsam, Sitzung für Sitzung, versuchen sie, die Erinnerungen, die ihm wieder kommen, einzuordnen. Ob Jonathan wisse, was für ein Fass er aufmache, wenn er den Pater des aggressiven pädophilen Verhaltens beschuldige? Aber der Psychologe erkennt die Wut, sieht die Entschlusskraft Jonathans.

Ihm fällt das radikale Gerechtigkeitsempfinden seines Patienten auf, und er erzählt die Anekdote, wie Jonathan im Café sitzt und die Kellnerin für den Kaffee 4,80 Euro kassieren möchte. Jonathan ist empört, der Geschäftsführer wird gerufen. Jonathan wird laut, er sei bereit, zwei Euro zu zahlen. Der Geschäftsführer, dem der Streit vor den anderen Gästen unangenehm ist, will ihm die Tasse Kaffee schenken. Aber Jonathan besteht auf den Preis von zwei Euro und legt die Münze auf den Tisch.

Bernd Stefanidis versucht, ihm die immerwährende Angst vor Fragen zu nehmen. »Das schaffen Sie nicht«, provoziert er ihn, als sie diskutieren, ob Jonathan sich den Fragen seiner Studenten aussetzen würde. Aber er tut es. Vor einer akademischen Zuhörerschaft zu reden, ist keine so schwere Übung. Über die Fragen der Studenten ist er eher etwas enttäuscht. »Aber ich bin Stefanidis dankbar dafür, dass er mich wieder aufgebaut hat, sehr dankbar.«

Stefanidis und Jonathan versuchen ein Experiment. Der Psychologe ermutigt ihn, sich eine Biographie auszudenken, sie als seine anzunehmen und diese dann mit Leben zu füllen. Am besten eine, wie Jonathan sie gern gehabt hätte, mit einem intakten, harmonischen Elternhaus und einem Klavier darin. Einem Musikstudium und Konzertreisen. »Aber das funktioniert nicht«, sagt Jonathan, »ich bekomme keinen emotionalen Bezug dazu, das bleibt wie auswendig gelernt, da sind keine Gefühle dabei. Ich brauche meine eigene Biographie. Ich will alles wissen. Man sagt: ohne Vergangenheit keine Zukunft. Aber ohne Vergangenheit gibt es auch keine Gegenwart.«

Jonathan will nicht mehr der Jonathan sein, der er vor seiner Amnesie war. »Sich neu erfinden«, sagt er, »so heißt es doch.« Hosen, Hemden, Jacken, Pullover, Schuhe, alles landete im Sammelcontainer. Er kauft jetzt Designer-Jeans mit vielen Reißverschlüssen. Er lässt sich ein Ohrloch stechen und trägt einen Ring am Finger. Den hat ihm Judith geschenkt, weil er schon als Junge vor dem Juweliergeschäft gestanden und sich die Ringe angesehen hatte. Aber er hat nie einen getragen. »Ich will die Zeit nachleben oder ich versuche es, ich habe etwas nachzuholen, denn ich weiß ja fast nichts. Ich habe keine Biographie. Dann lebe ich sie eben jetzt, mit allen Höhen und Tiefen – nein, nicht die Tiefen. Die hatte ich.«

Dann lacht er, ertappt sich in seinem plötzlichen Eifer. Er weiß, der Neuentwurf seiner selbst wirkt auf andere übertrieben, ein wenig orientierungslos. Er bittet einfach um ein bisschen Verständnis. »Ich will alles verändern, das mich an eine Zeit erinnert, an die ich mich nicht mehr erinnere, ich möchte einfach ein anderer sein. Zumindest nach außen gelingt es mir.«

Er hat ein Shampoo in der Drogerie gefunden, das das Grau der Haare blond macht. »Der graue Mann, das bin ich nicht, der will ich nicht sein.« Aber es ist nicht die Haarfarbe. Er will nie mehr der sein, der er, wie andere sagen, einmal gewesen sein soll. »War er denn wirklich ein Spieler?« Nein, es ist eine Behauptung. Das lehnt er für sich ab. Es muss eine Erklärung geben. Er sucht nach ihr. »Wenn ich Karten gespielt habe oder Roulett«, sagt Jonathan, »dann müsste ich das doch auch jetzt tun.«

Nur manchmal, in seiner Stamm-Pizzeria in Neukölln, wenn er auf das Essen wartet, dann wirft er einen Euro in den Spielautomaten. Schon mehrmals deckte der Gewinn aus dem Automaten den Mittagstisch.

Vertrauen

Leid, Glück, Krankheit und Gesundheit, Erfolg und Misserfolg, alles kann seine Wurzel in den tiefen Schichten des Unbewussten haben. So sagen die Psychologen. Die frühe »Prägung« in den ersten Lebensmonaten und Jahren, Zuwendung oder Ablehnung, legen neben dem genetischen Erbe den Grundstein für die spätere Persönlichkeit. In der Kindheit erlebte Verletzung und Kränkung, Entwertung und Gewalt durchwirken das ganze spätere Leben. Ob Ängstlichkeit oder Verwegenheit, Intro- oder Extrovertiertheit, alles ist Ergebnis eines Reifungsprozesses im Gehirn. Niemand kann der frühen Prägung entrinnen, auch wenn er sich nicht mehr erinnert, denn sie ist längst fest in einem neuronalen Netz verknüpft. Anhand dieses Systems wird später abgefragt, was Lust bereitet oder Schmerz, jeder Gedanke, jeder Wunsch, jeder Plan geht durch diese Kontrolle. Es ist ein Schutzsystem. Aber es kann zum Handikap des Lebens werden.

Das autobiographische Gedächtnis, erklärt Hans Markowitsch, beginnt mit drei bis vier Jahren. Erst in dem Alter machen sich Kinder eine Vorstellung von sich selbst.

»Meine Erinnerung fängt erst mit neun Jahren an«, sagte Jonathan zu Jutta. Das konnte sie sich nicht vorstellen, denn ihre beginnt deutlich vor der Schulzeit. Sie hakte oft nach. Jonathan wurde verlegen, er versuchte ein Lächeln. Es sei einer der wenigen Momente gewesen, erinnert sie sich, in denen sie ihn schüchtern erlebte.

So hat er ihr nie etwas von den ersten neun Jahren seines Lebens erzählt. Jonathan hat auch von seiner Zeit bei Tante Resi nichts erzählt. »Auch vom Heim hat er nichts erzählt«, sagt Jutta, »es wurde über gar nichts geredet.« Jonathan wurde ungehalten, wenn sie das dritte oder vierte Mal nach seiner Kindheit fragte. Manchmal hakte sie so lange nach, dass er hilflos wütend wurde. Er fühlte sich in die Ecke gedrängt und fauchte wie eine bedrohte Katze.

»Jonathan«, sagte sie dann, und es sollte gar nicht misstrauisch klingen, »da war doch etwas.« Und er antwortete: »Da ist nichts.« Und dies war vielleicht keine Lüge, und da war wirklich nichts. So hielt es der Psychologe Arne Hofmann, der ihn untersuchte, für möglich, dass Jonathan durch eine frühere Amnesie tatsächlich keinen Zugriff mehr auf seine Kindheit hatte. Das Paradox ist jetzt, dass er die ursprünglich vergessene Kindheit jetzt wieder erinnert, aber sein Leben als Erwachsener weitgehend vergessen hat.

Jutta ahnte aber, dass in der Kindheit, über die er nie sprach, viel an Vertrauen zerstört worden sein musste, denn sie lebte ja jeden Tag damit. Schon morgens. Oder wenn er einnickte. Jonathan kann nicht aufwachen. Jonathan schreckt auf. »Was ist passiert?«, fragt er dann, »was ist los?«

Und Jutta, die leise den Raum betreten hat, sagt: »Nichts ist.«

Er ist alarmiert. »Was, was, was?«

»Es ist alles okay.«

»Alles okay?«

»Ja, alles gut.«

»Alles gut?

»Ja.«

»Ja, gut?« Jonathan braucht einen Moment. Dann sortiert er sich. Heute weiß Jutta, dass es in dem Moment das

Kind ist, das von Nonnen nachts aus dem Schlaf gerissen wird. All die Jahre hatte sie nur Ahnungen.

Jutta und Jonathan hatten über das Heiraten gesprochen, an Kinder gedacht, wie es Menschen eben tun, wenn sie um die dreißig sind. »Aber ich hatte ziemlich schnell gemerkt, da stimmt etwas nicht.« Seine Furcht vor Berührungen, vor Zärtlichkeit, diese Irritationen im Sexuellen, sie ließen sich nicht auflösen.

Einer, der zur gleichen Zeit im selben Heim war und der auch klein war, als er unter die Nonnen fiel, versucht es so zu erklären: »Die Sebastians, die Gabriels, die Schwestern, sie laufen immer mit. Du kannst ihnen nicht entkommen. Du hast keine Chance, ein bürgerliches Leben zu führen.«

Da waren die dem Kind versprochenen Maikäferbilder, die es an sein Bettchen kleben dürfte, wenn es trocken bliebe. Aber es gab nur Schläge am Morgen und keine Maikäfer. Und immer gab es Schläge, und wenn es dann einmal den Maikäfer gab, war dies das größte Glück.

Jonathan war kein Bettnässer. Aber auch er hätte im Heim lernen müssen, sagt sein alter Heimkamerad, dass es vor jedem Glück ein Leid geben musste. Irgendwann müsse man sich den Schmerz selbst antun, um einen Zipfel des Glücks zu erwischen. Und am Ende sei da nur der Schmerz, aus dem man Befriedigung zu erzielen versuche.

»Aber er war der einzige Mann«, sagt Jutta, »den ich je geheiratet hätte.« Er wollte sie immer heiraten. Und ihre ganze Familie mit. Mutter, Schwester, Schwager, wie sehr wünschte er sich so eine Verwandtschaft. Er legte sich ins Zeug, als sie bei ihrer Mutter wohnten. In ihrem Garten, im Haus, keine Arbeit, um die er sich, wenn er von seiner

Arbeit nach Hause gekommen war, nicht riss. Kein Ort, an den er ihre Mutter nicht schnell mit dem Auto hinfuhr. »Er war ein Schatz«, sagt Jutta. Sie hatten zwei Jahre dort im Sauerland gelebt.

Aber Jutta hatte immer Angst davor, Jonathan zu heiraten. »Da waren so viele durchgeknallte Situationen.« Da war das mit Muck, ihrer kleinen Hündin, mit der Jonathan in Berlin oft spazieren ging. Das Tier war verschwunden, und Jutta und er haben es vergeblich gesucht. Dann saß sie in der Kantstraße vor einem Café, und ihr Muck kam mit einer fremden Dame vorbei. Sie rief den Hund. Die Dame war empört. »Nehmen Sie die Finger weg von meinem Hund!«

»Das ist nicht Ihr Hund, das ist meiner. Ich kann das ganz schnell mal beweisen. Ich rufe die Polizei. Der ist auf mich angemeldet. Und es gibt da einen weißen Fleck im Fell, den haben Sie garantiert noch nicht gesehen.«

Die Dame lenkte sofort ein. Sie hatte den Hund gerade erst von ihrem Schwager geschenkt bekommen. Der hatte ihn beim Zocken gewonnen. »Die Not muss groß gewesen sein«, sagt Jutta heute, »er liebte den Hund, und er wusste, wie ich an ihm hänge.«

Oder die Geschichte mit dem Autoverkauf. Tausend Mark sollten sie für die Kiste bekommen. Aber Jonathan kam nicht zurück. Als sie sich gerade auf die Suche nach ihm machte, kam er ihr sturzbetrunken die Potsdamer Straße entgegen, das Geld war weg. Sie hat ihm in ihrem Zorn eine geknallt. »Ich bin so schlecht«, habe der betrunkene Kerl reuig gejammert, als sie ihn die Straße hochstieß, bis nach Hause. »Wir haben damals sehr auf Kante gelebt«, sagt sie, »der Kühlschrank war immer leer.«

Auch später, als er die Küche des Café-Kleister übernahm, verschwand Jonathan, als er die Einnahmen zur Bank bringen sollte. Es passierte mehrmals, und jedes Mal wusste er danach nicht zu sagen, wo er gewesen war. Gleich zweimal behauptete er, überfallen worden zu sein. Jutta glaubte ihm nichts. Immer war etwas merkwürdig, immer klang es erfunden. Was machte er, fragte sie sich, saß er am Spieltisch? Oder verlor er das Geld in einem anderen Dunkel seines Lebens?

Und dann war er rührend, ein kleiner Junge, mit den Meerschweinchen, den Kaninchen, den Hühnern und den Beeten in ihrem kleinen Garten hinter dem alten Berliner Mietshaus, mit Hund und Katzen. »Ich musste die Pflanzen nur mit dem harten Gartenschlauchstrahl gießen, dann schritt er schon ein.« Und jedem half er. »Und wie er genommen hat«, sagt Jutta, »so hat er auch immer gegeben.« Und ihre Freundinnen mit den Kleinkindern und ohne Mann. Immer war er für die Mütter da, fuhr sogar die Sportkarre spazieren.

Jutta ging später, sie hatten sich getrennt, andere Partnerschaften ein. Jonathan blieb da, als ein guter Freund. Ihre neuen Liebhaber waren irritiert. Natürlich war Jonathan eifersüchtig. Wo sie auch hinzog, Jonathan zog immer mit. Und auch ihre Bindung blieb unlösbar.

Zu Beginn ihrer Beziehung hatte sie gedacht, was für ein Pechvogel, so viele Unfälle. Jetzt merkte sie, dass er sich oft selbst verletzte. Einmal, er war zu ihrer Mutter gefahren, um ihr ein Gartenhaus aufzubauen, fiel er aus einem hohen Baum und brach sich beide Arme. Es waren komplizierte Brüche. Jutta hatte gerade einen anderen Mann kennengelernt. »Er hatte immer Angst, allein gelassen zu werden. Deshalb auch diese dubiosen Krankheiten. Doch nur, um zu zeigen, dass man ihn nicht allein lassen kann.«

Juttas Partnerschaften zerbrachen. »Und ich war froh«, sagt sie, »wenn die Typen weg waren und ich wieder mit ihm allein war.«

Sünde, sagt Jutta, sei kein Wort für sie, »aber ich hätte das immer als Sünde verstanden, wenn ich ihn verlassen hätte, es wäre Hochverrat gewesen«.

Sie hat häufig auf ihn gewartet. Sie wusste, dass es noch ein zweites Leben gab neben dem, das sie kannte. Sie dachte oft: »Irgendwann kommt er nicht nach Hause. Es kommt die Polizei und erzählt mir, dass er sich auf irgendeine spektakuläre Art umgebracht hat.«

Einmal habe sie bis zum Morgengrauen auf ihn gewartet. »Da hörte ich, wie er in den Hof kam und bin zur Tür gegangen. Ich stehe im Flur, und er steht draußen. Und er ruft draußen vor der Tür: ›Jutta!‹ Ich sehe das heute noch. Und höre es noch. Nur dieses eine Wort, diesen markerschütternden Ruf. Das hat gereicht, das ganze Elend seiner Vergangenheit lag in diesem Schrei. Ich habe mich einen kurzen Moment im Flur an die Wand gelehnt und gedacht: Toni, ich werde dich nie wieder alleine lassen.«

Das Wiedersehen

Zwei Jahre sind vergangen, seit Jutta ihren Freund Jonathan als vermisst gemeldet hat. Jetzt werden sie sich das erste Mal wieder sehen. Jutta ist sehr nervös. Auch Jonathan ist aufgeregt. Sie sind in einem indischen Restaurant in der Oranienburger Straße miteinander verabredet. Jonathan hat es vorgeschlagen. Berlin-Mitte ist sein Revier geworden. Es sind viele Touristen dort, rund um die Hackeschen Höfe. Fremde. Er muss nicht fürchten, von Menschen erkannt zu werden, die er nicht kennt. Lebendig und gleichzeitig anonym, da kann er sich bewegen. Die indischen Restaurants sind günstig geblieben, er mag das Essen und die Atmosphäre.

Jutta kommt eigentlich nie nach Berlin-Mitte. Ihr Lebensraum ist Neukölln. Sie hat versucht, ihn zu ordnen. Ein wenig ist es ihr gelungen, auch das ins Lot zu bringen, was er verwirbelt hatte. Sie sagt: »Ich habe ihm seine Amnesie nicht abgenommen.« Sie hielt es wieder für eine seiner Finten. »Ich kenne doch seine Neigung zur Hochstapelei. ›Du musst übertreiben‹«, habe er immer gesagt, »›sonst kommst du zu nichts, du musst hochstapeln‹.«

Als Jonathan das Lokal betritt, weiß er, dass die Frau, die da am Tisch sitzt, Jutta ist. Obwohl sie auf dem Foto aus Italien nicht richtig zu erkennen war. Aber er kennt die Beschreibung. Jutta hatte sich vorgenommen, Distanz zu halten. »Ich habe gedacht, ich gehe ganz langsam auf ihn zu.« Der Vorsatz hält nur für Minuten. Sie reden, vergessen die Speisekarte, sodass der Kellner mehrmals kommt. So vieles ist zu besprechen, so vieles will Jonathan wissen. Als das Restaurant schließt, ziehen sie durch die Kneipen. Und morgens früh hört Jutta sich sagen: »Jonathan, kommst du noch zu mir, einen Kaffee trinken?« Als er nach dem Kaffee geht, hört sie sich sagen: »Toni, kommst du morgen?«

»Ja«, sagt er. »Ich komme morgen nach der Arbeit.«

Für sie war es so, als wenn es die zwei Jahre dazwischen nie gegeben hätte. Für ihn war sie eine neue Bekannte.

Es dauerte Wochen, ja Monate, bis er Jutta wirklich wieder erkannte. »Ihre kindliche Art, die war mir als Erstes wieder vertraut.« Aber sie blieb noch lange eine Fremde.

Eine Furcht konnte sie ihm nehmen. Die durchwühlten Kartons in seiner Wohnung, die hatte sie durchsucht. Sie brauchte jeden Cent, denn alle Konten waren leer geräumt. Sie verkaufte damals, was sie hatte, um zu leben. Auch das, was sie bei ihm finden konnte.

Und auch den Autoschlüssel in seiner Tasche kann sie erklären. Der BWM war schon verschrottet, nur den Schlüssel hat er behalten. Drei Jahre leben sie nun, wenn auch nicht in einer Wohnung, seit dem Wiedersehen wieder zusammen. Jonathan ist inzwischen nach Neukölln zurückgezogen. Und ihr Misstrauen ist verflogen. »Ich kenne meinen Jonathan. Und es gab in den Jahren keine Situation, in der ich ihn gefragt habe: ›Woher willst du das wissen?‹ Ich habe keinen Zweifel mehr an seiner Amnesie, denn ich habe viele kleine Fallen gestellt und manches so formuliert, dass er mir auf den Leim gegangen wäre, wenn er geschwindelt hätte. Aber das ist er nicht.«

Jutta und Jonathan sind wieder zusammengerückt, wie es gute Freunde immer wieder tun. Auch Judith und Jonathan sind wieder Vertraute. Eine Liebesbeziehungen aber kann er sich nicht mehr vorstellen: »Ich bin nicht beziehungsfähig. Sexualität und Nähe passen bei mir nicht zusammen.«

Wanderungen

Es ist an einem Sonntag, er hat in seiner Wohnung Kerzen angezündet und sitzt an seinem Klavier und spielt in Es-Dur. Er spielt gern in dieser Tonart. Beethovens 5. Klavierkonzert ist so gesetzt. Aber er improvisiert. Und er verliert sich im Spiel.

Als er zu sich kommt, wandern seine Finger nicht mehr über die Tasten. Seine Hände sind auf eine Bank gestützt. Er sitzt an einer Bushaltestelle, in seinem Rücken ein riesiger Platz mit einem Springbrunnen aus Bronze. Ein großer alter Bahnhof, gelbe Ziegel, Gründerzeit. Ein Bus kommt. An der Zielanzeige steht: »Schwerin Hauptbahnhof«. Wie kommt er plötzlich nach Schwerin? »Ich bin fast irre geworden«, sagt Jonathan später. Er gerät in Panik. Was ist passiert? Als hätte ihn eine unsichtbare Macht von einer Sekunde auf die andere einfach umgesetzt, an einen völlig fremden Ort. Wie ein Schachspieler eine Figur.

In seiner Jackentasche ist eine Fahrkarte für die Strecke von Berlin nach Hamburg und zurück. Sie ist nicht am Schalter gekauft, sie ist an einem Automaten gelöst worden. Okay, warum Schwerin? Die Stadt liegt auf der Strecke von Berlin nach Hamburg. Eigentlich aber auch nicht. Denn der stündliche ICE fährt nicht über Schwerin. Nur der Nahverkehr führt über die Strecke.

Er sieht nach. Er hat ein Ticket für den ICE gelöst. Also hat er den falschen Zug genommen. Das Ticket ist mit seiner EC-Karte bezahlt. Also muss er in Berlin an einem Automaten gestanden haben, er muss das Fahrziel eingegeben haben und auch die Ermäßigung für seine Bahncard 50. Und er muss die PIN für die Karte eingegeben haben. Also: Er muss soweit klar gewesen sein. Aber warum erinnert er sich dann an keine einzige Sekunde dieser Zugfahrt? Und was wollte er in Hamburg? Es ist zum Wahnsinnigwerden! Er ruft Kai-Uwe Christoph an, nimmt den nächsten Zug zurück nach Berlin. Sie treffen sich. Kai-Uwe Christoph versucht, ihn zu beruhigen. Aber der Psychologe ist selbst beunruhigt.

Sieben Mal ist Jonathan auf diese Weise der Faden gerissen. Immer saß er am Klavier. Immer hatte er Kerzen angezündet. Immer improvisierte er. »Es kann nicht an der Bewegung der Hände liegen«, sagt Jonathan, »so wie es Markowitsch gesagt hat. Denn es passierte immer, wenn ich in Es-Dur spielte.« Er fand sich einmal in Magdeburg wieder. Und als er sich ein anderes Mal in Potsdam wieder in seine normale Wahrnehmung der Welt zurückschaltete, waren zwei Tage verstrichen. Denn es war ein Mittwoch, und er wusste noch, dass er vor dem Klavierspielen einkaufen gegangen war. Einkaufen ging er immer montags.

Er war gewarnt, deshalb mied er die Tonart. Das letzte Mal hatte er in C-Dur gespielt, er weiß noch, wie er in Es-Dur glitt, aber es war ihm egal. Und dann stand er in Dresden. Wieder hatte er die Fahrkarte im Automaten gelöst.

Er rief noch von dort aus bei dem Gärtner an, für den er immer wieder arbeitet. »Hol das Klavier«, sagte Jonathan. Der Gärtner suchte gerade ein Instrument für seine Tochter, die Unterricht nimmt. Am nächsten Tag kam der Gärtner Jellinek, und sie luden das Klavier auf den Pritschenwagen.

Natürlich beunruhigt es Jonathan, er will wissen, wo er war, was er machte. Inzwischen weiß er aber, dass es nichts nützt, sein Gehirn zu martern. Beruhigend ist, dass sein

Geld noch da ist. Am Kartentisch kann er also nicht gewesen sein.

Es hat sich Gelassenheit darüber gelegt. »La belle indifference«, nennt das der Hirnforscher Markowitsch. Jonathan teilt sie mit anderen Amnesiepatienten.

Jonathan spielt jetzt am Klavier in seiner Neuköllner Stammkneipe, dem »Froschkönig«. Da ist es ihm noch nicht passiert. Es sind viele Veranstaltungen dort und Lesungen. Der Wirt hat eine kleine Programmkneipe daraus gemacht, abseits vom Mainstream und auch abseits der Off-Szene.

Jonathan hat jetzt das erste Mal seit seiner Kindheit in einer Kirche auf dem Flügel gespielt.

Die Akten

Judith, die scheue Liebe aus den Kindertagen, und Jonathan besuchen einander oft. Ihre ordnende Hand tut ihm gut. Da Judith Witwe ist, gehen sie jetzt gelegentlich gemeinsam auf Reisen. Sie waren zusammen auf Mallorca, fuhren mit dem Auto die Insel ab. Da sah Jonathan dieses Schild: »Cala Ratjada«. Irgendwie war ihm der Name geläufig. Abends in der Pension ließ es ihn nicht los. »Wir müssen da hin«, sagte er zu Judith, »vielleicht war ich einmal da.«

Am nächsten Tag fuhren sie in den Ort im Westen der Insel, gingen durch die Straßen. Er dachte an ein Hotel, aber nichts konnte er zuordnen. Doch er wusste, dass es einen großen und kleinen Strand gibt. Plötzlich stand er vor dem Hotel. »Judith, hier war ich schon«, sagte Jonathan. Sie gingen durch einen kleinen Wald, da war ein Lokal, auf dem Schild: »Schluchtenscheißer«. Dann war alles wieder da. »Hier habe ich die Leute aus Berlin kennengelernt.« Er war mit seiner damaligen Freundin hier.

Ein Vierteljahrhundert liegt es zurück. Damals, in dieser Kneipe, alle in Urlaubsstimmung, sie haben sich wunderbar verstanden. Eine lustige Clique. Sie blieben auch nach dem Urlaub in Kontakt. Als er mit seiner Freundin nach Berlin gezogen war, vermittelte ihm eine Frau aus der neuen Freundesclique den Job bei ihrem Unternehmen. Auch sie arbeitete dort in der Verwaltung.

Die frühere Kollegin betreibt heute ein kleines Hotel auf einer Ferieninsel. »Lügner, Betrüger«, nennt sie Jonathan. Sie wird wütend und sehr laut. Sie will nicht über die Zeit damals reden. »Lassen Sie uns in Ruhe.« Sie hat auch ihren Mann, von dem sie geschieden ist, angewiesen, kein Wort über Jonathan zu sagen. »Kein Mensch«, sagt sie, »hat mich so enttäuscht.«

Jonathan kann die Reaktion nicht verstehen. Auch seine Freundin Jutta, mit der er erst viel später zusammen war, erinnert sich noch an die alte Kollegin. Sie haben zusammen Silvester gefeiert. Und ab und an habe sie sich etwas Geld geliehen. Tatsächlich erinnert sich Jutta noch an viele Details.

Mit der Clique sind auch die Akten zurückgekommen. Seit den ersten Tagen der Amnesie waren sie in seinem Kopf. Es waren Hakenkreuze darauf, oben im Briefkopf und unten in den Stempeln. Sie waren in diesen ersten Tagen in Hamburg seine einzige Spur zum Leben davor.

Die Akten trieben ihn die Krankenstation in Hamburg-Ochsenzoll auf und ab. Sie wühlten ganz vorn in seinem Kopf. Aber sie ließen sich nicht aufschlagen, es erschienen keine Seiten. Mit dem geistigen Auge kann man nichts lesen. Die Fährte führte ins Nichts.

Aber sie machen Angst, lassen ihn nicht schlafen, kriechen aus seinem Kissen. Sind sie nur ein böser Traum? Oder sind sie Erinnerung? Da ist diese Notiz, eilig auf den Briefumschlag geschrieben: »Dr. R. 16.30 Uhr P. P. Überg. D. Akten / 15 000 Eingang bestätigt, Rest 14.4.05« Da stand doch das Wort: »Akten«. Der 14. April, das war der Tag seiner Amnesie.

Später, es ist eine Szene im grellen Licht, sieht er sich selbst telefonieren. Er steht in Berlin im Hausflur. Und das Telefonat ist wieder da. Er telefoniert mit Dr. Reinhard, dem Anwalt. Und es geht um die Akten. Da ist ein Wort, das er jetzt wieder hört: »Herausgabebeschluss«.

Immer wieder diese Szene, sie wiederholt sich, aber es geht nicht weiter. Und sie führt nicht weiter. In den Monaten der Angst und Unruhe versucht er, sie auszublenden. Verflixt noch mal, er hatte sein ganzes bisheriges Leben vergessen, und es wollte nicht zu ihm zurückkommen. Jetzt wollte er diese Akten vergessen, aber sie wollen nicht verschwinden.

Nachts stürzen sie auf ihn ein. Sie purzeln aus kippenden Regalen, es sind so viele, sie füllen den Kellerraum, drohen ihn unter sich zu begraben. Er wacht auf, schweißnass sitzt er auf der Bettkante, der Alptraum bebt nach. Das Bettzeug ist zum Auswringen. Er geht in die Küche. Es ist morgens um vier. Jonathan trinkt etwas und holt frische Laken aus dem Schrank. Nur ein Traum. Aber da waren doch auch diese Männer und dann der Brief in seinem Postkasten.

Die Monate vergingen, und Jonathan wurde ruhiger. Jahre sind vergangen, und nichts hat ihn näher an diese Erinnerung herangeführt. Aber ein muffiger Hausflur, durch den er geht, ein alter Keller, in den er steigt, und dieser Modergeruch von verfaultem Papier kriecht zurück in seine Wahrnehmung.

Früher, lange vor der Amnesie, hatte er in Gesprächen mit Freunden in Bochum von den Akten erzählt. Auch Denis, der ihn in der Charité besuchte, hatte einmal von ehemals jüdischen Eigentümern einiger Grundstücke erzählt. Und von einer Jüdin, deren Eltern früher einmal in einem der Häuser gewohnt hätten, die dort gestanden hätten. »Wenn ich mal wirklich am Arsch bin«, hatte Jonathan in Bochum gesagt, »dann habe ich noch die Akten.« Aber er schien eine große Scheu davor zu haben. Und gleichzeitig nannte er sie eine Art Versicherung für Zeiten höchster Not.

Irgendwann hatten die Bilder in Jonathans Kopf wieder laufen gelernt. Und auch zu den Akten lief jetzt ein kleiner Film. Jonathan kann ihn jederzeit abspielen. »Schade«, sagt er, »dass man Filme im Kopf nicht auf YouTube stellen kann.«

Da ist ein Lichtschalter, Bakelit. Er ist zum Drehen. Die nackte Glühbirne geht an. Eine schmale Stiege führt hinunter in den Keller, sie ist sehr steil. Er muss beinahe balancieren. Der Keller ist klein, zwei mal drei Meter vielleicht. Er kann gerade eben darin stehen. Regale rechts und links, darin die Ordner.

Er kann es einordnen. Es war damals, in der Zeit, als er

in einem Immobilienunternehmen gearbeitet hatte. Mehr als zwanzig Jahre liegt das zurück. Große Wohnblocks wurden von dem Unternehmen verwaltet. Der Chef des Büros, der selbst viele der Häuser besaß, war in die USA geflogen. Er hatte dort oft zu tun. Und hatte immer dann Termine, wenn der Herr vom Finanzamt kam. Der Beamte kam häufiger, denn er wollte ihnen auf die Schliche kommen. Es ging um einen kleinen Trick bei den Betriebskostenabrechnungen.

Er weiß nicht mehr, warum der Beamte Akten aus dem großen Keller wollte. Jonathan schritt die Regale ab. Und plötzlich spürte er unter seinen Füßen, dass da kein Estrich mehr war. Da war Holz. Er nahm die gewünschte Akte aus dem Regal und ging ins Büro zurück.

Spätabends, die Prüfung war beendet, es war wieder gut gegangen, er saß noch in seinem Büro, da dachte er wieder an diesen Moment im Keller. Ein Keller hat keinen Holzboden. Er hatte den Schlüssel noch in der Tasche. Er ging zurück in den Keller, schritt noch einmal auf und ab. An einer Stelle war tatsächlich kein Stein, sondern Holz. Es lagen alte Papierblätter und Zeitungen darüber, wie zufällig auf den Boden gefallen. Er schob sie mit dem Fuß beiseite und entdeckte einen halben Eisenring, der in einer Einkerbung lag und den er hochklappen konnte. Er zog am Griff und öffnete eine Falltür.

Wenn Jonathan davon erzählt, dann weiß er, dass es klingt wie eine Szene aus einem Edgar-Wallace-Krimi. Aber er lässt sich nicht mehr beirren. In seiner Erinnerung greift er einen der klammen Ordner heraus, öffnet ihn vorsichtig, die Seiten drohen zu zerfallen. Und er liest: »Im Namen des Volkes«. Er klappt die Akte zu, greift wahllos andere heraus, nimmt so viel er tragen kann, bringt sie in den ersten Keller, macht im zweiten das Licht wieder aus, schließt die Falltür, verlässt auch den zweiten Keller. Im Büro kopiert er, nimmt die Akten dann mit nach Hause.

Könnte er das Bild nur anhalten, um in den Akten zu lesen! So aber muss er passen, wenn man ihn nach dem Inhalt fragt. Er erinnert sich, dass er seinem Chef, als der zurückkam, die Kopie einer Seite auf den Schreibtisch gelegt hatte. Der reagierte nicht. Dann legte er ihm am nächsten Tag die Kopie einer anderen Seite in die Unterschriftenmappe. Er reagierte wieder nicht. Warum sprach er Jonathan nicht auf die Seiten an?

Jonathan, der Vollmachten für alle Hauskonten hatte, überwies nun Geld von den Konten der Häuser auf sein eigenes Konto. Es flog auf. Sein Chef rief Jonathans Kollegin an, die sah die Abrechnungen durch, und Jonathan war der Unterschlagung überführt. Die Polizei wurde gerufen. Als Jonathan abends noch einmal zum Büro ging, um weitere Überweisungen vorzubereiten, sah er Polizeiwagen vor dem Haus stehen. Sie hatten sogar noch das Blaulicht an. Jonathan kehrte auf dem Absatz um, packte eilig ein paar Sachen ein.

Er traf sich am nächsten Abend noch einmal mit seiner damaligen Lebensgefährtin in einem Lokal in der Lietzenburger Straße. Sie war außer sich. Der Chef hatte ihn gut behandelt, er hatte Jonathan vertraut. Es war ihnen gut gegangen. Auch seine Kollegin kam hinzu. Sie war erschüttert. Seine Freundin war sehr enttäuscht, dass er sie so zurückließ. Er schrieb ihr nur noch Briefe. Sein griechischer Freund Mikis brachte ihn in seinem weißen Cadillac zum Flughafen, und Jonathan flog nach Griechenland. Er war lange bei Mikis' Verwandten. Er weiß noch, dass er in Athen nackt auf die Straße lief. Er hatte eine junge Frau kennengelernt, sie war mit ihm aufs Hotelzimmer gekommen. Als er aufwachte, war sie weg, und auch seine Brieftasche war nicht mehr da. Er hat sie noch gehört, ist losgerannt, nackt die Treppe herunter. Auf der Straße hat er sie wieder eingeholt. Sie hat dem nackten Mann die Brieftasche zurückgegeben. »Es war ja eine Menge Geld darin. Und auch meine Papiere.«

Jetzt, nach seiner Amnesie, wollte Jonathan wissen, ob es wenigstens den Keller noch gab. Doch dort, wo das Haus stand, ist neu gebaut worden. Wo der Keller war, ist jetzt eine Tiefgarage.

Jonathan hat das Kapitel für sich beendet. Er will nichts mehr wissen von den Zetteln und den Akten. Und niemand ist mehr aufgetaucht. »Das ist etwas für Historiker, das ist nicht mehr meine Geschichte.« Die Akten sind nicht da, Zeitgeschichtler skeptisch, und Jonathan will nichts mehr von dem aufreißen, was zu einem Leben gehört hat, das nicht mehr seines sein soll.

Der Verein

Jonathan war im Internet darauf gestoßen, dass ehemalige Heimkinder im Jahr 2004 einen Verein gegründet hatten. Er nahm Kontakt auf, wechselte E-Mails, telefonierte. Endlich Menschen, die erlebt hatten, was er vergessen hatte und das jetzt so vehement wieder da war. Es waren so viele, dass man ihnen jetzt endlich glauben musste. Der Verein hatte lange ein Schattendasein geführt. Aber nun entdeckten auch Zeitungen, Radio- und Fernsehsender das Thema.

Die Szenen, in denen der Mann der Fürsorge kommt oder die Polizisten und die Kinder sich an ihren Müttern festklammern, an Möbel und Türklinken und schreien und die Mütter, die weinen, und das Erste, was ihnen im Heim widerfährt, ist die Ohrfeige der Nonne, weil sie weinen – all die Berichte der ehemaligen Heimkinder quer durch die westdeutsche Republik decken sich. Immer wieder reden die Zeugen von den Schlägen und dem kalten Wasserstrahl, von dem Erbrochenen, das sie wieder aufessen mussten, von den dunklen Kellern und Arrestzellen, in die sie gesperrt wurden, von den vielen Teufeleien im Namen Gottes. Von den Händen der Nonnen und Priester, die sie überall berührten und immer dort, wo Nonnen und Priester die Kinder eigentlich nicht berühren sollten. Sie redeten von Vergewaltigungen und Folterpraktiken. Und sie sprachen auch von erfolglosen Therapien, Alpträumen, Schlaftabletten, von Selbstzerstörung, gescheiterten Ehen und an die Wand gefahrenen Leben.

Viele aber redeten gar nicht, weil sie darüber nicht reden können, weil es ihnen auch Jahrzehnte danach die Kehle zuschnürt. Sie sind nur Teil der großen Zahl. Hunderttausende Kinder gingen durch die Heime.

Nach dem Medienecho befasste sich der Petitionsausschuss des Bundestages mit den Schicksalen der Heimkinder. Und beschloss in einem fraktionsübergreifenden Konsens die Einrichtung eines Runden Tisches unter Beteiligung von Betroffenen, Trägern, Wissenschaftlern, Verbänden, Vertretern des Bundes und der Länder sowie Vertretern der Kirchen.

Die ehemalige Präsidentin des Deutschen Bundestages und Pastorin Antje Vollmer übernahm den Vorsitz. Also sitzen an dem Runden Tisch zur Heimerziehung: zwei Vertreter des Bundes, zwei der Länder und jeweils ein Vertreter der Bundesarbeitsgemeinschaft der Landesjugendämter, der Bundesvereinigung der kommunalen Spitzenverbände, der Bischofskonferenz, der Evangelischen Kirche, des Caritasverbandes, des Diakonischen Werkes, der Arbeitsgemeinschaft der freien Wohlfahrtspflege, des AFET-Bundesverbandes der Erziehungshilfe, des Vereins für öffentliche und private Fürsorge, des Instituts für Jugendhilfe und Familienrecht und der Vereinigung für Jugendhilfe und Familienrecht.

Neben den vier Regierungsvertretern sitzen also noch einmal elf Vertreter jener staatlichen Stellen, die die Kinder den Eltern entzogen und sie in Heime gegeben haben; und kirchliche Organisationen, von deren Mitarbeitern viele der Heimkinder geschlagen und missbraucht wurden. Man kann sagen: elf Vertreter von Organisationen, denen Entschädigungsleistungen für die Heimkinder nicht das erste Anliegen sein kann. Dazu kommen zwei Vertreter der Wissenschaft und drei Vertreter der Heimkinder.

Dass es ungerecht ist, in den heutigen Vertretern dieser Verbände die Interessenvertretung ihrer Vorgänger zu sehen, das weiß auch Jonathan. Andererseits fehlt den Teilnehmern des Runden Tisches ein Gespür dafür, dass sie in Habitus und Selbstverständnis in der Wahrnehmung der Heimkinder jenen gutbürgerlichen, intellektuellen Stallgeruch ausströmen, den sie von denen kennen, denen sie sich damals unterordnen mussten. Schließlich waren diejenigen, die sie damals einsperrten, Sozialarbeiter und Juristen, die sie schlugen und schändeten waren Priester, Pastoren, Diakonissen, Nonnen und Erzieher. Und so kann es den Geschundenen einiges an Überwindung abverlangen, von ihnen heute nur Segen zu erwarten.

So sahen sie sich in ihren Befürchtungen bestätigt, als sie feststellen mussten, dass auch die Besetzung dieser drei für die Heimkinder vorgesehenen Plätze am Tisch nicht ihr Verein, sondern die Vorsitzende des Ausschusses, die Theologin Antje Vollmer, bestimmte.

Die Heimkinder taten nur, was Schmuddelkinder immer taten: Sie waren wieder einmal rebellisch, unverschämt, impertinent und anmaßend, kurz: Sie waren ungezogen. Und mit schuld daran war Jonathan.

Jonathan war zum Treffen des Vereins der ehemaligen Heimkinder in den Ehrbacher Hof nach Mainz gefahren. Er müsse unbedingt reden, sagten die, die seine Briefe und Beiträge gelesen hatten. Und Jonathan ging an das Podium und redete. Er sprach über sich. Und es schien ihm merkwürdig, vor all den anderen über diese Verletzungen zu reden und über diese Scham. Aber: »Es fiel mir plötzlich leicht, darüber zu sprechen. Ich stand neben mir und sah, wie ich darüber redete, ganz kühl.«

Und dann redete er von Geld. Von Entschädigung. Für die Zwangsarbeit und all die Verletzungen, die körperlichen und die seelischen. Er rief es laut aus: 25 Milliarden Euro.

Eigentlich war es nicht mehr als seine kleine Milchmädchenrechnung. Jonathan hatte gelesen, wie viel die gequälten irischen Heimkinder bekommen hatten, nämlich 70 000 Euro pro Zögling; und die in Norwegen hatten 50 000 Euro bekommen. Er hatte sich auch die Wiedergutmachungsleistungen in den anderen Ländern angesehen. Dann hatte er einen unteren Mittelwert bei 50 000 Euro angenommen und diesen mit der niedrigsten Schätzung der Zahl der Heimkinder multipliziert, also mit 500 000. »Es war auch für die Presse, die saß ja im Raum«, sagt Jonathan heute, »bei so einer Zahl hört man wenigstens mal hin.« Und 25 Milliarden war eine Zahl zum Mitschreiben.

Im Raum saß nicht nur die Presse, sondern auch der Münchner Rechtsanwalt Michael Witti, jener Jurist, der zusammen mit dem amerikanischen Anwalt Ed Fagan die Entschädigung der Zwangsarbeiter für während der Zeit des Nationalsozialismus geleistete Sklavenarbeit erstritten hatte: 4,32 Milliarden Euro für mehr als 1,66 Millionen ehemalige Zwangsarbeiter. Die Zwangsarbeiter oder ihre Angehörigen bekamen Beträge zwischen 2600 und 7700 Euro ausgezahlt. Millionen für die Opfer der Gletscherbahnkatastrophe von Kaprun und für Angehörige nach dem Zusammenprall zweier Flugzeuge bei Überlingen am Bodensee – das waren die Fälle, in denen sich Witti als beinharter Verhandler einen Namen machte.

Der Ruf des Anwalts aber hat gelitten, seit ihm vorgeworfen wurde, sich einen – wenn auch eher kleinen – Teil des noch nicht ausgezahlten Geldes als vorübergehenden Kredit genehmigt zu haben. Man könnte das als Untreue betrachten. Das Gericht erließ einen Strafbefehl über eine elfmonatige Freiheitsstrafe, ausgesetzt zur Bewährung. Weil Witti seitdem nicht mehr selbständig als Anwalt auftreten darf, hat sich der streitbare Jurist mit dem Hamburger Anwalt Gerrit Wilmans zusammengetan. »Wir kaufen doch nicht seine Moral«, sagt Jonathan, »wir kaufen seine Kompetenz.«

Witti hatte bei dem Vereinstreffen dieselbe Rechnung aufgemacht. Jonathan und er haben sich gleich sehr gut verstanden. Und auch den anwesenden Heimkindern sagte das mehr als viele warme Worte. Statt Empathie wünschten sie sich auch von den Vertretern von Kirche und Staat eine Anerkennung der Schuld und eine Entschädigung. Und sie wählten Jonathan nicht nur in den Vorstand, sondern auch zu ihrem Vertreter für den Runden Tisch. Und da man sich nicht über diesen Tisch ziehen lassen wollte, wollte man die Anwälte mit daran sitzen sehen und erteilte ihnen ein Mandat.

Das entsprach nun nicht der Gemütslage der Vorsitzenden Antje Vollmer, die deutlich gemacht hatte, dass sie »kein Tribunal« wollte und eher an eine historische Einordnung der Heimerziehung dachte. 400 000 Euro waren für die Arbeit des Ausschusses zur Verfügung gestellt worden, für wissenschaftliche Expertise, ein Sekretariat mit telefonischem Kummerkasten und den Spesen für die Tagungen. Fünfzig Cent pro Heimkind.

Und Jonathan Overfeld, den ruppigen Streiter, mit dem sie sich vorher einmal zum gegenseitigen Beschnuppern getroffen hatte, wollte sie nicht in der Runde haben. Und die Anwälte schon gar nicht. Die bereits anwesenden drei ehemaligen Heimkinder am Tisch seien gut eingespielt, sie bräuchten kein Mandat, und der Verein repräsentiere ja ohnehin nicht alle Heimkinder. Jonathan sagt: »Sie hat gemerkt, dass ich ein Kämpfer bin.«

Eigentlich sollte der Verein die Vertreter am Tisch stellen. Doch da der Termin der Zusammenkunft des Runden Tisches im Februar war, das Treffen des Vereins aber erst im Mai, entsandte der Verein in Absprache mit Antje Vollmer drei vorläufige Abgesandte, bis die wirklichen Abgeordneten gewählt sein würden. Die waren nun gewählt, aber unerwünscht.

Heimkinder spüren den Dünkel. Sie kennen diese intellektuelle Attitüde. Sie haben ein feines Gespür für jede Herablassung ihres Gegenübers. Jonathan kannte diesen Gestus der Macht seit seinen Kindertagen im Heim. Aber das Gefühl der Machtlosigkeit, das wollte er nie mehr ertragen.

Also versuchte der Verein, seinen Platz am Tisch vor Gericht zu erstreiten. Die Vereinsmitglieder im Saal freuten sich schon, denn alles deutete in der zweiten Instanz vor dem Kammergericht in Berlin darauf hin, dass sie dort Recht bekommen würden. Die Vertreter des Runden Tisches mussten befürchten, dass die Richterin der Auffassung des Vereins folgen und diese Einrichtung als Gesellschaft bürgerlichen Rechts einstufen würde. Dann wäre es so, als würden sich unterschiedliche Interessengruppen gegenüber sitzen, es würde nicht nur aufgearbeitet, es würde auch verhandelt werden. Doch dann stand die Vertreterin des Petitionsausschusses des Bundestages am Runden Tisch, die SPD-Abgeordnete Marlene Rupprecht, auf und erklärte, der Runde Tisch würde sich am nächsten Tag auflösen, sollte die Richterin entscheiden, wie sie es schon angedeutet hatte. Die Richterin, die nicht wollte, dass dieses schmutzige Kapitel der jüngsten Geschichte sofort wieder geschlossen wird, sagte nach Jonathans Erinnerung, dass sie diese schwere Last nicht auf ihre Schultern bürden wolle. Diesen Satz hat sich Jonathan genau eingeprägt. Also zog sie sich für drei Stunden zurück und entschied gegen die Klage des Heimkindervereins. Und wieder ließen die mit dem Abitur die Zöglinge fühlen, dass sie einfach nicht dazugehören sollen.

Der Streit geht auch um Wörter. Die Heimkinder nennen die langen Arbeitstage ohne Bezahlung und Sozialversicherung, zu denen sie gezwungen wurden – oft mit Prügel, oft mit Arrest – heute »Zwangsarbeit«. Für Antje Vollmer und die Mehrheit am Runden Tisch ist dies ein Begriff, der seine Einmaligkeit im Dritten Reich hatte. Die Vorsitzende erklärt ihn für historisch belegt. Eine Auffassung, die weder von Juristen noch Historikern geteilt wird. »So spielt sie eine scheinheilige politische Correctness gegen uns aus«, sagt Jonathan. Denn für Zwangsarbeit könnte man Entschädigung erstreiten.

Das zweite am Runden Tisch verpönte Unwort ist »Menschenrechtsverletzung«. Denn das öffnet den Weg zu internationalen Gerichten. Jonathan will es nicht fassen. »Schläge, Quälereien, dunkle Zellen, Terror und Missbrauch, sind das keine Verbrechen gegen die Menschlichkeit?«

Jonathans Zimmer ist jetzt ein Büro. Er telefoniert, mailt, faxt, plant Treffen und entwirft Flugblätter. Und er redet wieder mit Anwälten. Bitte, wenn die Heimkinder am Runden Tisch nicht mitreden dürfen, dann reden sie woanders! Der Verein bereitet eine Klage vor dem Europäischen Gerichtshof vor. Jonathans Blutdruck steigt. So hoch, dass Freunde ihn warnen. Dann beschwört ihn seine alte Freundin Judith, eine Pause einzulegen.

Freunde sagen, er solle es mit mehr Diplomatie versuchen. Aber er will nicht mehr devot sein. Jonathan sagt: »Es war ein System. Das Schlagen, das Einsperren, die wollten uns brechen.« Er sagt: »Es gab einen Vorsatz. Und der lautete: ›Den machen wir jetzt fertig.‹ Wenn die Priester nachts zu zweit in meine Zelle kamen, dann setzt das eine Verabredung voraus. Sie wollten die Aufsässigen demütigen. Nicht die Schläge, nicht das Einsperren, die Vergewaltigungen sollten mich brechen. Es ging nicht nur um deren Lust. Es ging ihnen auch um Macht.« Und deshalb ist Jonathan Overfelds Kampf jetzt auch einer gegen die Demütigung. Und die Repräsentanten von Macht.

Die Aufgabe

Es regnet, und es ist kühl. Jonathan Overfeld steht auf der Ladefläche eines Lastwagens vor dem Brandenburger Tor und moderiert eine Kundgebung. Vor ihm stehen hunderte Menschen, viele in seinem Alter. Sie tragen schwarze Pullover mit der Aufschrift: »Ehemalige Heimkinder«. Ihr Emblem ist ein stilisiertes Kind, dem eine Träne rinnt. »Im Namen Gottes gedemütigt, eingesperrt, erniedrigt, misshandelt, missbraucht, entrechtet versklavt.« So steht es auf einem der Transparente. Sie fordern die Anerkennung der Zwangsarbeit und Hilfe für die Opfer. Denn viele von den damals gebrochenen Kindern gehen als gebrochene Erwachsene durchs Leben. »Mitwisser sind Mittäter«, steht auf einem anderen Transparent. Es gibt viele Wortbeiträge, und einige Musiker spielen. Oben aus dem Berliner *Spiegel*-Büro sieht Peter Wensierski aus dem Fenster. Er ist zufrieden. Auch er hat mit seinem Buch dazu beigetragen.

Die Heimkinder haben eine riesige Nonne aus Pappmaché durch die Straßen getragen, die mit einem Stock prügelt. Journalisten aus Kanada, den USA, Indien, Russland und Großbritannien sind da. Am Abend wird es sogar einen Bericht im spanischen Fernsehen geben.

Der Lastwagen, auf dem Jonathan die Redner und Musiker ankündigt, ist ein vierzig Tonnen schwerer amerikanischer Truck. Jonathan hat sich für das Gefährt entschieden. Es demonstriert Kraft, und es gibt bessere Bilder in der Presse. Unten in der Menge steht Kai-Uwe Christoph. »Vier Jahre ist es jetzt her«, sagt der Psychologe, »dass dieser verstörte, verängstigte und verzweifelte Herr Overfeld Hilfe suchend zu uns gekommen ist. Ein Mann, der nicht mehr gewusst hat, wer er war, der Gefühle und Erinnerungen nicht mehr zusammenbringen konnte, für den nichts mehr eine Bedeutung hatte und dem alles im Leben sinnlos erschien. Und der doch nicht aufgegeben hat, weil sich tief in seinem Innern etwas hielt, das er selbst nicht benennen konnte.« Der Psychologe ist rückblickend immer noch erstaunt. »Und auch ergriffen darüber, wie es ihm gelungen ist, wieder der imponierende Kämpfer zu werden, der er ja schon immer war. Er hat gesagt: ›Mich hat man versucht zu brechen, aber das hat keiner geschafft.‹ Und das Großartige ist: Er ist ein liebenswerter Lümmel geblieben, der ein wenig in die Jahre gekommen ist und nun wieder tun kann, was er tun will. Er hat sich seine Freiheit und sein Leben zurückerobert und will dieses mit vielen anderen Menschen teilen. Er ist jemand, der nie einen einfachen, angepassten oder gar unauffälligen Weg gegangen ist, sondern immer seinen eigenen.«

Nach einer Pause ergänzt er: »Jonathan sagt immer ›Ich habe noch etwas zu erledigen‹. Das war sein Satz, der einen unbekannten Ursprung hatte, der ihn lange im Ungewissen ließ, aber auch der Antrieb war für alles, was danach geschehen konnte. Vielleicht wissen wir jetzt, was Jonathan gemeint hat.«

Jonathan hat jetzt wieder eine Wohnung in Neukölln. Er bringt Lampen an und hängt Bilder an die Wände. Judith ist gekommen, um ihm beim Einrichten zu helfen. Dass sie dabei ein wenig die Bauaufsicht übernimmt, tut ihm gut.

Jutta, die immer wieder auf eine Zigarette vorbeikommt, ist zufrieden. Sie sagt: »Es waren immer Schatten da, irgendetwas, das ihn einhüllte. Das seine Fröhlichkeit nicht richtig fröhlich sein lassen wollte und seine große Liebenswürdigkeit nicht wirklich liebenswürdig. Irgendetwas war immer unstimmig. Aber seit dieser Amnesie hat es nie wieder diese Schatten gegeben. Die sind weg. Wenn ich ihn heute sehe, dann sehe ich endlich den, der vor mir steht und nicht, was hinter ihm steht.«

Nachwort

»Wer kennt diesen Mann?« – So stand es in einer Suchmeldung der *Hamburger Morgenpost*. Daneben war das Foto eines zirka Fünfzigjährigen gedruckt. Er befand sich in der Psychiatrischen Abteilung des Klinikums Hamburg-Nord, Ochsenzoll. Denn der Unbekannte hatte sein Gedächtnis verloren.

Ich fuhr zur Klinik. Dort erfuhr ich, dass sich auch schon andere Journalisten gemeldet hatten. So viele, dass sich der behandelnde Arzt in Absprache mit dem Patienten entschlossen hatte, eine Pressekonferenz zu geben. Das Thema »Amnesie« war aktuell, denn in den Zeitungen war am Tag davor aus England von einem »Piano-Mann« berichtet worden, der sein Gedächtnis verloren hatte und in der Psychiatrie auf einem Klavier klimperte.

Ich kam zu früh und traf einen völlig aufgelösten, verzweifelten Menschen, der seit einer Woche in der psychiatrischen Klinik war. Und der nichts als ein paar Zettel und einen Ausriss aus einer Landkarte der Toskana in der Tasche hatte, die ihm aber nichts sagten, nichts über seine Identität, nichts über seine Pläne.

Wir redeten, er rauchte nervös, selbstgedrehte »Schwarze Krauser«. Wir sprachen über seine Aufregung, seine

Angst. Er schien mir nur wenig älter zu sein als ich selbst, und als ich ihn taxierte und beobachtete, mit welcher Verzückung er den Tabak ins Blättchen rollte, kam mir dieser Typ Mensch seltsam vertraut vor. Ich glaubte diese Spezies aus Kneipen zu kennen, in denen ein altes Klavier stand, aus einer Zeit, als ich selbst meine Zigaretten so drehte, in irgendwelchen Musikclubs wie dem »Quasimodo« in Berlin. Ich sprach ihn auf Blues und Jazz an, aber der Versuch ging ins Leere.

Die Pressekonferenz war ein verzweifelter Hilferuf. Irgendjemand da draußen, appellierte der Mann, müsse ihn doch kennen. Er ließ sich fotografieren und filmen, nur sagen konnte er nicht viel über sich, er wusste nichts.

Danach saßen wir wieder zusammen, der Kollege Dirk Höner von *stern TV* war dazugekommen. Ich weiß nicht, wie ich darauf kam, irgendwo stand jedenfalls ein Klavier, und ich fragte den Mann, ob er vielleicht spielen könne. Er konnte die Frage nicht beantworten, und ich forderte ihn auf, es doch einmal zu versuchen. Er setzte sich auf den Klavierhocker, klappte den Deckel auf und spielte. Jazz war das nicht. Er spielte das »Ave Maria« von Bach.

In den Tagen danach trafen wir uns immer wieder in der Klinik, gingen zusammen hinaus. Er war verzweifelt, denn sein Gedächtnis wollte einfach nicht wiederkommen. Inzwischen war seine Identität geklärt. Seine ehemalige Freundin hatte ihn in Berlin als vermisst gemeldet. Aber damit kam noch keine Erinnerung an sie zurück. Wir gingen spazieren, immer ging es um das Rätsel seines Lebens, das er einfach nicht lösen konnte.

Nachdem bekannt war, dass er aus Berlin kam, dort eine Wohnung hatte und Freunde, schlugen die Ärzte vor, ihn zur weiteren Behandlung in die Berliner Charité zu schicken. Allein die Organisation der Verlegung schien aufwendig, und da er selbst es eilig hatte, nach Berlin zu kommen, bot ich mich an, ihn mit meinem Auto dorthin zu fahren.

Als wir über den Kurfürstendamm in Berlin einfuhren, kam ihm nichts in der Stadt bekannt vor. Nur in Charlottenburg, am Adenauer-Platz, war es ihm, als hätte er hier einmal in einem Büro gearbeitet. Auf der Autobahn hatten wir einen Lkw mit der Aufschrift »KaDeWe« überholt. Er marterte sich die ganze Fahrt über, ob ihm das Logo nicht bekannt vorkam. Und er sagte den Satz, den er in den folgenden Jahren immer wieder sagen sollte: »Das sagt mir etwas, aber ich weiß nicht, was.«

Als wir dann am »Kaufhaus des Westens« vorbeifuhren, erkannte er das Gebäude nicht. Wir machten einen Schlenker über Schöneberg, weil er dort einmal gewohnt hatte, aber er erkannte das Haus nicht wieder, von dem ich inzwischen wusste, dass er dort einmal gewohnt hatte.

Ich besuchte Jonathan Overfeld in den nächsten Wochen, dann Monaten immer wieder einmal, zuerst in der Charité, dann in Neukölln, später in Reinickendorf, wohin er umzog. Jonathans Unsicherheit, seine Angst, die Aufgeregtheit lösten sich nur sehr langsam. Manchmal rief er mich in seiner Verzweiflung an, oft rief ich ihn an. Als ich die Arbeit an dem Buch begann, kannte ich ihn fünf Jahre.

Natürlich war ich skeptisch. Band mir da jemand einen Bären auf? Wollte da jemand irgendeine Story für einen Journalisten inszenieren?

Die Schweißperlen, die ihm bei jeder Verunsicherung

die Stirn hinunterliefen, die Angst in den Augen, die Unruhe in allen Bewegungen – die schauspielerische Leistung hätte grandios sein müssen. Dennoch lief in meinem Kopf ständig eine Art Kontrollprogramm mit. Passt es ins Schema, dass er dies weiß, anderes aber nicht? Und: Hat sein Vergessen vielleicht auch einen simulatorischen Anteil? Gleichzeitig registrierte ich, wie Jonathan unter dem Misstrauen litt, das ihm überall begegnete. Es ist nicht leicht, wenn man sich selbst verloren fühlt, noch zusätzlich mit dem Verdacht zu leben, ein Schwindler zu sein.

Manchmal hatte ich Angst um Jonathan. Ich merkte aber auch, wie ihn der Psychologe Kai-Uwe Christoph immer wieder auffing, stabilisierte und dass ihm die Gespräche mit dem Psychologen Bernd Stefanidis guttaten. Und wie gut es ihm tat, ernst genommen zu werden, als es so etwas wie einen Befund gab, PET-Aufnahmen seines Gehirns, die für Fachleute wie Professor Hans Markowitsch keinen Zweifel daran ließen, dass Areale seines Gehirns, in denen die Forscher die persönliche Erinnerung lokalisierten, keinen Stoffwechsel zeigten, also lahm lagen.

Gemeinsam reisten wir an Orte seiner Vergangenheit. Es waren Wiederbegegnungen, die ihn aufwühlten, weil sie aufrissen, was so lange eingekapselt war. Ich besuchte seine Pflegemutter, wir besuchten das Heim, in dem er eingesperrt gewesen war, trafen den Jungen, mit dem er als Kind jahrelang das Zimmer bei der Pflegemutter geteilt hatte und an den er sich nicht mehr erinnerte. Wir sprachen mit Priestern und Erziehern, gingen zu einer Versammlung ehemaliger Heimkinder. Teilweise überschnitten sich diese Reisen mit der Arbeit des Fernsehteams von

Petra Dorrmann, das ihn für die Sendung »Hautnah« porträtierte. Ein Auftritt bei *stern TV* wurde in der Zeit abgesagt, weil Jonathan, der immer wieder suizidale Gedanken hatte, psychisch noch zu wenig stabil erschien.

Während unserer zahlreichen Begegnungen konnte ich beobachten, wie er sich langsam wieder fasste, redete und in Cafés, in denen wir saßen, für einen kleinen Flirt offen war. Und wie diese Fassade immer wieder zusammenbrach.

Wie verzweifelt kämpfte er gegen das Bild, das andere von ihm zeichnen wollten! Das war er nicht, nicht in seinem Gefühl von sich selbst. Und wie erschüttert er dann auch wieder über den Mann war, der er einmal gewesen sein sollte: »So grob bin ich gewesen?«, sagte er dann.

Sehr bald schon brauchte ich mein Notizbuch bei unseren Begegnungen nicht mehr, denn stets kam er nur an diese wenigen Erinnerungen heran, die ich mir längst notiert hatte, und nichts schien voranzugehen. Und dann kam aus dem Lautsprecher irgendeines Cafés die Stimme von Edith Piaf, die den Stau auflöste, Lieder, die er kannte, weil er sie gespielt, gesungen und oft gehört hatte, und Bilder ergossen sich über ihn.

Ich prüfte immer wieder meine eigene Erinnerung, einfach um zu vergleichen, was ich selbst aus meinem Leben noch wusste. Und war erstaunt, wie viel verloren war, wie viele Eckpunkte mir aber auch stabil geblieben schienen. Und wie sehr ich mich gleichzeitig darauf verließ, dass meine Erinnerungen korrekt waren.

Aber wieweit konnte ich auf die Richtigkeit seiner Erinnerungen vertrauen? Wie zuverlässig konnte das Gedächtnis eines Mannes sein, der dieses doch gerade verloren hatte? Und wenn diese Erinnerungen dann auch noch solche Bestialitäten ans Licht brachten!

Andererseits: Fällt mir gerade ein Name nicht ein und er kommt mir nach einer Stunde wieder in den Sinn, zweifle ich doch auch nicht, ob er richtig ist, nur weil er mir vorher gerade nicht eingefallen war.

Gleichzeitig sind die Ungeheuerlichkeiten, die Jonathan erinnert, so plausibel. Förderten die Erinnerungen keine solchen Brutalitäten und Herzlosigkeiten zutage, hätte er wahrscheinlich keine Amnesie erlitten. Denn diese erleiden bevorzugt Menschen mit einer vernarbten Seele. Amnesie, so legt Jonathans Kindheit nahe, ist etwas unter Schmerzen Gelerntes.

Doch wie glaubwürdig ist jemand, der von sich selbst sagt, dass er so oft gelogen hat? Aber hätte er nie gelogen, könnte er jetzt nicht glaubwürdig sein. Das klingt wie ein Paradox. Denn es sind gerade die vielen Lügen, die ihn glaubwürdig machen. Sie sind Ausdruck dessen, was er berichtet. Wäre er nur geradlinig, wären die Erzählungen über eine Kindheit voller Brüche und Verletzungen eher unglaubwürdig.

Weil ihm so oft nicht geglaubt wurde, neigte Jonathan jetzt vielleicht dazu, dem real Erlebten noch eine weitere Dramatik draufzusetzen? Nur um das Interesse zu wecken?

Ich habe die Schilderungen Jonathans aus dem Heim mit denen anderer ehemaliger Heimkinder verglichen. Diese gingen teilweise noch über das hinaus, was Jonathan berichtete.

Und wenn wir uns erinnern, laufen wir dann nicht Gefahr, unsere Rolle in dem Erinnerten zu beschönigen? Warum sollte das nicht auch Jonathan passieren?

Mit dem Wiedererinnern wurde Jonathan auch zum Kämpfer. Warum sollte er verzeihen, wenn die Täter selbst sich darum drücken, um Verzeihung zu bitten?

Heinz-Jürgen Overfeld ist jemand, der mit dem Kopf gegen die Wand rennt. Das hat ihm im Leben viele Schläge und ungezählte Tage und Nächte in den Kerkern der Kirche eingebracht. Und es ist gleichzeitig das, was ihn überleben ließ. Er ist ein tiefverletzter Mensch, der weiter mit dem Kopf gegen die Wand rennen wird, bis er umfällt – oder die Wand.

Dank

Mein herzlicher Dank gilt:

Jonathan Overfeld, der sich so sehr öffnete

Kai-Uwe Christoph für den anregenden Austausch und
die genauen Beobachtungen

Prof. Dr. Hans Markowitsch für seine
wissenschaftliche Einschätzung und Beratung

Jutta
Judith
Klaus
Denis
Uli
für all das, was sie mir in langen Gesprächen erzählten

ebenso Peter Rüth
Peter Noll
Rüdiger Eilebrecht,
die mit Jonathan zusammen im Salvator-Kolleg
in Klausheide waren

Pater Alfons Minas
Dr. Bernd Stefanidis
für ihre Schilderungen

Petra Dorrmann
für ihr Skript

Kathrin Liedtke
Dr. Kirsten von Hutten
Helmuth Jipp
Michael-Peter Schiltsky
Christoph Schlegel
für Rat und Anregungen

Literatur

Alexander Markus Homes, *Heimerziehung.*
Lebenshilfe oder Beugehaft?, Frankfurt am Main 1989.

Hans Markowitsch, *Das Gedächtnis.*
Entwicklung, Funktionen, Störungen, München 2009.

Hans J. Markowitsch und Harald Welzer,
Das autobiographische Gedächtnis. Hirnorganische Grundlagen und biosoziale Entwicklung, Stuttgart 2006.

Peter Wensierski, *Schläge im Namen des Herrn*,
München 2006.